Claude PEITZ

Musée du Cadavre

Collection "Polars régionaux"
dirigée par Bernard Fischbach

Editions du BASTBERG

AVERTISSEMENT

Quand un auteur bas-rhinois décide de situer son roman noir dans une ville du Haut-Rhin, il ne peut éviter que les forfaits les plus horribles perpétrés par les plus infâmes criminels ne rejaillissent sur l'image de cette paisible cité. Il pourrait évidemment l'appeler « Mulmar » ou « Colhouse ». Mais cette pirouette ne ferait que dérouter les personnages, le lecteur et même l'auteur. De plus, deux villes au lieu d'une seule, pourraient se sentir offensées.

Alors, sans vergogne, cette histoire se déroule à Mulhouse, ville où naissent, vivent et meurent des cheminots, des banquiers, des chômeurs, des hôteliers... et même des gendarmes et des voleurs. Aucun d'eux, ou alors ce serait le fait du hasard, ne présente la moindre ressemblance avec leurs confrères décrits dans ce livre. Tous les personnages, même les plus scélérats, sont imaginaires. Les Musées Techniques ne le sont pas. Heureusement pour nous puisqu'ils témoignent du génie humain qui a façonné cette ville singulière.

A mes amis du Haut-Rhin
Et d'ailleurs.....

Mes remerciements à
Elizabeth et Emile F.
Bernard F.
Bernard S.
Pour leur aide et leurs précieux conseils

Chapitre 1

Dimanche, 20 juin : *Franz Zugele*

Monsieur Zugele se réveilla moite de sueur, tétanisé par une impression de catastrophe imminente. Immobile, sans réaction, il guettait le moindre souffle de l'horrible monstre tapi dans l'obscurité.

Avec effort, il tendit la main vers la table de chevet. Il saisit son réveil : le cadran fluorescent indiquait six heures vingt. Deux ou trois fois, il inspira profondément avant de chasser l'air de ses poumons en soufflant bruyamment. Cette fois, il était réveillé pour de bon. Le cauchemar, toujours le même, le laissait transi.

Il lui restait quelques minutes encore pour reprendre ses esprits. Maniaque de la ponctualité, il ne quittait jamais son lit avant six heures trente. A la demie pile. Ni une minute avant, ni une minute après. « L'exactitude est la richesse des ouvriers - répétait-il toujours - et la première des disciplines auxquelles tout homme, digne de ce nom, doit se plier. » La discipline régentait la vie de monsieur Zugele. Il la devait aux cheminots. Il ferma les yeux revivant ses années au Centre de Formation des Apprentis du Rail de Mulhouse, l'internat austère, les ateliers glaciaux en hiver. Il était toujours volontaire pour la corvée du chauffage, le matin. Rares étaient ses condisciples qui lui disputaient cet honneur, trop contents d'attendre que le poêle fût allumé dans la salle d'études pour s'y presser. Mais tous, sincères ou faux-jetons, louaient son zèle et son courage. Et puis, il y avait Monsieur Lestrade, le chef d'atelier : « Vous irez loin, Franz », lui disait-il.

Zugele regarda sa montre : encore trois minutes. Un type formidable ce Lestrade ! Originaire comme lui de Seppois-le-Bas, dans le Sundgau. Lestrade y revenait régulièrement pour ses vacances. Il inspirait au petit Franz la terreur autant que le respect. Il fut le premier à reconnaître ses aptitudes. Celui qui l'avait sorti de son trou, de la misérable ferme où, depuis qu'elle était veuve, sa mère peinait à nourrir ses quatre gosses. Celui qui l'avait poussé à faire le concours pour l'école de la SNCF. Celui qui lui avait enseigné la vertu du travail et la crainte de Dieu : « La paresse, François, est l'oreiller du diable ! », disait-il. Ou encore : « L'oisiveté est l'ennemie de l'âme et le naufrage de la chasteté. » « C'est quoi, la chasteté ? », avait-il eu envie de demander. Mais il s'était tu. A l'époque, fallait deviner ces choses. Et n'en parler à personne. Il avait baissé la tête en rougissant.

Six heures et trente minutes. Top. Monsieur Zugele alluma l'applique électrique fixée au-dessus de son lit. L'effort qu'il dut faire pour se redresser le laissa un moment, pantelant au bord du lit, les jambes dans le vide. A nouveau cette fichue douleur dans la poitrine. Comme un coup de poignard. Et maintenant tous les muscles de son bras gauche étaient douloureux, de l'épaule au poignet, comme quelques jours plus tôt, lors de cette maudite altercation avec son petit-fils Rick.

Monsieur Zugele gagnait à présent la fenêtre dont il avait pris soin, la veille, de fermer les volets quand un doute l'arrêta : avait-il tiré le verrou du vasistas de la cave ? Autrefois, quand il était gamin et qu'on l'appelait encore Richard, ce garnement de Rick se glissait par là pour chaparder quelque pomme qu'on séchait là ou une bouteille de Coca prévue pour le dimanche. Jusqu'au jour où il faucha un pack de bières. On les retrouva deux heures plus tard, avec le fils du voisin, saouls comme des Polonais, qui roupillaient au fond de l'appentis. C'était il y a sept ou huit ans. Depuis, rien n'était plus pareil…

En peignoir et en pantoufles, monsieur Zugele se rendit à la salle de bains. Il fit couler l'eau, ajouta des sels et se plongea dans la mousse chaude avec une intense satisfaction. Il se sentait à nouveau tout à fait bien. Il n'avait jamais eu besoin de beaucoup de sommeil. Tout jeune déjà, à l'internat, ou plus tard, conducteur de train sur la fameuse BB 9004. A l'armée, sa capacité de récupération physique lui avait valu ses galons de caporal-chef et l'estime de ses camarades. Après quarante-huit heures de crapahutage dans les djebels comme après deux jours de bringue au bordel d'Oran, il lui suffisait de quatre ou cinq heures de sommeil pour être frais et dispos.

Monsieur Zugele se rinça avec la douchette et sortit de sa baignoire. Il se brossa les dents et se rasa avec la même minutie qu'à l'époque où il travaillait encore. L'hygiène corporelle et le souci de la tenue avaient toujours été pour lui des principes intangibles. Il s'aspergeait avec une lotion après-rasage et sentit le sang monter à son visage lorsqu'il repensa à Richard. Ou Rick, puisque c'est ainsi qu'il voulait qu'on l'appelle, les rares fois où il daignait lui rendre visite. Des cheveux mi-longs, gras et mal coiffés, un jean râpé, un tee-shirt chiffonné comme s'il venait de sortir du lit. Ce qui devait être le cas puisqu'il traînait dans les plumes les trois quarts de son temps et le dernier quart dans les rues de Mulhouse avec sa bande de copains guère plus reluisants que lui.

De retour dans la chambre, Monsieur Zugele alluma la radio. On y parlait de la Fête des Pères qu'on célébrait, paraît-il, aujourd'hui. Franz Zugele haussa les épaules « Ce n'est pas à lui qu'on viendra la souhaiter. Il s'en fichait. C'est juste bon pour les commerçants. A claquer du fric inutilement. » Les informations s'achevaient sur Radio Dreyeckland. Un jingle annonça le bulletin météo : il était pile dans les temps. Il prêta l'oreille : la température s'annonçait clémente et un beau soleil devait inonder la plaine d'Alsace en ce 20 juin, premier dimanche de l'été. Monsieur Zugele sourit ; cela lui rappelait le bon temps. L'époque où, pendant les congés scolaires, sa fille lui confiait le gamin. Pour Richard, il installait le train électrique. Après qu'on avait sorti les chaises et poussé la table contre le mur, le réseau ferré occupait toute la surface de la salle à manger. A six, sept ans, le petit était trop maladroit pour qu'il lui confie les manettes du transfo. A l'adolescence, il ne s'y intéressa même plus. Ni au train électrique, ni aux maquettes, ni au Musée du Chemin de Fer. A rien. Sauf au fric !

Monsieur Zugele avait enfilé son slip, son maillot de corps et les grosses chaussettes de laine qu'il avait pliées sur sa chaise. A côté, sur le valet de nuit, étaient accrochés le pantalon et la veste de toile bleue, la chemise blanche parfaitement repassée et la cravate bleue. Mais il dut interrompre son habillement pris soudain d'une fureur qui lui grimpait par tous les recoins de son corps. Des flots de lave incandescente lui montaient au cerveau. Ce petit malotru, parce qu'il avait refusé de lui donner les cinquante euros qu'il réclamait, l'avait insulté ! Pire encore, il l'avait menacé ! Cette nuit-là, il n'avait pas pu fermer l'œil. Depuis, son sommeil était agité de cauchemars.

Fermant les yeux, monsieur Zugele compta jusqu'à dix. La colère était mauvaise pour son cœur. Elle le menait droit à l'infarctus. Peu à peu, il se calma. Il avait toujours su se contrôler. Il valait mieux quand on conduit des locomotives lancées à plus de deux cents à l'heure et qu'il y a des centaines de voyageurs dans les wagons. Mais l'autre jour, dans le petit jardin devant la maison, il avait été au bord de la syncope tant ce petit salopard l'avait poussé à bout. Il avait osé lever la main sur lui ! Monsieur Zugele frémit en revoyant la scène : Rick l'écume aux lèvres, les yeux injectés de sang qui hurlait sa rage en brandissant le poing. Mais il ne s'était pas laissé faire, il avait empoigné la bêche posée contre le mur, il l'avait brandie au-dessus de sa tête et le petit fumier avait battu en retraite. Non sans proférer des menaces.

Monsieur Zugele se pencha pour nouer les lacets de ses gros godillots. Il sentit que la douleur, sur le côté, était prête à le transpercer. Si sa femme vivait encore, c'est sûr, elle l'aurait tarabusté pour qu'il aille voir le docteur. Lui, n'aimait pas ces charlatans toujours disposés à établir des certificats de complaisance à tous les fainéants. Il en avait connu des flemmards ! Des qui se faisaient porter pâles au moindre bobo, petit rhume ou lendemain de cuite. Certains même par pure convenance. Comme le Zlaski, son voisin, un Polonais plus cossard qu'un lézard, qui pendant ses congés de maladie bêchait le jardin en se soignant à la vodka. Il avait tout vu, tout entendu, le Zlaski de l'engueulade avec Rick. Vous croyez qu'il serait intervenu ? Au contraire, il rigolait tellement qu'il avait failli s'étrangler. Qu'il crève !

Cette fois, Monsieur Zugele était habillé et chaussé. Il était huit heures moins quatre. Il le vérifia avec satisfaction sur la pendule de l'entrée. Une pendule toute ronde, réplique exacte des pendules qu'on voit sur le fronton des petites gares de campagne. Il n'aimait pas dépasser l'heure. C'était une de ses manies : s'il ne quittait pas sa maison à huit heures pile, il était persuadé qu'il se produirait un malheur quelconque. Il l'avait vérifié plus d'une fois. Sa femme disait que c'était de la superstition et elle se signait chaque fois qu'il l'évoquait.

N'empêche que c'était bien un dimanche qu'elle s'était fait écraser par ce chauffard ivre. Et que ce dimanche-là, parce qu'elle avait lambiné dans la salle de bain, ils avaient pris du retard pour aller à l'église. Depuis, Monsieur Zugele n'allait plus à la messe.

En passant devant l'armoire à glace de l'entrée, il vérifia d'un coup d'œil sa tenue. Impeccable. Au Musée du Chemin de Fer, il retrouvera sa casquette de cheminot avec les trois étoiles dorées et sa raison de vivre : l'entretien minutieux de cette extraordinaire collection de matériel ferroviaire qui retrace l'histoire du rail, des antiques locomotives à vapeur aux plus prestigieuses locomotives électriques. Celle qu'il préférait, c'était la BB 9004 détentrice en 1955 du record du monde de vitesse avec 331 km/h. Franz Zugele ne laissait à personne le soin de la bichonner. A tel point que certains des membres de l'Association des Amis du Rail, presque tous des cheminots retraités comme lui, en étaient vexés. Il n'en avait rien à cirer, la BB c'était sa chose, à lui !

Voilà des mois que le Musée du Chemin de Fer était fermé aux visiteurs pour cause de rénovation. Ce n'était pas une raison pour rester chez soi. Au contraire. Il faudra que la BB soit plus belle que jamais en octobre prochain quand la grande foule découvrira le nouveau look du Musée. Au début, quand Franz Zugele avait vu poser les premiers bardages en tôle émaillée sur la façade, il avait tiqué. Le changement, toutes ces couleurs vives, forcément, ça surprend. Et puis, du rouge au violet en passant par le jaune, le vert, le bleu, toutes ces plaques lui rappelèrent l'arc-en-ciel et il se sentit le cœur en fête.

Monsieur Zugele prit soin de fermer la porte à double tour. Il vérifia que le vasistas donnant sur la cave était bien verrouillé. En deux pas il franchit le minuscule jardin qui entourait le pavillon. Depuis qu'il était veuf, il avait remplacé le potager (c'était l'affaire de sa femme) par une pelouse rustique mais qu'il se faisait un devoir d'entretenir. Ce n'était pas le cas du jardin mitoyen, celui des Zlaski. Une vraie friche envahie de pissenlits, d'orties et de ronces qui grimpaient à l'assaut d'une façade lépreuse aux volets encore clos. Sans nul doute, c'était la maison la plus décrépie de la rue. « C'est la honte de la Cité ! », grommela Zugele.

Depuis qu'il habitait là, monsieur Zugele avait vu, au fil des ans, ce quartier évoluer et les maisons se transformer au gré des besoins ou des fantaisies de leurs propriétaires. Vérandas coquettes ou tonnelles fleuries, garages à vélos ou à voitures, autant d'appendices variés pour rompre la monotonie des façades et faire de cette ancienne cité-ouvrière tracée au cordeau, un îlot plein de verdure et de charme. De nos jours, on ne voyait plus guère d'ouvriers en bleu de travail dans ces ruelles étroites et tranquilles. Les retraités y étaient plus nombreux que les enfants. « T'as qu'à vendre », le serinait sa fille Hélène. « T'en retirerais un max !, rajoutait Rick- elles se vendent comme des petits pains, ces bicoques ! »

D'abord, c'est pas une bicoque, songea Franz Zugele. Et puis, ça faisait quarante ans qu'il habitait là et qu'en dehors des Zlaski, il s'entendait plutôt bien avec ses voisins. Et pour aller où, dites-moi ? A Bourtzwiller, chez sa fille ? Ces barres alignées, ces immeubles monotones lui faisaient peur. Et Hélène, pour ce qu'elle s'occupait de lui ! Tout comme Rick, elle lorgnait sur le pognon. Il voyait bien leur manège : dépouiller le vieux avant de le fourrer en maison de retraite. Rien que d'y penser, monsieur Zugele sentit une drôle de douleur au bout de son bras gauche. « Si Zlaski est trop impotent pour soigner son jardin, qu'il vende, grommela-t-il, moi, j'ai tout mon temps. »

Il était huit heures et sept minutes. Monsieur Zugele apercevait à l'angle de la rue de Pfastatt, la façade vitrée du café « Chez Joseph ». L'enseigne évoquait l'ancien propriétaire. Zugele l'avait bien connu, le « Seppi ». Plus large que haut, il avait l'habitude de servir le demi bien frais, accompagné d'un bretzel craquant tout en racontant le dernier « witz »* qui mettait en joie sa clientèle de cheminots ou d'employés des filatures. Depuis bientôt dix ans, son fils Johnny (qu'on appelait Johnny le Blues) trônait derrière le zinc. Et depuis, collé contre le comptoir, un juke-box rutilait de tous ses chromes.

* Witz : blague, histoire drôle.

Comme chaque matin, en l'honneur du vieux cheminot, Johnny le Blues sélectionna « Take the A Train » de Duke Ellington et, comme chaque matin, monsieur Zugele s'installa à la petite table ronde dans le coin de la salle où l'attendaient déjà deux tartines beurrées et une grande tasse de café au lait fumant. « Ne suis-je pas bien ? », songea-t-il en trempant sa première tartine. « Et qu'irais-je foutre à l'asile des vieux ? »

Il petit-déjeuna tranquillement, parcourut distraitement les colonnes de l'Alsace et des D.N.A. ; depuis que le FCM végétait en CFA, il ne s'intéressait même plus aux pages sportives. Il salua d'un signe de tête les deux retraités qui venaient d'entrer, deux Arabes qui passeront leur matinée à jouer aux dames. Le juke-box diffusait un air de raï et monsieur Zugele se renfrogna : il n'aimait pas la musique orientale, il préférait le jazz. Mais bon, tous les goûts sont dans la nature !

Huit heures trente tapantes, Monsieur Zugele quitta le café « Chez Joseph ». Hier, à la même heure, il avait parcouru l'avenue Aristide Briand. Aujourd'hui, jour pair, il prendra la rue de Thann. « Dans la vie, il faut s'imposer des règles, lui avait appris Lestrade, sinon tout fout le camp ! » Sans presser le pas, en continuant de méditer sur les aléas de son existence, il sera à huit heures trente-sept à la petite gare du Vieux Dornach. De là, il empruntera la ligne de voie ferrée qui le mènera, comme chaque matin, jusqu'au Musée du Chemin de Fer. Il était dans les temps. Marcher sur ce tronçon de voie partiellement envahi par les mauvaises herbes était un plaisir sans égal. C'est strictement interdit au commun des mortels, mais Franz Zugele était cheminot, que diable !

Ce matin-là, monsieur Franz Zugele n'arriva jamais au Musée du Chemin de Fer. On retrouva son corps le lendemain, dans un fossé peu profond, juste derrière le Marché de Gros. Il gisait sur le ventre, les bras en croix, le front éclaté sur l'arête d'un rail.

Terminus pour Franz Zugele.

Chapitre 2

Victor Meister avait longuement secoué la tête en me regardant d'un air consterné puis il avait proféré d'une voix sentencieuse : « Si tu te cognes la tête contre une cruche et que ça sonne creux, n'en conclus pas forcément que la cruche est vide. »

Depuis, je méditais ces sages paroles tandis qu'il gardait les yeux rivés sur le pare-brise, une main sur le volant, l'autre sur le levier de vitesse. A sa manière de conduire par saccades rageuses en écrasant alternativement l'accélérateur puis la pédale de freins tout en martyrisant l'embrayage, je sentais bien qu'il était contrarié. In petto, je me disais qu'il y avait de quoi : je venais de lui apprendre que je souhaitais faire étape à Mulhouse alors qu'il comptait filer d'une traite jusqu'à Savigny-lès-Beaune, but programmé de nos vacances communes.

Une inscription gravée en tête du cellier au château de Savigny l'affirme : *« Les vins de Savigny sont nourrissants, théologiques et morbifuges. »* Dans l'état de délabrement où nous nous trouvions tous deux, après une année « horribilis » (comme dirait la reine d'Angleterre), moi au lycée, Victor au commissariat, (Elisabeth II, à Windsor), une cure de grands crus nous semblait la thérapie appropriée pour nous refaire une santé tant physique que morale. Voilà pourquoi nous avions convenu, dès la fin de ma permanence administrative au lycée et toutes affaires cessantes, de nous payer une semaine de détente dans le vignoble bourguignon. Vous comprendrez aisément le dépit du capitaine Victor Meister lorsque au moment de grimper dans son 4X4, je lui annonçai « que j'aimerais », ou plutôt « qu'il fallait que je m'arrête à Mulhouse pour revoir Lisa, mon ex-femme. »

– Ton ex ? s'était-il exclamé, ébahi (il y avait de quoi !) avant de poursuivre, goguenard :

– Celle qui t'a fait coc...euh... qui t'a trompé avant de te laisser tomber pour partir avec un moujik ? C'est bien ce que tu m'as raconté, non ? Et ça fait combien de temps que tu n'avais plus de ses nouvelles ?

– Huit ans, bougonnai-je, vexé.

– Et il suffit que la donzelle te siffle pour que tu accoures, comme le chien-chien à sa mémère à renifler dans ses jupes ?

– Elle ne siffle pas, Victor. Elle appelle au secours, tentai-je de protester.

– Mon pauvre vieux ! fit-il, affligé par tant de niaiserie.

Il hocha longuement la tête, haussa les épaules et, comme je le citai plus haut, émit des doutes sur le contenu de ma boîte crânienne. L'embrayage exprima sa peine, les pneus gémirent de douleur et la brutale accélération me plaqua contre le siège. Il domptait son 4X4 comme un mustang fougueux et je compris pourquoi les jeunes le surnommaient le « Cow-Boy. »

Depuis, on ruminait côte à côte comme deux bovidés. Le plus « cornu » des deux (Victor avait mille fois raison), c'était moi. Lisa y avait pourvu. Victor était tout aussi fondé de mettre en doute mes facultés mentales et d'ironiser sur ma naïveté maladive dès qu'il s'agissait de mon ex. Et des femmes en général. Mais c'est justement parce qu'il avait raison que je lui en voulais. Plus pour sa perspicacité que pour ses sarcasmes, d'ailleurs. Alors je m'enfermai dans mon mutisme boudeur et comme font les ruminants, je laissai remonter mes souvenirs pour les mastiquer à nouveau.

Depuis notre divorce, je n'avais plus aucun contact avec Lisa. Elle était partie avec son cascadeur russe sans plus donner signe de vie. Basta et bon débarras ! Quel ne fut pas mon ahurissement - le mot n'est pas trop fort - lorsque la standardiste du lycée m'annonça qu'« une certaine Madame Canrade Lisa insistait pour me parler ». Je lui fis répéter :

– Comment dites-vous ? Et c'est à quel sujet ?

– Madame Canrade Lisa. Cette personne insiste. Elle dit que c'est personnel, s'énerva la standardiste dont la patience n'était pas la principale qualité.

Comme à chaque fois qu'un événement fortuit venait à me rappeler mon ex-femme, je sentis une boule acide crever dans mon estomac. Je restai un long moment immobile, submergé par la quasi-certitude d'un cataclysme imminent.

– Alors, je vous passe la communication ou pas ?, s'agaçait-on à l'autre bout de la ligne.

– Oui..., balbutiai-je... Oui..., je prends.

– Allô ! C'est toi, Claude ?

C'était sa voix ! Celle des matins calmes et des nuits de fièvre. Après tant d'années, l'émotion fut telle que je luttai en vain contre ces images tapies dans les recoins aigres-doux de ma mémoire. Alors que j'aurais dû réagir d'une indignation outrée à la fois contre ma faiblesse et contre celle qui l'avait distillée, je fermai les yeux savourant le frisson exquis et salingue qui me chatouillait le creux des reins. Et tandis qu'elle répétait : « Allô ! Claude, tu m'entends ? », sa voix sensuelle et charmeuse me plongea, comme naguère, dans une asphyxie si douce que j'en oubliai jusqu'à l'existence des êtres et des choses qui m'entouraient...

– Hum !... Hum !...

Steevy Kruger dut s'y reprendre à deux fois et tousser comme un Chinois atteint du SRAS pour attirer mon attention. Les raisons de mon air ahuri et de mon mutisme prolongé lui échappaient. Il y a cinq minutes à peine, nous discutions âprement. L'élève Steevy, bardé de sa seule mauvaise foi, pour se plaindre amèrement de n'avoir pas été admis à redoubler. Moi, bulletins à l'appui, pour justifier la décision de radiation prise en conseil de classe. Et puis, comme si j'avais été frappé par un maléfice, le pauvre garçon m'avait vu, moi le Conseiller Principal d'Education Claude Lemmy, me tasser dans mon fauteuil, et, paupières closes, haleter comme un poisson hors de l'eau.

– Hum !…

Steevy se racla la gorge une fois encore. Il me regardait perplexe :

– Alors, M'sieur, c'est d'accord ? Vous en parlez au Proviseur ?

– Vous pouvez compter sur moi, je plaiderai votre cause, m'entendis-je lui répondre comme dans un rêve éveillé.

Puis, la paume de la main droite posée sur le combiné pour étouffer ma voix, je donnai congé à un Steevy tout aussi surpris que moi d'avoir obtenu gain de cause.

Il y tenait à son redoublement ! Deux ans, qu'il « en bavait dans ce bahut pourri » ! Deux ans à se « farcir un programme hyper chiant et des profs super sadiques » ! Deux ans à traîner son ennui, à sécher les cours quand le soleil brille et à glander le reste du temps. Et malgré tout ça, son seul but, son unique horizon c'était de rempiler. En reprendre pour un an. Que voulez-vous, l'homme est ainsi fait : plein de contradictions, pétri de paradoxes. L'homme s'attache. Même au pire. Il a du mal à larguer les amarres. Steevy détestait le lycée, mais ce qui l'attendait après l'école le terrorisait bien davantage. C'est pour cela qu'il en redemandait. Difficile de tourner la page. J'étais persuadé de détester Lisa, mais il m'avait suffi d'entendre le son de sa voix pour être troublé. L'école offrait rarement « une seconde chance », je ne le savais que trop. Mais la vie ?… Se pourrait-il ? …

Je suivis des yeux la démarche dégingandée de l'adolescent. Je l'entendis grommeler de vagues remerciements. Enfin, il vissa sur son crâne une casquette de base-ball aux couleurs d'une marque de fast-food, avant de me laisser seul avec mon téléphone. J'inspirai profondément pour tenter de retrouver un semblant de calme. Lentement, je portai le combiné à l'oreille pour entendre la musique de cette voix enjôleuse répéter mon prénom :

– Allô ! Claude !… Allô ?… Claude, tu m'entends ?…

– Bonjour, Lisa, articulai-je, d'un ton que je voulais détaché.

– Ah ! Enfin. Je me demandais si tu allais me répondre ou si tu m'en voulais toujours…

Il n'y avait aucun reproche dans le son de sa voix. Au contraire. Il me sembla même y déceler une appréhension non feinte. Je crus néanmoins nécessaire de me justifier, comme toujours avec Lisa :

– J'étais avec un élève…

– Et le travail passe avant tout, n'est-ce pas ?, plaisanta-t-elle. Je te reconnais bien là, mon chou. Fidèle au poste, même quand le lycée est fermé, même quand tous les élèves et tous les profs sont depuis longtemps partis en vacances…

– Que veux-tu, on ne se refait pas, dis-je pour couper court à une discussion qui, maintes et maintes fois, nous opposa alors que nous étions encore mariés.

– Excuse-moi, mon chou, je te demande pardon, ajouta-t-elle en pouffant. Je ne vais pas recommencer comme jadis. Je t'ai assez fait souffrir avec ça. Tu te rappelles ?

Si je me rappelais ! Sa moue boudeuse lorsque je rentrais longtemps après la dernière sonnerie. Ses récriminations, chaque fois que j'étais de permanence à l'internat « Tu consacres plus de temps aux élèves internes qu'à ta petite femme. » Son rire gouailleur quand elle m'accusait de « faire du zèle » alors que je ne cherchais qu'à exercer au mieux un métier qui, comme d'autres, comporte des astreintes. Si je me rappelais ! Par contre, c'était bien la première fois que je l'entendais s'excuser. Jusque-là, j'ignorais que ce mot faisait partie de son vocabulaire. Même son rire avait perdu sa blessante ironie. Lisa aurait-elle changé ? Elle me parut profondément sincère lorsqu'elle ajouta :

– Claude, je suis désolée si je te dérange.

– Mais non, protestai-je, tu ne me déranges pas. Mais après tant d'années…

– Huit ans, Claude, précisa-t-elle. Et tu te demandes, après huit années de silence ce qui peut motiver mon appel…

– Ben…

– Je te comprends. Mais avant de te répondre, dis-moi, mon chou : Comment vas-tu ? Que deviens-tu ? Quoi de neuf dans ta vie ? N'es-tu pas content de m'entendre ? Beaucoup ? Un peu ? Pas du tout ?

Une avalanche de questions. Sans vraiment me laisser le temps de répondre. Telle la Lisa de mes souvenirs. Elle était bien restée la même : toujours aussi volubile et papillonnante. Je me contentai donc de quelques réponses laconiques du style « RAS,... Rien de neuf...la routine » sans qu'elle cherchât d'ailleurs à en apprendre davantage. Comment aurait-elle pu s'intéresser aux autres alors qu'elle n'avait toujours été préoccupée que d'elle-même ?

Et soudain je l'entendis qui susurrait :

– Si je t'appelle, mon chou, c'est parce que je suis de passage dans la région. Alors comme c'est les vacances, je me disais...

Elle marqua une pause comme si elle hésitait. Mon cœur battait à se rompre. Je retenais mon souffle... Et ce que j'espérais avec angoisse (ou que je craignais avec délectation), la blonde Lorelei le proposa :

– ...Je me disais qu'on pourrait se voir !

A ce moment-là, c'est Victor qui avait raison, j'aurais dû trouver une excuse bidon, n'importe laquelle et raccrocher avec de vagues excuses. Car, si je mettais le doigt dans l'engrenage, j'étais sûr de courir au cataclysme, de sauter à pieds joints dans un océan incommensurable d'emmerdements. Au lieu de cela, mû par une curiosité maladive, doublée d'un obscur et indéfinissable désir, je demandai :

– D'où m'appelles-tu ?

– De Mulhouse.

– Dans le Haut-Rhin ?

– Bien sûr, mon chou. Tu en connais d'autres, des Mulhouse ?

– Ben…

– Claude, je t'en prie, il faut que tu viennes…

Sa voix avait pris un ton pathétique, un accent d'humilité que je ne lui connaissais pas. Ce n'était pas une invitation. Ni un ordre. C'était une supplique, qui me laissa désemparé et muet.

– Je t'assure, Victor, elle avait l'air sincère. C'était vraiment un appel au secours, affirmai-je en regardant droit devant moi la silhouette du Haut-Koenigsbourg dont la silhouette élancée se détachait sur un ciel sans nuage.

– Une femme sincère ! s'exclama le mastard. Tu parles ! Depuis Adam et Eve, ça ne s'est jamais vu. Mais parmi tous les gogos assez tartes pour se laisser mener au doigt et à la braguette, t'es le roi. Que dis-je, l'empereur !

Je savais le mastard misogyne à ses heures et volontiers excessif. Néanmoins, il avait le sens de la formule juste et qui faisait mouche. Mais que voulez-vous, on ne se refait pas ! Je me rappelai Lisa, au début de notre mariage, son sourire de môme blonde et ses rondeurs candides. Je me rappelai ce subtil parfum de citronnelle qui flottait dans notre petit appartement de fonction de la rue Vincent Scotto à Illkirch, lorsque je rentrais le soir, fatigué… et qu'elle me reprochait d'être en retard, avant d'ironiser sur mon « excès de zèle » et de me traîner à la pizzeria du coin, seul resto que mon traitement de « petit fonctionnaire » pouvait lui offrir...

De me remémorer ces scènes de notre vaudeville conjugal, on ne pouvait pas dire que cela me mettait en joie. Rien ne plaidait en faveur de Lisa. Ni ses caprices ni son mauvais caractère ni ses talents de comédienne. Encore moins les raisons qui semblaient motiver son appel. Je dis « semblaient » car elle avait été peu explicite.

– Je t'en prie, il faut que tu viennes. C'est grave, Claude. Très grave...

Lorsque je lui avais demandé de préciser, elle avait éludé mes questions se contentant d'ajouter :

– Il se passe des choses terribles, à Mulhouse... J'ai peur, avait-elle chuchoté...

Puis elle avait raccroché.

Comme le disait, paraît-il, sa grand-mère, Victor avait bougonné : « Larme de femme affole le sot. » Sa remarque était frappée du sceau du bon sens. Il n'y avait aucune raison de modifier nos plans de vacances pour voler au secours d'une enjôleuse qui m'avait tant de fois fait perdre mon froc et ma dignité. Et puis Lisa était tellement mieux armée que moi pour affronter les embûches de l'existence !

Je raisonnais profond et je m'en voulus presque aussitôt. Au souvenir de sa voix angoissée, je ne pus m'empêcher d'avoir une pointe de mauvaise conscience. Et si c'était sérieux ? Si elle courait un réel danger ? Mulhouse, après tout, ce n'est pas le bout du monde, et j'avais encore plus de cinq semaines de vacances !

– Tu sais, dis-je à Victor qui conduisait toujours droit devant lui sur la grande boucle qui contourne Colmar. Tu sais, ne te sens pas obligé de rester avec moi. Tu me déposes à Mulhouse en passant et…

Un éclat de rire tonitruant m'interrompit :

– Non, tu rigoles ? A la seule idée de revoir ton ex, tu es plus excité qu'un pou en chaleur. Et tu voudrais me mettre sur la touche ? Pas question. Si elle est si canon que ça, j'ai hâte de faire sa connaissance. Et plus si affinités…

Il est comme ça, Victor.

Chapitre 3

Situé au cœur de Mulhouse, face au Square Steinbach, l'Hôtel du Parc avait de quoi impressionner des touristes de notre acabit, plus habitués aux « Formule 1 » qu'aux « 4 étoiles de luxe ».

– Mazette ! Tu vois ce que je vois ? s'exclama Meister en contemplant l'imposante bâtisse de grès blanc à peine égayée par des stores rouge orangé.

Ce qui nous fascinait ce n'était pas tant la façade scandée de pilastres et de bossages ostentatoires (à moins qu'ils ne fussent ostensibles), encore moins les deux orangers dans leur pot de part et d'autre de l'entrée. Affichés en lettres gothiques dans leur tabernacle vitré, les tarifs des chambres et des suites nous troublèrent bien davantage.

– Elle a gagné au Loto, ton ex ? C'est bien l'adresse qu'elle t'a indiquée ?

J'en étais sûr. « Hôtel du Parc, 26 rue de la Sinne », avait-elle précisé avant de raccrocher. Je connaissais très peu Mulhouse et les rares fois où je n'avais fait qu'y passer, je n'avais jamais prêté attention à ce Palace dont la vocation est d'accueillir bien plus les célébrités du star-system ou les golden-boys de la finance que les fonctionnaires de l'Education Nationale. J'avais beau connaître le goût immodéré de Lisa pour le luxe et le clinquant, j'étais bluffé. Pas plus que Meister, je ne m'expliquais la subite fortune de mon ex-femme.

Après avoir franchi la porte à tambour, nous restâmes un moment interdits. En chemise hawaïenne et sans son éternel feutre avachi sur le crâne, sans le colt glissé dans la ceinture de son jean, Victor Meister lui-même avait perdu de sa superbe assurance. Etait-ce à cause de l'immense chasseur en livrée bleue à parements rouge et or qui souriait de toute sa denture chevaline ? Ou à cause de l'atmosphère raffinée du hall ? Dans une ambiance des années folles, les clubs anglais y côtoient les luminaires modern-style, les palmiers d'Egypte végètent dans les pots, les bouteilles de vins d'Alsace s'exhibent dans les vitrines. Des photos dans leur cadre doré rappellent le passé historique de la demeure liée à la famille Schlumpf et au Musée de l'Automobile.

Victor me retint par le bras pour me chuchoter à l'oreille :

– Je comprends mieux pourquoi ta femme t'a laissé tomber pour suivre le russkof. C'est pas toi qui aurais pu lui offrir ce genre de datcha. Il faisait quoi pour palper tant d'oseille ? C'était pas un simple moujik ?

– Je n'en sais trop rien, répondis-je en parlant moi aussi à voix basse. A l'époque, Lisa m'avait dit qu'il était cascadeur automobile. Autant que je sache, elle l'avait connu à la foire St-Jean, au Wacken, où il se produisait dans un numéro de « ronde de la mort » ou un truc comme ça…

– Messieurs, soyez les bienvenus à l'Hôtel du Parc. Que puis-je pour votre service ?

L'employé de l'accueil, veste noire, col blanc et cravate bleue, affichait un sourire aussi professionnel que le chasseur en livrée. Moins bien doté par la nature que son collègue, il avait fallu trois ans d'études au Lycée hôtelier de Guebwiller pour tirer un maximum de ses petites dents jaunâtres et susciter un pourboire spontané. L'exercice répété des muscles zygomatiques avait d'ailleurs creusé chez cet employé modèle, quoique jeune encore, des rides profondes à hauteur des tempes. Depuis des années, le Syndicat Général des Employés des Palaces se battait pour que l'affection soit reconnue comme maladie professionnelle.

– Madame Canrade ? Certainement. Veuillez patienter.

Sans se départir un seul instant de son rictus affable (Quel zèle !), il pianota sur les touches d'un clavier d'ordinateur. Je le vis plisser des yeux pour consulter l'écran. Sur le ton du croque-mort qui présente ses condoléances à quelqu'un qui aurait perdu sa belle-mère, il me fit part des résultats de ses recherches :

– Madame Canrade a quitté notre hôtel, hier soir, peu avant vingt heures. Je suis désolé, Messieurs.

L'information me laissa pantois. Lisa avait donc quitté l'hôtel quelques heures à peine après m'avoir prié de venir la rejoindre. Fallait-il m'en inquiéter ou m'en offusquer ? Avait-elle fui un danger imminent qui la menaçait ? Ou m'avait-elle posé un de ces lapins dont la garce était autrefois coutumière ? Mon ami Victor devait pencher pour la seconde hypothèse à considérer le sourire goguenard qu'il affichait. Je demandai donc :

– Madame Canrade était-elle seule ou accompagnée ? demandai-je.

En retrouvant son sourire affecté, le réceptionniste me fit comprendre que la discrétion liée à son noble métier ne l'autorisait pas à me répondre sur ce point. Mais que, si je le désirais, je pouvais laisser un message et qu'il se ferait un plaisir…

– Merci, déclinai-je d'un ton sec. Dites-moi du moins si madame Canrade vous a semblé préoccupée lors de son séjour. Vous a-t-elle paru inquiète au moment de quitter l'hôtel ?

– Préoccupée, dites-vous ? Inquiète ? Notre Hôtel offre le meilleur confort et une totale sécurité à notre aimable clientèle. Madame Canrade pourra vous le confirmer lorsque vous la reverrez. Si Monsieur veut bien me laisser un numéro de téléphone, je me ferai un plaisir de l'appeler si Madame Canrade se manifeste.

– Désolé. Je suis sur la route des vacances et je n'ai pas de téléphone portable, m'agaçai-je. Je tiens cet objet pour l'outil le plus attentatoire au bien le plus précieux du vacancier : la tranquillité.

Ce réceptionniste obséquieux m'indisposait. J'étais quasi certain qu'il me cachait des choses. J'avais la désagréable sensation que Lisa tirait les ficelles et nous manœuvrait en coulisses. J'en arrivais même à me demander si toute cette farce n'était qu'une mise en scène destinée à faire étalage de l'opulence dans laquelle elle vivait aujourd'hui et que j'aurais été bien en peine de lui offrir. Je ne pus m'empêcher de jeter un regard circulaire dans le hall. Je n'aurais été qu'à moitié étonné de découvrir la traîtresse dissimulée derrière un palmier, à se gausser de ma dégaine piteuse. J'étais furieux. Contre moi-même, contre ma naïveté maladive. Et comme à chaque fois dans ces circonstances, la douleur qui me fouillait les viscères devint insupportable.

Victor dut s'en rendre compte. Il posa la main sur mon épaule en un geste d'apaisement :

– Laisse tomber, Claude. Viens, on s'en va…

– Une dernière question, fis-je, alors que Victor m'entraînait vers la sortie, Madame Canrade a-t-elle laissé un message ?

– Désolé. Aucun message, répondit le réceptionniste stylé en secouant la tête derrière son comptoir.

– Un message pour monsieur Claude Lemmy ? questionnai-je avec insistance, persuadé qu'il ne pouvait s'agir que d'un fâcheux malentendu.

Le réceptionniste secouait toujours la tête lorsque l'énorme chasseur en gants blancs nous ouvrit la porte de la main droite. De la gauche, il souleva sa casquette galonnée. Crâne rasé, pommettes hautes et teint cuivré comme un cavalier des steppes, il s'inclina tout bas. Le salut déférent s'adresse à tous les clients du Palace. Mais pourquoi ce clin d'œil ? Et pourquoi cette voix sourde, à peine perceptible derrière l'écran de la casquette ?

Sur le moment, je crus que j'avais rêvé. Je restai planté sur le trottoir à me demander si j'avais la berlue. La porte-tambour s'était refermée derrière moi, dérobant à mes yeux ébahis l'imposante silhouette en uniforme chamarré. Un vigoureux coup de klaxon me tira de ma stupeur. Avec de grands signes de la main, Victor, au volant du 4X4, s'impatientait :

– Et alors, tu prends racine ? Plus rien ne nous retient à Mulhouse, puisque Madame s'est envolée. Allez, en voiture, direction Savigny lès Beaune et les vacances…

– Tu n'as pas entendu le chasseur ?

– Quel chasseur ? Je n'ai pas vu de chasseur, moi ! Seulement un gros lapin. Un énorme lapin. Celui que ton ex t'a posé. T'as pas compris qu'elle se moquait de toi ?

Possible. Lisa en était bien capable. Néanmoins je racontai à Victor ce que j'avais cru voir et entendre en passant devant le chasseur de l'Hôtel du Parc. Tout d'abord, ce clin d'œil, parfaitement incongru de la part d'un employé d'hôtel aussi stylé.

– Un tic, rétorqua Victor.

Et ces quelques mots chuchotés : « Hôtel de Ville, in heures »

– Quoi, in heures ? Veut dire quoi, ça « in » heures ?

– Justement dis-je. Je n'ai pas bien entendu. Cela pourrait aussi bien dire « cinq » heures que « vingt » heures…

– Si tu n'es pas sûr, t'as qu'à aller lui demander !

– Pour qu'il se fasse repérer par son collègue le réceptionniste ? A mon avis, le chasseur possède des informations concernant Lisa dont il veut me faire part. En secret. C'est la raison pour laquelle, il m'a parlé, la bouche dissimulée derrière sa casquette.

– Et tu veux qu'on attende jusque-là ? bougonna Victor.

– Il est presque seize heures. La journée est fichue. En attendant, on pourrait prendre un verre, qu'en dis-tu ?

– C'est la première proposition intelligente de la journée, opina le mastard qui ne refusait jamais de boire un coup lorsqu'il n'était pas en service. Ni quand il l'était, d'ailleurs.

Passage de l'Hôtel de Ville nous trouvâmes un parking pour la 4X4 et une brasserie pour nos gosiers assoiffés. La bière maison était tirée à la bonne fraîcheur. Heureusement, car mon compagnon de voyage, je le sentais bien, bouillonnait intérieurement. Il pestait contre Lisa et contre les femmes en général et fulminait contre les gogos de mon espèce, leur naïveté maladive et leur incommensurable crédulité.

Son irritation monta d'un cran lorsque, après vingt minutes d'attente au pied du double escalier couvert de l'Hôtel de Ville, il fallut se rendre à l'évidence : le chasseur ne viendrait pas à cinq heures. Vers et quart, j'avais sursauté en voyant un géant chauve déboucher sur la Place de la Réunion. Ce n'était qu'un mirage au milieu des palmiers dans leurs bacs. Le chasseur viendra-t-il à vingt heures ? Rien n'était moins sûr. Victor extériorisa très fort les doutes que je gardai en mon for intérieur.

– Tu vois, t'es tout aussi con que les mecs là-haut ! me dit-il en désignant sur le mur-pignon, de part et d'autre du cadran de l'horloge, deux peintures murales représentant des figures bibliques.

– Oui, c'est qui ?

– Deux potes à toi. A gauche c'est Moïse avec ses cornes sur le front. A droite, Samson, le bambino qui s'est fait entuber par Dalida*. Tu devrais méditer leur histoire, mon vieux !

Quoique vexé par ces comparaisons peu flatteuses, je ne pouvais lui en vouloir. Il sacrifiait une précieuse journée de vacances pour satisfaire ma lubie. Car l'étrange coup de téléphone de Lisa, précédant de quelques heures sa mystérieuse disparition ressemblait autant à un mauvais canular qu'à un véritable appel au secours. Néanmoins, je voulais en avoir le cœur net. Ne rien négliger. Attendre vingt

---

* Victor Meister voulait évidemment parler de Dalila. Mais sur le moment, j'étais tellement surpris par ses connaissances sur l'Hôtel de Ville de Mulhouse, que je ne rectifiai pas sa petite erreur.

heures et l'hypothétique rendez-vous fixé par le chasseur de l'Hôtel du Parc. Je connaissais le moyen de faire patienter le Cow-Boy :

– Et si on se cassait une petite graine, en attendant vingt heures ? C'est moi qui paye.

Les restaurants, bistrots et autres brasseries ne manquent pas dans le quartier piétonnier de la vieille ville toute proche. Le hasard ou une bonne étoile, à moins que ce ne soit le flair du policier gastronome, nous guida vers « Le Petit Zinc ». Les deux heures qui suivirent furent un ravissement. La salade de choucroute au cervelas grillé nous réconcilia. L'exquis pickelfleisch* au raifort nous réconcilia avec Mulhouse. L'accorte et très aimable patronne aurait volontiers réconcilié Victor avec la gent féminine. Nous ne pûmes hélas nous attarder dans cette agréable taverne. La cloche du Temple Saint-Etienne tout proche égrenait les huit coups de vingt heures.

Le chasseur, en civil, jean, tee-shirt, veste de toile, surgit de l'ombre, nous dépassa à grands pas et nous entraîna à sa suite vers le chevet du Temple où il s'arrêta enfin dans l'obscurité d'une encoignure.

Sans rien dire, il sortit de sa veste une enveloppe couleur crème sur laquelle je reconnus l'en-tête de l'Hôtel du Parc et mon nom inscrit à l'encre violette « *Claude Lemmy* ». Toujours en silence, il me la tendit et fit mine de s'en aller aussitôt. Le Cow-Boy fut le plus rapide. Il fit un pas en avant et l'empêcha de passer. Deux colosses, deux géants face à face. L'un

* Pickelfleisch : poitrine de bœuf salée et saumurée.

plutôt asiatique (un teint plus hâlé que bilieux), l'autre blanc (un blanc plutôt rubicond).

– C'est quoi, ce cinéma ? questionna l'obèse blanc.

– Madame Canrade m'a prié de remettre cette enveloppe le plus discrètement possible à Monsieur Claude Lemmy lorsqu'il viendrait à l'hôtel, répondit « Tarass Boulba ».

– Et pourquoi ne pas me l'avoir remise dès mon arrivée ? demandai-je à mon tour.

– J'ignorais qui vous étiez, s'excusa l'homme des steppes mongoles. C'est seulement lorsque vous avez décliné votre identité à mon collègue, le réceptionniste, que j'ai fait le rapprochement…

– Le rapprochement avec qui ?

– Ben…, se justifia-t-il maladroitement… c'est que Madame Canrade m'avait décrit succinctement la personne à qui je devais remettre le pli et…

– Et ?…

– Que Monsieur me pardonne… - le larbin en civil était à la torture - Madame Canrade m'avait annoncé un monsieur moins… enfin je veux dire, un monsieur plus… svelte…

Le rire de Meister résonna dans la rue en faisant trembler les vitres des fenêtres d'alentour. Le malabar se tenait les côtes en lorgnant avec insistance sur ma brioche légèrement proéminente, il est vrai.

– …Et puis, insista le réceptionniste, Madame Canrade m'avait conseillé la prudence. Elle m'avait parlé d'un monsieur seul... Alors, comprenez-moi, lorsque j'ai vu Monsieur accompagné d'un policier...

– D'un quoi ? hurla Meister qui faillit s'étrangler, non de rire, mais de stupeur, cette fois. Qui vous a dit que j'étais... De qui tenez-vous que je suis un poulet ?...

– De personne, Monsieur, de personne... Dans mon métier, voyez-vous, il faut être physionomiste et... et...

Victor était écarlate. Le grand Mongol était gris. Leurs regards étaient assassins. Le choc des titans était imminent.

Courageusement, je me glissai entre les deux mastodontes. Je posai une main apaisante sur l'épaule de mon ami :

– Laisse tomber, Victor. On s'en va. Viens.

Je lui parlais calmement. En agitant doucement l'enveloppe devant ses yeux exorbités où la fureur se mêlait à la stupeur, je l'entraînai au loin.

– Mais comment il a fait ?... Hein, comment il a pu savoir ?... répétait le Capitaine Victor Meister en me montrant sa chemise hawaïenne à grosses fleurs orangées... Comment il a pu voir que j'étais flic ?...

Chapitre 4

En temps normal et lorsque mon ulcère ne me chatouille pas trop l'estomac, j'arrive à dormir à peu près n'importe où. Même à côté d'un échangeur autoroutier. Ce ne fut pas le cas, cette nuit-là. L'A 36 n'y était pour rien. Ni la vue imprenable sur la zone commerciale de l'Ile Napoléon. Ni le matelas défoncé. Bref, le confort de l'hôtel n'était pas en cause.

Certes, le clapier à sommeil qui nous hébergea ne pouvait rivaliser avec l'Hôtel du Parc. Il offrait néanmoins des avantages non négligeables. Le premier étant le tarif pratiqué, plus compatible avec des traitements de fonctionnaires. Le second, qu'il était accessible par Carte Bancaire, vingt-quatre heures sur vingt-quatre. Ni sourires obséquieux, ni courbettes serviles. Et pas davantage d'obligation de pourboires en retour.

La nuit était déjà largement entamée et la bouteille de Kaeferkopf désespérément vide, lorsque

Victor regagna sa chambre, voisine de la mienne. Les mystérieux documents que m'avait remis le chasseur s'étalaient sur le couvre-lit marron.

Outre l'enveloppe crème à mon nom et à l'en-tête de l'Hôtel du Parc de Mulhouse, il y avait là :

- Trois coupures de presse,
- Deux enveloppes contenant des messages mystérieux,
- Un dépliant touristique,
- Une lettre manuscrite.

A peine installés, nous avions commencé par la lettre. Ecrite à l'encre violette comme mon nom sur l'enveloppe, elle était signée : *Ta Lisa.*

Même si, depuis huit ans, mon ex-femme ne m'avait jamais envoyé de courrier, j'étais à peu près certain que la lettre était bien de sa main. L'écriture toute en rondeurs, presque un graphisme de petite fille appliquée, m'était encore familière. Voici ce qu'elle disait :

Claude, mon chéri,

– Mon chéri ? Elle ne manque pas d'un certain aplomb ! goguenarda Victor.

Je poursuivis ma lecture sans me laisser perturber par le mastard.

Claude, mon chéri,

Je suis sûre que tu viendras à Mulhouse, je te connais trop bien.

Ne m'en veux pas, si je ne t'ai pas attendu. J'ai peur. De graves dangers menacent. Je dois momentanément fuir et me cacher.

Igor, mon compagnon, est encore dans son pays, en Russie. Je suis venue seule à Mulhouse pour préparer son arrivée. Spécialiste des voitures anciennes, il doit participer à la Grande Parade Automobile qui se tiendra à Mulhouse dans une semaine.

Or, depuis mon arrivée, je reçois de mystérieux messages anonymes : dès son retour en France, quelqu'un veut attenter à la vie d' Igor. Je suis très inquiète pour lui.

– C'est le bouquet !, railla le Cow-Boy. Elle t'appelle au secours pour sauver le gigolo pour lequel elle t'a plaqué ! Heureusement qu'elle précise qu'elle *« te connaît trop bien »*. Plus niquedouille que toi, tu meurs !

– Si tu me laissais continuer ?

– Vas-y, c'est trop drôle.

J'ignore qui sont les auteurs de ces courriers. J'ignore leurs buts et leurs motivations. Mais, contrairement à la Police, je prends leurs avertissements très au sérieux. Pour preuve les coupures de presse jointes à leurs menaces et que je te fais parvenir telles que je les ai réceptionnées.

Une telle série de faits divers tragiques en l'espace de quelques jours, une telle accumulation d'accidents horribles dans les Musées Techniques de la ville, ne peuvent être le fruit du hasard comme le pense la Police mulhousienne.

Je compte sur toi pour les en persuader.

Dès que je le pourrai, je reprendrai contact avec toi par l'intermédiaire de l'homme qui t'a remis ce pli. Je pense que nous pouvons lui faire confiance : je le paie assez cher pour ça.

Merci de ne pas m'abandonner.

Je t'embrasse,

Ta Lisa

Avec Victor, également curieux, nous avions pris connaissance de ces fameuses coupures de presse. Puis, également intrigués, nous les avions relues plusieurs fois. Elles avaient de quoi rendre perplexes le flic le plus averti et le naïf le plus méfiant. Jugez-en plutôt.

Mulhouse, le 22 juin :
Mort tragique d'un septuagénaire

Hier matin, peu après dix heures, des promeneurs ont découvert, dans un fossé, derrière le

Marché de Gros, le corps sans vie de Monsieur Zugele François.

Le septuagénaire gisait en contre-bas, les bras en croix, le front éclaté sur l'arête d'un rail de la voie ferrée désaffectée qui mène au Musée National du Chemin de Fer. M. ZUGELE, cheminot retraité, était un membre particulièrement actif de l'Association des Amis du Rail qui, avec dévouement et compétence assure, à longueur d'années, l'entretien de ces belles machines qui constituent la plus belle collection de trains en Europe.

D'après les premiers résultats de l'enquête, la mort serait purement accidentelle. Il pourrait s'agir d'une chute, suite à une perte de connaissance due à un malaise cardiaque.

Ce premier document était une photocopie. En bas de la feuille, Lisa avait ajouté un commentaire à l'encre violette.

J'ai reçu la coupure originale, le jour de mon installation à l'Hôtel du Parc, le 28 juin.

L'article était accompagné d'un message qui disait, entre autres, que ***« la vengeance est sur les rails - terminus gare Saint-Ulrich… »***

J'ai cru à une erreur ou à une plaisanterie et j'ai tout jeté : enveloppe, article, message.

La présente photocopie de la coupure de presse a été faite au siège du journal l'Alsace, après réception des messages suivants.

La lecture de ce premier fait-divers me laissa dubitatif. Quel lien avec Lisa ? Et à quoi rimaient ces jeux de mots bizarres sur les trains, les rails, le terminus ? Je voulus en faire part à Victor mais il me pressa de lire le second article. Un original, cette fois, découpé dans les *Dernières Nouvelles d'Alsace* du 28 juin. Il disait ceci :

Mulhouse, le 28 juin :
Electrocutée à Electropolis

Hier matin, peu avant neuf heures, une panne de courant électrique a affecté la rue du Pâturage et toutes les rues avoisinantes. Les techniciens de l'EDF ont dû attendre l'arrivée des employés du Musée de l'électricité Electropolis, pour déterminer l'origine de la panne.

Il s'agit d'un drame horrible qui a fait une malheureuse victime. Dans un local technique du premier étage, ils ont en effet découvert, affreusement tordu et à moitié calciné, le corps de Madame Linda Da Carvallo, 60 ans, technicienne de surface, employée depuis plus de 10 ans au Musée. Ironie du sort, elle avait fait valoir ses droits à la retraite et prenait, ce jour-là, son service pour la dernière fois.

Accident inexplicable ? Imprudence fatale ou geste délibéré ? Une enquête administrative est en cours pour déterminer dans quelles conditions un tel drame a pu se produire. Le Directeur, que nous avons interrogé à ce sujet, nous a assuré que le local technique, parfaitement sécurisé, n'est pas accessible au public. Madame Linda Da Carvallo, la malheureuse victime était l'une des rares personnes à en posséder la clé.

Tout laisse à supposer que cette employée modèle, dont les directeurs successifs ont toujours loué la conscience professionnelle exemplaire, a voulu, dans un excès de zèle, passer l'aspirateur sur les boîtiers électriques qui alimentent les expériences interactives et les maquettes animées qui font l'originalité d'Electropolis.

C'est le premier drame qui endeuille le Musée Electropolis, le plus important d'Europe consacré à l'énergie électrique, à son histoire, à ses secrets et à ses multiples applications.

*

* *

L'enveloppe de papier kraft qui contenait cette coupure de presse avait été postée le 28 juin et oblitérée à la Poste de la Gare, Place du Général de Gaulle. Le nom du destinataire « MME CANRADE

LISA », avait été composé à partir de lettres majuscules découpées dans un magazine avant d'être photocopié. L'adresse « Hôtel du Parc » provenait d'un prospectus.

Mais le plus curieux, c'était le message joint. Les lettres avaient été, elles aussi, découpées dans un magazine et collées au dos d'un rectangle de papier peint. Le message disait ceci :

OU CRAMER PAR LA FÉE
A DEUX MILLE CINQ CENTS VOLTS
OU CREVER PAR LE COLT
NUL NE PEUT M'ÉCHAPPER.

Le troisième lot était constitué d'une enveloppe de papier kraft rigoureusement identique à la précédente, sinon qu'elle avait été postée Place de la Réunion, le 3 juillet, d'un message explicite et d'une coupure de presse.

Le message était collé sur un carré de tissus, une simple cotonnade de la taille d'un mouchoir dont l'un des bords était partiellement calciné. Il était laconique :

TELLE SERA LA MORT
QUI FRAPPERA IGOR

La coupure de presse soulevait un autre mystère.

Overdose mortelle. 3 juillet. Le corps sans vie d'une jeune femme a été trouvé, hier matin, dans la cour de la Commanderie de Rixheim. Une seringue usagée ainsi que tout l'attirail propre aux toxicomanes ont été retrouvés près du corps.
La victime, une marginale sans domicile fixe et sans papiers, âgée d'une trentaine d'années était connue sous le sobriquet de 'Tartine'. La malheureuse portait encore à l'avant-bras gauche un garrot de caoutchouc.
D'après le rapport de l'autopsie médico-légale, les examens toxicologiques et histologiques indiquent qu'une intoxication aiguë de cocaïne a provoqué un œdème pulmonaire et cérébral.
Si la cause de la mort ne laisse aucun doute, les enquêteurs de la Gendarmerie Nationale s'interrogent pour savoir ce qui a poussé la malheureuse à venir mourir à Rixheim et plus précisément dans la cour de la Commanderie dont les grilles sont fermées tous les soirs.

– C'est quoi la Commanderie de Rixheim ?

– L'ancienne Commanderie des Chevaliers Teutoniques qui abrite l'Hôtel de Ville et le Musée du Papier Peint.

– De simples hasards !

– Des coïncidences criantes !

– Des accidents malheureux !

– Des crimes maquillés !

– Une histoire rocambolesque !

– Une diabolique machination !

Plus nous relisions ces documents, moins nous étions d'accord. Et, curieusement, mon scepticisme grandissait à mesure que croissait l'intérêt de Victor pour cette affaire. Plus il y avait de cadavres et plus le flic perçait sous le vacancier. Son flair de limier était en éveil. Oubliées les caves de Savigny-lès-Beaune. Finis les sarcasmes à mon égard. Terminés les jugements sévères à l'encontre de Lisa. Je le voyais frétiller à la perspective d'une formidable enquête policière : « Nom d'un pétard ! Et dire que les flics de Mulhouse n'y ont vu que du feu ! »

Il s'emballait littéralement, le Cow-Boy. J'eus le plus grand mal à le dissuader de téléphoner, malgré l'heure tardive, à un gendarme de ses connaissances :

– Marcel est forcément au courant. Il est en poste à la Brigade de Lutterbach, c'est juste à côté. La tête qu'il va faire !

– Tu ne vas pas réveiller ton ami, en pleine nuit pour si peu !

– Trois macchabées ! Excuse-moi du peu !

– Oui, mais apparemment tous les trois sont morts de mort naturelle, des suites d'un accident ou d'un geste de désespoir.

– Apparemment, apparemment ! Et si nous étions en présence de crimes aussi odieux que géniaux ? Le génie du ou des tueur(s) consistant à déguiser adroitement des assassinats en autant de décès naturels ou de suicides. De cette façon les affaires sont purement et simplement classées. J'ai tout lieu de penser que les enquêteurs sont tombés dans le panneau. De la part des Haut-Rhinois ça ne m'étonnerait qu'à moitié !

Comme je le disais précédemment, j'eus toutes les peines du monde à ce que Victor remette son projet au lendemain. Il jubilait par avance de l'humiliation infligée à ses collègues du 68. Comme chacun en est convaincu du côté de Strasbourg, l'Alsace du Bas est supérieure à celle du Haut ! Contrairement à la France de Raffarin.

Plus le niveau de la bouteille baissait et plus le ton montait. Plus le Capitaine Meister était convaincu, plus j'avais des doutes. Plus il accordait du crédit aux hypothèses formulées par Lisa, plus j'en soulignais le côté rocambolesque :

– Tu l'as dit toi-même, Lisa s'amuse. Elle se moque de moi. Je la connais trop et elle me connaît de même. Elle n'a pas oublié mon goût pour les devinettes, les rébus et autres jeux de lettres et elle s'amuse à me faire tourner en bourrique…

– Mais dans quel but ferait-elle cela puisqu'elle ne peut ni te voir ni t'entendre ? A l'heure qu'il est, elle ne sait même pas où tu loges. Si demain tu quittes Mulhouse, elle n'en saura rien et ne pourra pas te retrouver. Alors excuse-moi, mais je ne vois pas l'intérêt de monter un canular aussi énorme, juste pour te faire perdre ton temps. Les événements sont trop macabres pour qu'il puisse s'agir d'une simple plaisanterie. Crois-en ma longue expérience. Négliger cet appel serait comme un délit de non assistance à personne en danger. Tu fais ce que tu veux, mais moi, je reprends l'enquête. Bonne nuit.

Resté seul, incapable de trouver le sommeil, je ne pouvais détacher mon regard des documents étalés sur le couvre-lit. Victor aurait-il raison ? Une fois encore, je repris la lettre de Lisa.

L'écriture me paraissait trop régulière. La présentation en paragraphes trop bien ordonnée. Je trouvais que le style ne correspondait pas à celui d'une personne terrorisée et en fuite. Contrairement à l'appel de la veille, tant le son de sa voix avait alors des accents de sincérité.

De les voir écrits, les mots *« mon chéri »* ou *« je t'embrasse »* me paraissaient à la fois déplacés et obscènes. Hier, les mêmes mots au téléphone, m'avaient troublé. Je m'en voulus de ma faiblesse. Je pris conscience que le souvenir de cette femme laissait encore dans mon crâne des traces nauséabondes de blessures mal cicatrisées. Comment avais-je pu oublier sa passion pour les jeux de rôles et les farces cruelles dont je fus tant de fois la victime consentante ? Sinon pourquoi aurait-elle joint à sa lettre ce dépliant touristique ?

La volonté de dérision était évidente. Un jour, elle faisait mine de m'appeler à son secours. Le lendemain, comme pour mieux m'humilier, elle faisait étalage de sa fortune dans le plus chic des palaces mulhousiens. Puis commençait un jeu de piste digne du boy-scout naïf que j'ai toujours été. Elle tirait les ficelles. Elle payait les figurants (très cher, rappelait-elle à propos du chasseur de l'hôtel). Elle échafaudait un scénario de série B pour me tenir en haleine et... pour finir en éclat de rire, avec ce dépliant touristique qui m'invitait à visiter Mulhouse.

– Une petite brochure banale comme l'Office de Tourisme en distribue des milliers, chaque année.

– Pas si banale que ça, avait rétorqué Meister, puisqu'elle s'intitule *« Découvrez Mulhouse, la capitale européenne des Musées Techniques »*.

– Et alors ? Quel rapport ?

– Les articles envoyés par les mystérieux correspondants relatent des faits divers en liaison avec certains de ces musées. Contrairement à toi, la coïncidence n'avait pas échappé à ton ex-femme. Tu ne vois pas que ces relations sont évidentes ?

Meister me regardait avec beaucoup de commisération comme on regarde un débile mental. Puis il jeta un dernier coup d'œil sur la bouteille vide et quitta ma chambre.

Depuis, je tournais et retournais la brochure entre mes mains. Sur douze pages format 21 x 10,3 elle présente succinctement, photos à l'appui, les huit musées dont s'enorgueillit la deuxième cité d'Alsace, autrefois surnommée le « Manchester français ».

Se pourrait-il que Meister ait raison ? Y aurait-t-il un lien autre que fortuit entre ces différents accidents mortels ? Et comment Lisa et son mec sont-ils mêlés à tout cela ?

Le sommeil fut très long à venir.

Chapitre 5

Une providentielle rémission dans la circulation autoroutière me permit soudain d'entendre la cloche d'une lointaine église, comme assourdie par le vrombissement des moteurs et la distance - déjà sept heures ! - Dans l'obscurité, je fronçai les sourcils. C'était pourtant l'heure où résonnait d'habitude la sonnerie de l'internat...

Je réalisai enfin que j'étais en vacances. Ou du moins que je n'étais plus au lycée Le Corbusier d'Illkirch, mais à Illzach, dans une banale chambre d'hôtel en bordure de l'Autoroute A-36. Derrière le rideau, je devinai cette lumière acérée des matins d'été qui précède les après-midis torrides.

Lorsque j'entrouvris la fenêtre, les souvenirs de la veille m'assaillirent en même temps que la symphonie brutale et discordante des moteurs de camions, de voitures, des avertisseurs, des aboiements, des radios tonitruantes qui se heurtaient et m'agressaient de leur boucan. Je refermai la fenêtre et les yeux en même temps. Gagné par une inertie peu commune chez moi, habitué à être toujours en activité, je repensais aux aléas de mon existence.

Au fond, d'épouser Lisa, ce fut une foirade totale. Parce que dans cet amour fulgurant où je m'étais lancé sans retenue, pétri d'ingénuité et d'idéal, j'avais avalé plus de soupe à la grimace que de friandises. Je revoyais le sourire enjôleur de cette môme blonde quand elle m'entraînait, malgré moi, soumis et silencieux, dans ces jeux de rôles stupides, parodies d'énigmes policières où, plus qu'à son tour, elle disparaissait, otage consentant de vilains truands baraqués. Je me revoyais fondant comme un coulis de guimauve au retour de cette Desdémone de comédie dont les rondeurs gonflaient la jupette et le corsage chiffonnés.

À croquer dans l'abricot faisandé de cette ensorceleuse, j'avais perdu ma candeur et mes illusions. Je ne regrettais rien, non, mais à détricoter ainsi le fil de ma vie, ça me mettait en pelote. Furieux de m'être laissé griser, il y a dix ans, plus furibond encore de m'être laissé berner, pas plus tard qu'hier. Cet appel au secours pathétique, cette lettre ampoulée, ces vers de mirliton, ce musée de cadavres, tout cela n'était que mystification et tromperie. Fallait-il être niais pour tomber dans un piège aussi grossier et renoncer à des vacances en Bourgogne !

Ce pauvre Victor ne pouvait pas, bien évidemment, soupçonner les dons de Lisa pour la mise en scène. Ni son goût pour les intrigues les plus sophistiquées et les plus morbides. Il ne connaissait rien d'elle. Sinon ce que j'avais bien voulu lui raconter, avec force gestes suggestifs à l'appui. Elle me trompait, soit, mais elle était la plus désirable des femmes. Cruelle sans doute, perverse peut-être, mais belle ! Belle !

Je lui avais tellement vanté les charmes de Lisa que même Victor, le Cow-Boy misogyne, ne se méfiait plus. L'idée de la rencontrer bientôt, l'obsédait. L'intérêt professionnel de l'O.P.J. et la vanité du citoyen de Basse Alsace faisaient le reste. Le Capitaine Meister était sur le point de se lancer dans une enquête dont il serait la prochaine victime, tué à coup sûr par le ridicule. Il était urgent que je le mette en garde.

Il ne m'en laissa guère le temps. Il s'impatientait à une table de formica dans la minuscule salle réservée aux petits déjeuners en self-service. Les autres clients, visiblement des représentants de commerce, trempaient le croissant d'une main tout en tapotant de l'autre sur leur ordinateur portable. Avec sa chemise à fleurs, Meister faisait un peu tache au milieu des costumes uniformément gris. Il m'apostropha dès qu'il me vit :

– On se grouille, on s'active... Marcel nous attend...

Ainsi donc, conformément à ce qu'il avait prémédité, Meister avait, de grand matin, pris contact avec son collègue Marcel Sennendinger, adjudant-chef de gendarmerie à la Brigade Territoriale de Lutterbach.

– C'est un copain d'enfance, m'apprit-il alors que j'avalais en hâte un café noir et brûlant. On ne s'est pas revus depuis des années mais c'est un chic type. S'il sait des choses sur les décès soit-disant « accidentels », il nous les dira.

– Ecoute, lui dis-je, nos soupçons reposent uniquement sur les affirmations de mon ex-femme dont je connais l'imagination débordante. Les indices en notre possession sont minces. Tu ne crains pas que ton ami Marcel se fiche de nous ?

– Et pourquoi se ficherait-il de nous ? Parce que toi, tu n'y crois pas ?, se fâcha-t-il. Vous êtes tous pareils, profs et compagnie. Prétentieux, « je sais tout mieux que les autres » ! Et si tu laissais faire les pros ? Les gens dont c'est le métier ?

Je n'insistai pas. Quand Meister se lâche sur l'Education Nationale, il vaut mieux se taire. Il règle un contentieux qui semble aussi vieux que lui. Je le suivis au pas de charge sur le parking et grimpai dans le 4X4. Alors qu'il démarrait, je l'entendis maugréer :

– Et pourquoi, il se ficherait de nous, Marcel ? Il n'avait pas l'air de rigoler, quand je lui ai bigophoné, ce matin.

Le moins qu'on puisse dire en effet, c'est que l'adjudant-chef Marcel Sennendinger n'avait rien d'un rigolo. A tel point que je me demandai comment ce petit homme sec, à la bouche un peu amère, pouvait être l'ami de Victor. Néanmoins, sous la fine moustache poivre et sel, ses lèvres minces esquissèrent un sourire, lorsque le mastodonte le pressa sur sa panse. Le temps d'un fugitif éclair, ses yeux pétillèrent derrière ses lunettes à monture dorée. Son regard retrouva sa sévérité pour me saluer avec une certaine raideur. A moins que ce ne fût de la lassitude.

Le local dans lequel il nous amena ressemblait davantage à un garde-meuble qu'à un bureau. C'était un capharnaüm de caisses et de cartons alors que sur une table posée sur des tréteaux, des classeurs Leitz, des photos dans leurs cadres, quelques cactus en pots attendaient d'être emballés. Des taches plus claires sur les murs nus attestaient de la présence, il n'y avait pas si longtemps, de tableaux ou de posters.

L'adjudant-chef débarrassa deux chaises de skaï gris des vêtements d'uniforme qui les encombraient :

– Vous m'excuserez, mais il faut bien débarrasser le plancher…

– Tu déménages ? questionna Meister, visiblement surpris par le désordre et par l'attitude de son vieil ami.

– Si on veut…

Je vis se dessiner sur son visage creusé de rides une expression de profond découragement. Il sortit un grand mouchoir à carreaux de sa poche et s'essuya les lèvres.

– Explique-toi, dit Meister.

– Tu te fous de moi ? Ce n'est quand même pas par hasard si tu débarques à l'improviste ? Je ne sais pas qui t'a prévenu mais, c'est sympa de ta part.

– Prévenu de quoi ? s'enquit Meister de plus en plus gêné, comme s'il avait raté un épisode important. Entre amis, il n'y a rien de pire.

– Mais de ma retraite ! s'exclama le gendarme dont les mains étaient agitées d'un léger tremblement. Dans huit jours, fini l'uniforme, terminées les astreintes de nuit, les permanences du dimanche... A moi les tournois de belote au club du troisième âge, les excursions en Forêt-Noire avec tombola et Volksmusik...

Il serrait si fort son mouchoir entre ses mains que celles-ci étaient devenues toutes blanches.

– Il faut que je me passe de l'eau sur la figure, dit-il soudain en se levant. Veuillez m'excuser, je reviens de suite.

Avec Victor, on se regardait bêtement. Qu'un départ à la retraite puisse être vécu comme une catastrophe, nous sidérait. Moi surtout. Il me semblait qu'il s'agissait là du dénouement heureux, logique et ô combien mérité, d'une carrière bien remplie. Ce n'était apparemment pas la perception qu'en avait le vieux gendarme. Son attitude mit Victor mal à l'aise. Marcel Sennendinger semblait avoir beaucoup changé depuis la dernière fois qu'il l'avait vu. Sa voix brisée lui sembla celle d'un fantôme.

– Gosse, me dit-il, je partageais ses rêves. Plus tard, c'était toujours lui qui me communiquait son enthousiasme. Autrefois, du temps où sa femme vivait encore, il n'était jamais le dernier à faire la fête...

Il avait perdu sa joie de vivre en même temps que sa femme, m'expliqua Victor. Sans famille, ils étaient de la Ddass tous les deux, sans enfant, leur seule fillette était morte tout bébé, Marcel Sennendinger avait dès lors consacré son temps, son énergie et toute sa vie à son boulot…

– Un boulot de merde, oui, mais un boulot que j'aimais !…

Nous ne l'avions pas entendu revenir. L'adjudant-chef reprit sa place derrière son bureau.

– Un boulot qui te bouffe la vie sans que tu y prennes garde, poursuivit-il… Rien d'extraordinaire, rien d'héroïque… juste l'illusion, parfois, de remettre les choses d'aplomb dans une monde qui vacille…

Pour souligner ses propos, il tambourinait sur son bureau, en cadence, du bout des doigts. Il se pencha vers nous en nous fixant droit dans les yeux et je fus assailli par sa mauvaise haleine, une odeur de schnaps. Victor leva lui aussi les sourcils.

– Oui, j'ai bu, rétorqua le vieil adjudant-chef sur un ton où se mêlaient les « et alors ? » et le mépris de soi. Mais avec des histoires aussi sordides…

– Quelles histoires ?, demanda Meister qui s'imaginait que le vieux gendarme allait évoquer l'affaire qui nous amenait : les cadavres liés aux Musées de Mulhouse.

– J'espère qu'ils vont le coincer, dit-il à haute voix sans que je puisse être sûr qu'il ne se parlait pas à lui-même plutôt qu'à nous.

– De qui tu parles ?

– Mais de l'ordure qui a fait ça !, explosa-t-il en haussant les épaules. De qui veux-tu que je parle ?

– Ben…tu sais… le cheminot retraité, mort sur le chemin du Musée du Chemin de Fer, la femme de ménage électrocutée au Musée de l'Electricité, la « Sans Papiers » trouvée devant le Musée du Papier Peint…

– Quoi ? Mais tu plaisantes ? Tu ne vas pas nous faire perdre notre temps avec ces faits divers d'une affligeante banalité ? On a autre chose à faire ! Huit mois, qu'on est sur l'affaire. Huit mois qu'on interroge, qu'on recense, qu'on recoupe, qu'on analyse… Huit mois qu'on patauge sans résultat… Huit mois où on se dit que si on aboutit, ce sera forcément sur une histoire horrible aux relents putrides de misère qui sortira de cette sinistre forêt…

– De quelle forêt ?

– De quelle forêt ? De quelle forêt ? Mais de la forêt de Galfingue, mon vieux ! Tu ne vas pas me dire que tu n'es pas au courant ?

Le vieux gendarme tremblait de tous ses membres tandis que nous faisions un effort de mémoire.

L'affaire remontait à l'automne. Il s'était passé tant de choses depuis…

Un agriculteur découvre trois sacs-poubelles déposés dans un bois, entre Galfingue et Bernwiller, à une quinzaine de kilomètres de Mulhouse. Ils contiennent les corps en décomposition de cinq nouveaux-nés. Il alerte la gendarmerie de Lutterbach…

Depuis, malgré la mise en place d'une cellule d'enquête spéciale regroupant des enquêteurs chevronnés des brigades de Lutterbach, Mulhouse et Colmar et la Section de Recherche de Strasbourg, l'enquête, si elle a progressé par élimination, n'a pas connu de véritable avancée.

Depuis, l'adjudant-chef Marcel Sennendinger s'était investi corps et âme dans ce travail de fourmi, interrogeant, village après village, maison après maison, les habitants de la région. Ce devait être sa dernière enquête. La plus terrible aussi. Il n'y pas pire que les meurtres d'enfants. Elles ne cessent de vous hanter et vous laissent de douloureuses cicatrices.

Depuis (on nous l'apprit plus tard), parce qu'il n'existe aucun gilet pare-balles contre l'horreur, Marcel Sennendinger, s'était mis à boire un peu plus que de raison.

Il s'était renversé dans son fauteuil et les yeux perdus dans le vague poursuivait son monologue désabusé :

– Si on arrivait à comprendre… rien qu'un peu… quelle misère, quelle détresse peut amener une mère… Nous, quand la petite est morte à deux mois, ma femme ne s'en est jamais remise… Mais tout le monde s'en fout de tous ces gosses qu'on abuse, de tous ces gosses qu'on abandonne, de tous ces gosses qu'on assassine à travers la planète… Alors qu'est-ce que ça peut faire, quelques nouveaux-nés…

Un rire le secoua tout entier. C'était le rire mécanique, le rire d'un désespoir, pas d'une plaisanterie. Comme un voile jeté sur les mots. Je l'observais à la dérobée tandis qu'il hoquetait dans son mouchoir et j'étais affreusement mal à l'aise :

– J'espère sincèrement que vous aboutirez, dis-je.

– Moi ?

Il haussa les épaules et regarda par la fenêtre.

– Moi aboutir ? Les succès, ce n'est pas pour moi, jeune homme. Moi, ça n'a toujours été que les ivrognes du samedi soir, ceux qui font du tapage, ceux qui foutent leur voiture dans le fossé ou ceux qui tabassent leur femme, les petits dealers, les petits braqueurs, les quelques uns qui vous craignent et tous ceux qui vous méprisent… la routine… et au bout de la route…une canne à pêche… Tiens à propos, puisque vous êtes à Mulhouse, venez vous joindre à nous. Les collègues organisent une petite fête pour mon départ puisqu'il paraît que ça se fête. Je sais, ils m'offriront une canne à pêche…

– C'est quand ?, demanda Victor qui, pas plus que moi, n'osait remettre sur le tapis les affaires qui nous avaient amenés à la gendarmerie de Lutterbach.

– Samedi, onze heures, précisa-t-il tournant du bout de l'index les pages de l'éphéméride posé sur son bureau.

Quand il eut trouvé la bonne page, il nous la présenta. Le mot « RETRAITE » écrit au feutre gras barrait toute la page en diagonale. Ce ne fut pourtant pas ce mot qui attira mon attention. Sous la date du

Samedi 10 juillet, imprimé en rouge, le nom du Saint patron du jour me sauta aux yeux.

– La Saint Ulrich !, m'exclamai-je à haute voix.

– …

– Rappelez-vous, le premier message, celui que Lisa disait avoir jeté et dont elle avait cité quelques bribes…*Vengeance sur les rails – Terminus* ***Saint Ulrich****…*

– Ah, tu vois ? La menace qui pèse sur ton rival n'est peut-être pas innocente ?, ricana Victor.

Je me maudissais. En soulignant cette nouvelle et curieuse coïncidence de date, j'avais relancé l'intérêt de Meister. Voilà cinq minutes à peine, il était sur le point de renoncer à l'enquête. Marcel Sennendinger avait failli le convaincre que ses soupçons étaient totalement infondés. Après l'appel téléphonique de Victor, l'adjudant-chef s'était rapidement renseigné auprès de ses collègues de Mulhouse et de Rixheim. Ni le décès de Franz Zugele ni celui de Linda Da Carvallo ne présentaient d'éléments suspects, susceptibles de justifier l'ouverture d'une enquête policière. Quant à la mort par overdose d'une SDF…

Et voilà que, par ma faute, je redonnais du blé à moudre à ce flic borné. Il m'accusait, ni plus ni moins, de nier la réalité des menaces parce qu'elles pesaient sur mon « rival ». Ce qui, je dois l'avouer, n'était pas totalement injustifié. Serais-je jaloux ? Après huit longues années ? Est-ce que je haïssais Lisa au point de me réjouir d'un éventuel malheur qui frapperait l'homme capable de lui offrir luxe, argent, plaisir, autant de choses que je fus incapable de lui donner ?

Un jour Meister m'avait dit : « La vengeance, c'est pire que le Sida. Le temps d'incubation peut être beaucoup plus long. » Je détestais sa lucidité. Je me demandais si en acceptant son amitié, dans une pulsion de masochisme pervers, je ne me précipitais pas volontairement dans les pires tracas. Mais je ne me sentais pas de taille à échapper à cette poisse.

Plongé dans mes inquiétudes, je ne prêtais qu'une attention distraite à ce qui se passait dans le bureau. Le gendarme demanda « Quels messages ? ». Meister lui montra l'enveloppe remise par le chasseur. Le gendarme les examina. Pas plus que moi, il ne parut convaincu. Meister insista.

– Soit, finit par concéder le gendarme. On va fouiller un peu. Mais comme je te l'ai déjà dit, j'ai des choses plus importantes à traiter. Je vais voir ce que je peux faire. Si je mets un stagiaire sur le coup, ça te va ?

– Parfait, dit Meister. Faut donner leur chance aux jeunes.

– Tu ne crois pas si bien dire, ajouta Marcel, un sourire énigmatique au coin des lèvres.

Puis il demanda :

– Vous logez où ? A l'hôtel ? Si ça vous dit, venez chez moi, j'ai de la place plus qu'il n'en faut.

– Ici, à la gendarmerie ?

– Mais non, nigaud. J'ai gardé la maison des parents. Je pense que cela te fera plaisir de la revoir ?

Oui ? Alors venez tous les deux, ce soir. Je vous attends pour vingt heures. Je vous ferai de la carpe frite, je crois que tu aimais ça autrefois ?

Chapitre 6

Lundi, 5 juillet : *Eddy Lovacki*

Depuis deux jours qu'il file le train à ces deux bouffons, Eddy finit par en avoir plein les baskets. Il faut reconnaître que suivre une bagnole à travers les rues de Mulhouse, c'est pas de la tarte. Avec les travaux du futur tram-train, les embouteillages sont plus nombreux que les offres d'emploi à l'ANPE. Encore heureux que les mecs se baladent en 4X4, c'est plus facile à repérer !

Hier soir, quand Mehmet l'avait appelé sur son portable tout neuf, il avait tout fait, pile poil comme prévu. « Je veux un trrrrravail de prrrro ! » avait-il exigé.

Mehmet roule les « rrr » comme la Volga roule les galets au moment de la fonte des neiges en Sibérie. Enfin, c'est ce que Eddy imagine. Car Eddy n'a jamais vu la Volga autrement qu'à la télé. Il n'est même pas sûr que la Volga coule en Sibérie, mais c'était façon de parler. Car Mehmet, d'après ce qu'il sait, est né là-bas, après Moscou, beaucoup plus loin… A l'époque, tout ça, ça s'appelait l'U.R.S.S. et c'était vachement plus simple…

Bon, pour en revenir à la soirée d'hier, Eddy avait vu, à travers les verres fumés de ses lunettes de soleil, le grand Dimitri remettre l'enveloppe aux deux bouffons. Il les avait suivis sans se faire repérer jusqu'au parking de l'Hôtel de Ville et là « travail de pro », la BM l'attendait. Il y avait même tous les papiers dans la boîte à gants et c'est ça qui l'épatait le plus, l'Eddy. Carte grise, assurance, tout quoi… Des tires comme la BM, il en avait déjà drivées plus d'une, mais avec des papiers en règle, c'était une première. Comme pour la filature, d'ailleurs.

Mais tout s'était bien passé. « Comme un pro », sans se faire repérer, il leur avait filé le train par le Boulevard de l'Europe et l'Avenue Robert Schuman, direction la bretelle d'autoroute.

– Qu'est-ce que je fais maintenant ?, avait-il demandé à Mehmet quand les deux mecs avaient garé leur 4X4 sur le parking de l'hôtel et déchargé leurs bagages. J'peux aussi aller me pieuter ?

– Quoi ?, avait hurlé Mehmet, si fort que Eddy dut éloigner le portable de l'oreille. T'es tarrrré ?

Eddy n'aimait pas trop qu'on lui dise qu'il était « taré ». En d'autres circonstances, cela aurait même eut le don de lui faire péter un plomb. Mais là, valait mieux la boucler. Mehmet était le chef. Après le grand boss, bien sûr, mais celui-là, Eddy ne le connaissait pas. Eddy avait donc passé la nuit sur le parking, bercé par le vacarme de l'autoroute. Ce qui ne le gênait pas trop : il avait grandi dans une H.L.M., à cinquante mètres d'un échangeur…

A y bien réfléchir, c'est encore à la Maison d'Arrêt de la rue d'Ensisheim qu'il avait connu les nuits les plus silencieuses. Pas les plus calmes, mais celles où il y avait le moins de bruit. C'est d'ailleurs là qu'il avait connu Mehmet. Pendant huit jours, ils avaient partagé la même cellule. Dès la première nuit, alors qu'Eddy occupait la couchette du bas, Mehmet s'était penché sur lui. Il respirait rapidement : « Tu ferrrrmes ta gueule, sinon… » De l'index, il avait fait le geste de lui trancher la gorge avant de glisser ses cent quinze kilos de muscles et de graisse dans son lit. Ce n'est pas qu'Eddy aimait ça, mais les anciens l'avaient prévenu : « Au gnouf, tu gagnes du prestige mais tu perds ta rondelle… »

En quittant la taule, Eddy ne pensait jamais revoir Mehmet ; ils ne « délinquaient » pas dans la même catégorie. Et voilà qu'il y a trois jours, Mehmet se pointe à Bourtzwiller au volant d'une BM et lui propose le job : chauffeur, livreur, garde du corps…

– De qui ?

– T'occupes. T'as qu'à fairrrre ce qu'on te dit. Tu sais conduirrre ? Tu connais les rrrrrues de Mulhouse ? Trrrrois mille, ça te va ?

Tu parles ! Eddy n'avait pas même demandé de préciser la monnaie. En euros, c'était Las Vegas ! Même en francs, c'était l'aubaine. La preuve qu'avec un petit casier pour vol de voitures et un bref séjour en cabane, t'as plus de chance de trouver du boulot qu'avec un CAP et les files d'attente de l'ANPE.

Surtout quand tu t'appelles Azedine ? Azedine Lovacki. Tu parles d'un blaze pour chercher un emploi !

Certes, depuis qu'il avait des souvenirs, sa mère, fille d'un mineur polonais, l'avait toujours appelé « Eddy ». Quant à son père, sa mémoire n'en gardait aucune trace. Et pour cause ! Ce salaud avait semé sa graine, il lui avait refilé ce prénom de bicot et, tchao, trois mois plus tard, il s'était trissé en lui laissant pour tout héritage une peau mate et des cheveux crépus. A l'école, le petit « Eddy » cassait la gueule à tous ceux qui rigolaient, le jour de la rentrée, quand le nouveau maître l'appelait « Azedine ». Depuis, il avait pris du biceps et tout le monde l'appelait « Eddy » dans la cité. Mais pas à l'ANPE !

Des années-galère, il en avait connues, l'Eddy, à rouiller dans les cages d'escalier quand il faisait froid dehors, avec tous ceux de la bande. Fils ou petits-fils de mineurs sans mine de potasse, d'ouvriers du textile sans manufacture, de harkis sans espoir de retour. Quand il faisait beau, ils prenaient le soleil, adossés, des heures durant, contre les murs des immeubles comme s'ils voulaient les empêcher de s'écrouler. Taper dans un ballon, c'était plus de leur âge. Ils laissaient ça aux mômes qui s'égosillaient au pied des immeubles sur un espace autrefois planté d'herbe. Ceux-là, c'est marrant, ils voulaient tous s'appeler « Zinedine ». Un prénom de bougnoule, pourtant !

Alors parfois quand les terrains vagues se fondent en vague à l'âme, il y en a toujours un qui propose de « chouraver une turvoi » ou de « casser du keuf ». On se fait alpaguer, une fois…Puis deux… On fait un séjour en cabane et, à la sortie, le vague est dans les yeux des minettes. T'es quelqu'un ! Enfin !

Mais c'est rien à côté du feu d'artifice qui illumine les yeux des meufs quand un homme, un vrai, parade dans les rues de Bourtzwiller au volant de SA BM. La sienne ou tout comme. Le coude négligemment passé par la vitre baissée, l'autoradio qui gueule à donf (la techno c'est ce qu'il y a de mieux pour frimer), Eddy roule au pas. Pas d'excès de vitesse. Pas de rodéo. Faut que chacun sache que la caisse, elle est à LUI. Enfin qu'elle n'est pas tirée, qu'il a les tafs et tout. Même un permis, tout ce qu'il y a de plus officiel, obtenu au Maroc. De Marrakech ou de Casablanca, Eddy ne connaît que ce qu'il a vu à la télé, mais ça, c'est pas les keufs qui pourront le prouver.

L'autre soir, il a croisé Suna. Elle a baissé les yeux et tiré le voile sur son visage. Mais il en est sûr : elle l'avait reconnu. A sa façon de conduire la BM, elle avait dû piger qu'il avait un vrai job. Enfin presque vrai puisqu'il ne cotisait pas à la Sécu. Suna, il en kiffait grave pour elle. Depuis toujours. Ils avaient grandi tous les deux à l'ombre des HLM. Plus tard, Eddy avait fait deux séjours en cabane. Suna avait revêtu le voile islamique. Maintenant, dans la cité, on les respectait.

C'est pas comme Tania, la grande soeur de Suna. Rien que de penser à elle, Eddy ça lui fout le bourdon. Petite déjà, elle tapait des branlettes aux grands dans la cave de l'immeuble. Paraît même qu'elle suçait. C'était pas par vice. Mais comment faire autrement quand on a un père invalide et alcoolo, une mère qui fait le tapin et qu'on n'a pas de grand frère pour prendre sa défense ? Après ça, tu plonges. De la fumette à la piquouse y a qu'un pas. Après, c'est la défonce totale, le Sida… et le bout de la route…

Tiens, à se « flashbacker » l'épisode de l'avant-veille, Eddy a le palpitant qui s'emballe… Il a beau se dire que la môme Tania, elle est partie le trip au fond des mirettes et qu' elle est peut-être mieux là où elle est maintenant…

Eddy serre les poings. Suna, il le lui racontera, un jour. Elle comprendra. Il lui dira aussi tout ce qu'il n'a pas encore osé lui dire… Tiens, dès qu'il aura touché les trois mille balles, il lui offrira un bijou. Un vrai. Un bijou acheté. Le bijou sera forcément plus beau s'il palpe en euros. Mais même en francs, le boulot était bien payé.

Il y a trois jours, Mehmet à ses côtés, ils avaient escorté une Mercedes noire, vitres teintées, de l'aéroport de Bâle-Mulhouse à l'Hôtel du Parc. Une autre fois de l'Hôtel du Parc jusqu'à une villa du Rebberg et retour. Chercher ou déposer Mehmet au bar des « Trois Gigognes », passer et repasser plusieurs fois la frontière, comme ça vite fait, aller-retour…

– Cherrrche pas à comprrrrendrrrre !…

– Mehmet s'arrêtait toujours, que ce soit à Saint-Louis ou à Liebenschwiller, à Hégenheim ou à Schönenbuch pour échanger quelques plaisanteries avec les douaniers. A croire qu'il établissait un hitparade des postes frontières. Un truc était sûr, Eddy l'avait constaté : il est plus facile de faire rire un douanier français que son collègue suisse plus raide dans ses bottes.

Bref, le reste du temps, Eddy pouvait à loisir disposer de la BM et parader dans les rues de Bourtzwiller. A part le transport un peu spécial d'avant-hier. Il n'avait pas aimé, Eddy. Une BM, c'est pas fait pour servir de corbillard ni lui, Eddy, pour jouer au croque-mort. Et puis c'était Tania, la sœur de Suna ! Mais ça changeait quoi ? Et qu'est-ce qu'on ne ferait pas pour trois mille balles ?

N'empêche, rien que d'y repenser, Eddy en a froid dans le dos. A moins que ce ne soit la fraîcheur du matin sur ce parking un peu glauque ? La noria des camions se fait plus dense sur l'autoroute. Un pâle soleil déchire la brume matinale. Les premiers commerciaux en costume gris quittent l'hôtel…

L'avantage des cheveux crépus, c'est qu'on n'est jamais décoiffé. Eddy trouve une lingette rafraîchissante dans la boîte à gants et se dit que, pour être réveillé pour de bon, rien ne vaut un petit caoua.

Dans la salle, le bouffon énorme, en chemise à fleurs, est déjà installé. Le second finit lui aussi par arriver.

La filature peut reprendre.

Première étape, la gendarmerie de Lutterbach. Eddy n'aime pas ça du tout. Il se gare à distance. Il poireaute plus d'une heure.

De là, retour sur Mulhouse. Rue du Général de Gaulle, à cause d'un feu rouge, il faillit les perdre une première fois. Il retrouve le 4X4 devant l'Hôtel du Parc. L'obèse reste au volant, l'autre discute avec le galonné de l'entrée, le collègue de Dimitri. Cinq minutes, pas plus, et on remet ça.

Rue de Bâle, comme toujours, la circulation est dense. Pas facile, sans courir le risque d'être repéré dans le rétroviseur, de leur coller au cul. Et ce qui devait arriver arriva. Au croisement avec l'avenue Dolfus, par la faute d'un connard de poids lourd qui lui coupe la route, Eddy perd le 4X4 de vue.

La vraie cata ! S'il n'arrive pas à les retrouver, Mehmet sera furax. Rien que de penser à la face de pleine lune du Sibérien, Eddy sent une décharge descendre le long de la nuque. Pour son bonheur, une connexion s'effectue entre deux neurones et une idée soudaine illumine son faciès. Eddy appuie sur le champignon. Cap sur Rixheim.

L'intuition était la bonne. Eddy pousse un gros soupir de satisfaction lorsqu'il aperçoit enfin le 4X4 garé rue Zuber, à Rixheim. La fierté (j'suis un vrai pro !) et le soulagement d'avoir échappé à la colère de Mehmet l'emportent dans un premier temps. Mais presque aussitôt, il sent une terrible angoisse monter en lui : l'endroit grouille de flicaille. Ce n'est pas le moment de se faire remarquer. Il veut pourtant en avoir le cœur net.

Eddy gare la BM un peu plus loin dans Rixheim. Il revient à pied vers la Commanderie. Il adopte l'allure décontractée d'un promeneur pour passer devant les deux képis en faction à l'entrée. Personne ne prête attention à Eddy qui se dit qu'il a bien fait d'acheter les lunettes de soleil. Leurs verres fumés lui procurent le sentiment d'être invisible.

Les deux bouffons, eux, sont parfaitement repérables. Surtout le gros dans sa chemise à fleurs orange. Et pourtant, il y a foule à l'ombre des platanes bi-centenaires. Ce qui attire les curieux, ce matin-là, ce n'était pas la belle architecture du bâtiment principal, construit par les Chevaliers de l'Ordre Teutonique au XVIIIe et transformé en Hôtel de Ville. Ni, sur la gauche, le bâtiment annexe aux murs couverts de chèvre-feuille qui abrite la Manufacture de papier peint Zuber. Tous les regards convergent vers la droite, là où se situe le Musée du Papier Peint. Derrière un ruban jaune et noir, comme pour délimiter la scène, se déroule un étrange ballet.

Une demi-douzaine de cosmonautes en combinaisons, sur-bottes, masques et bonnets blancs passe au peigne fin une zone minutieusement quadrillée. Qui avec un détecteur de métaux, qui, à quatre pattes, avec des pincettes, qui l'appareil photo en bandoulière. Tout, du moindre grain de poussière au plus petit mégot de cigarette se voit placé soigneusement dans de petits sachets transparents pour être acheminé vers un Renault « trafic » bleu, marqué « Identification Criminelle ».

« Criminelle, criminelle, faut pas charrier ! » se répète intérieurement Eddy comme s'il cherchait à se rassurer. Pourquoi tous ces képis ? Pourquoi aujourd'hui et pas hier ou avant-hier ? Qu'est-ce qu'ils espèrent trouver ? Il avait beau se « flashbacker » la scène, il ne voyait pas où et comment il aurait pu faire une gaffe. « Pro », il avait été. Du début à la fin. Et puis, trimbaler un macchabée, c'est pas « criminel », c'est juste une mauvaise blague…Quant à ce qui s'était passé avant, c'était pas son affaire…

– Merde, v'là les bouffons qui se tirent !

Eddy pique un sprint pour récupérer la BM. Le 4X4 ne semble pas pressé, heureusement, de retourner vers Mulhouse centre. Il recolle sans mal.

– C'est après que ça c'était gâté ! Mais c'était pas de sa faute, à Eddy !

Les gars rangent leur 4X4 dans un parking près de la Place de la Réunion. Eddy en fait de même avec sa BM. D'automobilistes, ils se transforment en piétons. Normal, puisque les rues d'alentour sont réservées aux bipèdes.

Vous avez déjà tenté de filocher des mecs dans une zone piétonne, à midi, un jour d'été ? A cette heure, la rue du Sauvage et les rues avoisinantes grouillent d'une foule bruyante et colorée. Pire qu'à l'agence de l'ANPE, en fin de mois. Il y a là aussi bien la ménagère de cinquante ans qui fait du lèche-vitrine que la mère de famille encombrée de marmots, l'employé en costume cravate qui profite de la RTT, la lycéenne en minijupe qui profite du soleil et le SDF qui profite du coup d'œil. Il y a là les djellabas et les robes à fleurs, les strings ostensibles et les voiles ostentatoires (à moins que ce nc soit l'inverse ?), les bourgeois et les chômeurs, les cheveux longs, les crânes rasés. Bref, une cohue pas possible.

Difficile d'avoir l'œil fixé sur les deux silhouettes et de regarder simultanément où on met les pieds. Alors forcément, tôt ou tard, on marche dans une de ces crottes de chien qui jalonnent les trottoirs de nos villes. Plus inoffensives que les mines antipersonnel au Cambodge, certes, mais aussi nombreuses. Le temps d'essuyer sommairement la semelle sur l'arête du trottoir et les deux bouffons ont disparu.

– Merde ! jure Eddy. Le terme est bien choisi. Sa déception est d'autant plus forte qu'on lui avait toujours dit que ça portait bonheur. A moins que ce ne soit de l'autre pied ?

Eddy se gardera bien de poser la question à Mehmet. La tronche de frigo qu'il va tirer, celui-là quand il apprendra l'échec de la filature ! Et l'engueulade qu'il va prendre, lui l'Eddy…

Rien que d'y penser…

Chapitre 7

Après avoir quitté la gendarmerie de Lutterbach et son brigadier dépressif, nous n'avions pas de programme prédéterminé pour la journée. Pour en savoir davantage sur les cadavres des Musées, nous devions nous en remettre au bon vouloir de l'adjudant-chef Sennendinger et de ses hommes. Eux seuls, qu'ils soient titulaires ou stagiaires, avaient mandat pour mener des investigations. Meister et moi étions en vacances. Enfin si l'on peut dire.

Le seul fil, bien ténu, qui nous reliait à notre affaire c'était le chasseur de l'Hôtel du Parc. Lui seul était censé pouvoir nous donner des nouvelles de Lisa. C'est du moins ce qu'elle avait laissé entendre dans sa lettre. Encore fallait-il le retrouver. Or, à moins d'avoir subi, durant la nuit, un lavage qui aurait eu pour effet de le blanchir et de le rétrécir par la même occasion, le chasseur en faction rue de la Sinne n'était pas celui de la veille.

Plus petit que son collègue mongole, il était tout aussi stylé. Quand il souleva sa casquette, il se révéla être blond. Son collègue prendrait son service à quatorze heures, m'apprit-il, en ajoutant aussitôt que c'était là un des effets bénéfiques de la loi sur les trente-cinq heures et que, même si dans l'hôtellerie et la restauration la loi Aubry ne s'appliquait pas intégralement, il n'en restait pas moins vrai que le petit personnel ne pouvait que s'en féliciter, même si le patronat s'en plaignait, mais ceux-là, hein, ils se plaignent toujours, même si…

Je lui glissai une pièce dans la main ce qui provoqua immédiatement un large sourire et mit aussi un terme à son exposé politique.

Meister était resté au volant du 4X4. En apprenant la nouvelle, il se mit à fredonner, parodiant Gilbert Bécaud :

– Et maintenant, qu'allons-nous faire, De tout ce temps, jusqu'après midi ?

– Et si on reprenait tout à l'envers ?, suggérai-je. Le dernier décès en date remonte à avant-hier. La SDF morte d'une overdose a été retrouvée devant le Musée du Papier Peint. C'est où ?

– A Rixheim, à cinq kilomètres en direction de Bâle, répondit Meister qui, décidément, semblait bien connaître la région.

L'étape à la Commanderie de Rixheim ne nous apporta rien sinon la confirmation que l'adjudant-chef Marcel Sennendinger avait tenu parole. Une Section de Recherche de la Gendarmerie était déjà à pied d'œuvre. Ils fouillaient, ratissaient, sondaient, ramassaient, étiquetaient en vue d'analyses ultérieures. A notre avis leurs investigations, bien que minutieuses, n'avaient que peu de chances d'aboutir. L'endroit était très fréquenté. Trop de monde était passé par là depuis la découverte du corps de « Tartine ». Mais sait-on jamais ?

La zone piétonne du centre de Mulhouse est un de ces secteurs marchands comme il en existe dans toutes les grandes villes d'Europe et dont l'originalité, hélas, s'efface sous les enseignes banalisées et franchisées, les mêmes qu'à Bâle ou Fribourg, qu'à Anvers ou Turin. Tout juste la rue du Sauvage me parut-elle plus animée, plus cosmopolite et colorée que d'autres. Nous avions du mal à nous frayer un passage à travers la foule très dense aux heures de midi.

– Tu crois que c'est un « sauvage » ?, me demanda soudain Meister.

– De qui parles-tu ?

– Mais de notre serial killer !

– Serial killer ? N'exagérons rien, Victor. Les trois décès ne peuvent être imputés à un unique et même tueur. Jusqu'à preuve du contraire, ils sont dus à des causes naturelles ou accidentelles.

– Il y a pourtant quelqu'un qui revendique ces trois cadavres. Quelqu'un qui se déclare coupable de trois meurtres alors que personne, pas même la police, ne soupçonne qu'il pourrait s'agir d'actes criminels.

– Pourquoi ferait-il cela ? Il faudrait être fou ?

– Ou « sauvage ». Ou pervers. Un sadique qui tirerait sa jouissance autant de la crainte qu'il inspire que de l'accomplissement de l'acte en lui-même.

– Et pourquoi chercherait-il à terroriser Lisa ? Au risque d'attirer l'attention de la police sur ses agissements ?

– Je n'en sais fichtrement rien. Par vengeance peut-être ou par jalousie ? Toi qui la connais mieux, ça te semble impossible ?

Avec Lisa, rien n'était impossible. Je m'étais moi-même surpris, pas plus tard que ce matin, à éprouver envers elle un ressentiment dont je me croyais sinon incapable, du moins guéri après tant d'années. Se pourrait-il que je la déteste encore au point de me réjouir de ses tracas actuels ou à venir ? Rien dans ce cas n'empêcherait quelqu'un d'autre, amoureux jaloux ou amant éconduit de la haïr encore davantage.

– Pour faire souffrir la traîtresse comme elle l'a fait souffrir, ce malade prendrait donc un plaisir pervers à menacer de mort l'homme qu'elle aime…

– Est-elle seulement capable d'aimer ?

– Disons alors qu'il menace de liquider l'homme qui vit avec elle, qui l'entretient et qui a les moyens de lui payer de luxueux palaces, ça te va ?

Je dus admettre que l'hypothèse était plausible. Mais dans ce cas, pourquoi Lisa avait-elle fait appel à moi ? Uniquement, comme elle le prétendait dans sa lettre, pour l'aider à persuader les gendarmes du bien fondé de ses craintes et de la réalité des menaces proférées ? Etais-je vraiment le mieux placé pour jouer ce rôle ? Mes fonctions de conseiller principal d'éducation dans un lycée de Strasbourg ne m'y prédisposaient pas, à priori. Les flics, Meister en apportait la preuve, n'accordent pas une confiance aveugle aux enseignants. Par ailleurs, je connaissais très peu Mulhouse et ses Musées. Alors ?

– Alors j'irais bien casser une petite graine, suggéra Meister à qui mes interrogations ne faisaient pas perdre l'appétit.

Je serais bien incapable de me rappeler, aujourd'hui, le troquet qui nous accueillit. Je ne me souviens ni de l'enseigne ni du plat du jour. Non que le cadre fût banal ou le brouet insipide mais je mastiquai machinalement tandis qu'une foule d'idées tourbillonnait dans ma tête.

– Tu as peut-être raison, fis-je, mais ton raisonnement s'appuie sur une simple hypothèse. Et les hypothèses, je n'aime pas ça.

La bouche pleine, il me demanda :

– Tu p'oposes 'oi ?

– Je propose de profiter de la pause pour faire un petit récapitulatif. Là, on sera dans le factuel et dans le vérifiable. Les explications viendront après. OK ?

Je l'entendis déglutir et je considérai cela comme un assentiment. Une heure plus tard, la nappe en papier était maculée de sauce et de café du côté de Meister. Du mien, elle était noircie d'encre, hiéroglyphes tellement raturés, soulignés, imbriqués, qu'ils étaient à peine lisibles. Mais c'était ma façon à moi de réfléchir. Pour Meister, je fis l'effort de déchiffrer à haute voix, la chronologie ainsi reconstituée.

* 21 juin *Franz Zugele, cheminot retraité*
Découvert mort
près du Musée National du Chemin de Fer

* 27 juin *Linda Da Carvallo,*
technicienne de surface
Electrocutée
Dans le Musée Electropolis

* 28 juin *Lisa s'installe à l'Hôtel du Parc*
reçoit article de presse « Zugele »
reçoit 1er message « St Ulrich »
oblitération message n° 2

* 29 juin *Lisa reçoit article « Da Carvallo »*
+ message n°2 « colt » (sur papier peint)

* 2 juillet *Cadavre de « Tartine » SDF*
Overdose
Devant le Musée du Papier Peint

* 3 juillet *Lisa reçoit article « Tartine »*
+ message n°3 « Igor » (sur carré de tissus)
Lisa me téléphone
Lisa confie une enveloppe au chasseur

* 4 juillet ***Nous venons à Mulhouse***
Lisa a disparu
Le chasseur me remet l'enveloppe

Tout en essuyant avec sa serviette une traînée de sauce sur sa chemise à fleurs, Meister m'écoutait gravement en dodelinant de la tête. Son instinct, sa longue expérience lui disaient que l'explication était là, toute proche, qu'il suffisait d'établir les bonnes connexions pour que la vérité éclate. Il se taisait mais ses yeux m'encourageaient à poursuivre…

Hélas, nos esprits étaient alors trop embrouillés pour que la logique puisse s'y frayer un chemin. Tout au plus, après m'avoir emprunté mon stylo, Meister entoura-t-il quelques mots dans ma liste.

St Ulrich ***colt*** ***Igor***

– Le message ne peut être plus clair : Le tueur annonce que Igor sera abattu à la Saint Ulrich, le 10 juillet. C'est à dire dans une semaine très exactement.

Je repris le stylo des mains de Victor et, à mon tour je reliai entre eux quelques éléments de ma liste

Message du 28 juin		*1er ou 2 juillet mort de Tartine*
sur Papier Peint	——►	*au Musée du Papier Peint*
Message du 3 juillet		
Sur carré de tissus	——►	*?*

– Le support sur lequel était collé le premier message nous est inconnu puisque Lisa l'a détruit. Par contre, le second, sur un carré de papier peint annonce, vingt-quatre heures à l'avance, où sera découvert le cadavre de la jeune femme toxicomane.

– Est-il possible d'annoncer, par avance, une mort accidentelle ?

– C'est difficile, je te l'accorde.

– Dans ce cas tu reconnais qu'il pourrait s'agir d'un crime prémédité ?

– Je n'ai pas d'autre explication, en effet, à te proposer. Mais que signifie dans ce cas le troisième envoi ? Le message désigne clairement la victime : Igor. Mais pourquoi le carré de tissus ? N'y a-t-il pas un musée du tissu à Mulhouse ?

– Je crois bien que si, répondit Victor. Même si je t'avoue que les fanfreluches, les rubans et les robes ne m'ont jamais passionné. Sauf pour les enlever, évidemment !

Il éclata d'un rire aussi gras que de l'huile de vidange. Il était heureux de sa plaisanterie. Pour le Cow-Boy, la gaudriole avait toujours sa place, même dans l'exercice de ses fonctions. Alors à plus forte raison quand il est en vacances et que l'affaire ressemble davantage à une sinistre plaisanterie qu'à une affaire criminelle.

– Tu ne crois pas que nous devrions en informer l'adjudant-chef pour qu'il puisse prendre les dispositions nécessaires ?

– Il sera toujours temps de le faire ce soir. Attendons de voir si le stagiaire qu'il a chargé de reprendre les enquêtes a recueilli de quoi étayer nos élucubrations.

A côté de l'oranger en pot, le chasseur en faction devant l'hôtel n'était ni le blondinet volubile de ce matin, ni le sculptural chauve de la veille. Flottant dans son uniforme trop grand, un rouquin fluet au nez camus couvert de taches de rousseur, ne bougea pas d'un cil à notre approche. Il avait l'œil : nos dégaines ne correspondaient pas à celles de clients potentiels.

Il esquissa un embryon de salut vite réprimé lorsque je m'adressai à lui. Il se rembrunit lorsque je lui demandai des nouvelles de son collègue, « le grand chauve ». Il se renfrogna pour me signifier qu'il n'était pas habilité pour répondre à ce genre de questions. Puis il se figea, drapé dans sa dignité.

Mon sang ne fit qu'un tour. Sans tenir compte des protestations du nabot galonné, je franchis d'un pas décidé la porte-tambour. Le réceptionniste était le même que la veille. Il me reconnut sur le champ et me gratifia du sourire avenant, tant et tant de fois répété à l'entraînement :

– Je suis vraiment désolé, Monsieur. Mais il n'y a pas de message pour Monsieur.

– Avez-vous des nouvelles de Madame Canrade ? C'est une question de vie ou de mort, déclarai-je d'un ton sinistre pour donner plus de poids à ma question.

Je le vis légèrement pâlir et plisser les yeux comme si mes paroles n'atteignaient pas immédiatement sa compréhension. J'insistai donc :

– Si vous avez des renseignements concernant Madame Canrade, les gens qu'elle a pu rencontrer à l'hôtel ou des appels téléphoniques qu'elle a pu donner ou recevoir…

Le moment de flottement passé, le réceptionniste retrouva très vite ses esprits et son professionnalisme :

– Je suis vraiment désolé mais je prierais Monsieur de ne pas insister. Si un danger menace Madame Canrade, c'est à la police de…

C'est drôle. Voilà un garçon poli, un professionnel compétent (que de mauvaise foi j'orthographiais « con, pétant ») qui m'énervait tellement que j'eus envie de le gifler. Envie seulement car l'éducation que j'ai reçue de mes parents freine mes pulsions et que, réflexion faite, il ne le méritait pas car il ne faisait que son travail. Je fis demi-tour, dépité et furieux.

A l'air libre, il me fallut quelques instants avant de retrouver mon calme et plus longtemps encore pour repérer Meister, derrière l'oranger. Je le vis qui remettait son portefeuille dans la poche revolver de son pantalon, puis qui pliait consciencieusement un billet de banque en quatre avant de le brandir au-dessus de sa tête.

Intrigué, je m'approchai. J'aperçus alors, dissimulé par le feuillage, le petit chasseur roux qui, tel le renard de la fable, louchait sur la coupure de vingt euros. Il parlait trop bas pour que je puisse l'entendre mais je le vis allonger les doigts vers le billet.

– Gare à tes fesses si t'as raconté des salades, gronda Meister pendant que le billet changeait de main.

– Qu'est-ce qu'il t'a appris, demandai-je à Victor, dès que nous nous fûmes éloignés de quelques mètres.

– J'ai appris qu'il remplace le gros tartare qui devait prendre son service à deux heures et qui ne s'est pas pointé à l'hôtel.

– Quel est le motif de cette absence ?

– Le rouquin dit qu'il n'en sait rien, mais que ce n'est pas dans les habitudes de Dimitri de manquer sans prévenir.

– Il s'appelle donc Dimitri ! Dimitri comment ?

– Dimitri Yaschwilli ou Tchaschwilli, il n'est pas très sûr du nom.

– Et son adresse ?

– Il prétend ne pas savoir où habite ce Dimitri Chosewilli.

– C'est cher du renseignement, fis-je. Vingt euros pour ça !…

– Soixante-dix !, rectifia le « Cow-Boy ».

– Soixante-dix euros ?, m'exclamai-je, outré. Et pourquoi pas cent ? Je t'ai vu lui filer un billet de vingt !

Après lui en avoir filé un de cinquante, deux minutes plus tôt. Cinquante plus vingt, ça fait bien soixante-dix, non ?

– Tout ça pour un prénom, un nom approximatif et pas d'adresse !, protestai-je sur le point de suffoquer. C'est pas terrible !

– Ah ! Pas terrible ! Monsieur « Je sais tout » dit que c'est pas terrible ! Et qu'est-ce qu'il a appris, Môsieur le Conseiller Principal d'Education ? Hein, qu'est-ce qu'il a appris, lui ?

Piteusement, je baissai les yeux. J'étais à la fois furieux et vexé. Furieux car les soixante-dix euros étaient pour ma pomme. C'est si facile de se montrer généreux avec l'argent des autres ! Vexé car, une fois encore, Meister avait été plus efficace que moi. Je fis donc amende honorable et le priai d'excuser mon stupide accès de colère.

– Stupide, oui, stupide, souligna-t-il avec insistance. T'es plus serré du portefeuille qu'un banquier suisse. Dès qu'on touche à ton pognon, tu deviens effectivement stupide. Tellement stupide que tu m'accuses d'incompétence sans même me laisser le temps de terminer…

Il laissa volontairement sa phrase en suspens.

Il savait bien que je brûlais d'envie de connaître la suite. Mais je lui avais déjà présenté des excuses, que diable ! Il se fourrait le doigt dans l'œil s'il s'imaginait que j'allais le supplier ! Les confidences du chasseur rouquin, il les avait achetées avec MON argent ! J'avais le droit de savoir !

– Sans rancune, Victor. Continue, je t'en prie...

Nous éclatâmes de rire tous les deux en même temps. Victor plus sonore. Moi plus jaune.

– Je ne connais pas son adresse mais, d'après son collègue, Dimitri fréquente assidûment un café à l'enseigne des « Trois Gigognes. »

– « Trois Cigognes » ?, rectifiai-je dans un réflexe propre aux Alsaciens.

– Non, non. C'est bien aux « Trois Gigognes » avec un « G » comme dans Gigolo ou Girouette.

– Qui se trouve où ?

– Dans le centre ville, paraît-il. Il n'en sait pas plus mais je pense que Marcel doit connaître. Sinon la Police Municipale. On leur demandera également à qui appartient la Mercedes noire aux vitres opaques immatriculée en Suisse BL 396 217

– C'est quoi, cette voiture ?

– Une voiture qui, à plusieurs reprises, est venue chercher ton ex ou la déposer à l'Hôtel du Parc. Il paraît même que son propriétaire, la cinquantaine élégante, aurait passé avec ton ex la nuit qui précédait notre arrivée.

– Donc, la nuit qui succédait à l'appel au secours lancé par Lisa et qui précédait sa disparition

– Exact. C'est pas intéressant, ça ? Tu regrettes toujours tes soixante-dix balles ?

– Bien sûr que non. N'empêche que huit ans après, mon ex n'a pas fini de me ruiner !

Chapitre 8

Lundi, 5 juillet : *Marcel Sennendinger*

– Il faudra que je me décide à nettoyer le jardin, se dit Marcel Sennendinger alors qu'il rangeait son antique Peugeot 305 dans la cour envahie de mauvaises herbes.

De grandes touffes d'orties poussaient autour des troncs noueux des pommiers non taillés. Au bout du verger s'élevait une haie d'aubépine si exubérante qu'on distinguait à peine les toits des maisons avoisinantes. Située à l'entrée du village, la petite maison de journalier était assez typique des maisons du Sundgau. Malgré le toit moussu, malgré les colombages délavés par la pluie et les cadres de fenêtre pourris, le crépi défraîchi luisait intensément au soleil de cette fin d'après-midi d'été et lui donnait un charme doux et mélancolique. Sous son toit à forte pente, la maison avait dû être accueillante. Mais à présent un lourd silence pesait sur elle et les fenêtres sans fleurs ni rideaux ressemblaient à des orbites vides.

– Bientôt j'aurai le temps. Plus qu'il n'en faut !, soupira-t-il.

Plusieurs voyages furent nécessaires entre la maison et la voiture pour décharger le coffre. C'est qu'il avait dû faire d'amples provisions. Il n'avait plus l'habitude d'inviter du monde.

– C'était quand, la dernière fois ?

Il ne s'en souvenait plus. Il posa la caisse de bière et tâtonna dans l'obscurité à la recherche de l'interrupteur ventru, à droite de l'entrée. Après la chaleur du jardin l'air y paraissait presque froid. En face, l'escalier raide de bois nu menait aux chambres du haut. « Autrefois, se rappela-t-il, dès que l'on pénétrait dans la maison, cela sentait la cire ou l'eau de Javel. » Aujourd'hui, c'était l'odeur un peu rance des demeures abandonnées.

– Et dire que je leur ai proposé de venir loger là-haut ! Bah, Victor ne s'offusquera pas de quelques toiles d'araignées. Mais il y a son ami, un gars de l'Education Nationale. Ils sont maniaques, ces gens-là…

Marcel jeta un coup d'œil à sa montre. Aurait-il le temps de passer un coup de balai dans les chambres, après avoir mis le repas en route ? Il avait quitté la gendarmerie bien avant l'heure, pourtant. Ce n'était pas dans ses habitudes. Il était plutôt le champion des heures supplémentaires. Mais à dix jours de la retraite, alors qu'il n'expédiait plus que les affaires « courantes » comme on dit, qui pourrait lui reprocher de « se dépêcher » ? Et puis, c'était pour la bonne cause. Il se réjouissait sincèrement d'accueillir ce cher vieux Victor. Quelqu'un qui l'aurait observé à cet instant l'aurait vu subitement rajeunir de plusieurs années.

– Depuis combien de temps personne n'avait plus occupé les chambres du haut ?

Il ne s'en souvenait plus. En face, il y avait la « Stube ». Quand il ouvrit les volets un faisceau de lumière traversa l'air tranquille et une myriade de grains de poussière exécutèrent une danse effrénée. A droite, dans l'angle, un banc de coin et trois chaises entourent une table dont la surface est râpée par les fréquents brossages.

– Combien de temps que ça ne m'était plus arrivé d'inviter des potes à dîner ?

Il ne s'en souvenait plus. Mais ça faisait longtemps. Trop longtemps. Et c'était bien que ce soit Victor. C'était peut-être un signe ? A gauche, intégrées au lambrissage du mur deux larges portes à claire-voie donnent sur le lit-clos. Marcel n'y a jamais dormi. Sauf au temps où il était enfant. Quand la mère, rarement, mais cela arrivait quand il avait un peu de fièvre ou un gros chagrin, le couchait entre elle et le père… C'était il y a si longtemps…

C'est dans ce lit que la mère était morte. Et plus tard, le père aussi. Mais c'était surtout la mort de la mère qui avait bouleversé sa vie. C'est ce jour-là, maudit curé bavard, qu'il avait appris que « la mère » n'était pas sa mère. Que Gustave Sennendinger n'était pas son père biologique. Trois ans après, dès qu'il fut majeur, Marcel devança l'appel. Il sera gendarme. Il ne voulait surtout pas mener la vie « du père ». Moitié paysan, moitié ouvrier des filatures, ça fait une vie entière pour le travail.

L'avait-il vraiment connu, ce « père » qui lui avait donné son nom ? Les jours de semaine, après l'usine, il retournait aux champs. Le week-end, il était rarement à la maison. Il y avait toujours une réunion du syndicat, un séminaire du Parti ou un rassemblement quelconque. Pendant toutes ces années, ils n'avaient pas fait une seule promenade. Ils n'allaient jamais ensemble au cinéma, au cirque ou au foot…

« Jamais ça » s'était juré Marcel. Lui, quand il aurait des gosses, il prendrait le temps de les voir grandir. Alors quand la petite est partie rejoindre les anges, leur peine fut immense. Et quand, de longues années plus tard, ils comprirent qu'ils ne pourraient jamais avoir un enfant à eux, ils étaient trop vieux, trop usés pour l'adoption. Et Marcel repensa au « père » et il se dit que l'amour, c'est comme le courant électrique, ça se mesure autant en intensité qu'en quantité. Mais ça, Marcel ne l'avait compris que bien plus tard. Bien trop tard…

Parfois dans les installations électriques, la connexion se fait mal. Parfois il y a des plombs qui sautent. Tenez, Victor ! C'était un gosse de la Ddass, lui aussi. Mais dès le départ, tout le monde au village le savait. L'instituteur, monsieur Garret, directeur d'école, s'en était assez glorifié d'accueillir un « pauvre » orphelin. Victor avait déjà six ans, quand il était arrivé à Aspach. Malgré la différence d'âge, comme on aime un petit frère, Marcel se prit d'affection pour ce gosse déluré qui le suivait partout, qui l'imitait en toute chose...jusqu'au jour, quatre ou cinq ans plus tard, où le grand pédagogue renvoya à l'orphelinat « cet enfant indiscipliné et qui lui faisait honte ».

– Je pense que ça va lui faire tout drôle de revenir ici, songea le vieux gendarme. C'est dans cette maison qu'il a vécu les meilleurs moments, pas dans l'appartement de fonction au-dessus de l'école de garçons. Depuis, les directeurs se sont succédé. Garret fut assurément le pire.

Marcel avait quitté l'uniforme pour revêtir un pantalon de velours côtelé marron et un tee-shirt rouge vif. Surtout pas de bleu. Par-dessus, noué autour de la taille, il portait un tablier blanc. Dans la petite cuisine attenante à la « stube », les préparatifs allaient commencer.

Le crochet par les étangs lui avait pris plus de temps que prévu. La faute à Ernest. Il n'y avait pas meilleur pisciculteur que lui dans tout le Sundgau, ni bavard plus intarissable dès qu'il trouvait une oreille complaisante. Vous veniez là simplement pour acheter une carpe et vous aviez droit à un exposé complet sur la pisciculture et le cycle de reproduction de la carpe miroir. Marcel connaissait tout cela mais Ernest avait tenu absolument à lui montrer, entre deux Mönch*, l'étang peu profond où, en ce mois de

* Mönch = moine. Ici, dispositif de vidange des étangs en usage depuis l'époque (XIIe siècle ?) où les monastères pratiquaient la carpiculture.

juillet, les reproducteurs frayaient et, juste à côté, le deuxième étang où les « carpettes » d'un an nageaient en bancs serrés entre les herbes.

– Avec l'âge, la carpe devient solitaire et farouche, tout comme toi. Peut-être te verra-t-on plus souvent, à l'avenir ?, dit Ernest en accompagnant sa question d'un petit rire malicieux.

Marcel Sennendinger n'avait pas répondu. En plus de la canne, ses collègues s'étaient cotisés pour lui offrir la carte de membre de l'Association de Pêche et de Pisciculture. Il le savait grâce à une indiscrétion mais il n'était pas sûr que cela lui fasse plaisir. Et pourtant, il en avait passé de bons moments au bord de ces étangs ! Et avec Victor, à l'époque, pas besoin de carte ! Ni de canne à pêche. Pieds nus dans la vase. A mains nues, délicatement sous le ventre des poissons et… hop ! Dans le petit bois, on les faisait griller à la broche…

Plus tard, il était devenu le spécialiste de la « carpe frite ». Dès que l'on invitait des amis ou des camarades gendarmes, c'était Marcel qui officiait. On avait dégusté la spécialité sundgauvienne dans toutes les gendarmeries où l'avaient amené ses mutations successives. Le plus dur, que ce soit à Bruay-en-Artois, à Reims ou à Epinal c'était de trouver de la bonne carpe bien vivante. Car, pour être réussie, la recette exige qu'on ne tue la carpe qu'à la dernière minute. Surtout pas de surgelé. Surtout pas !

Fraîchement pêchée à l'épuisette, puis vidée sous ses yeux, la carpe au corps trapu et aux larges écailles miroitantes pesait plus de six livres. Une belle bête.

Marcel coupa la tête massive avec ses deux paires de barbillons. Après l'avoir écaillée avec soin, il lava la carpe à grande eau et leva les filets qu'il découpa en lamelles de deux à trois centimètres d'épaisseur. Il les sécha dans un torchon avant de les saler et poivrer légèrement. Dans un récipient de terre cuite, il prépara l'omelette de trois œufs battus à laquelle il ajouta deux tiers de semoule de blé, un tiers de farine. Enfin, presque religieusement, il versa dans ce mélange trois cuillerées de bière. C'était là son secret. Celui que lui avait transmis la « mère » et que solitaire, il ne léguerait à personne…

Marcel sentit une profonde tristesse monter en lui. Il serra les mâchoires. Il n'y a rien de pire que la solitude. Exceptées les affaires d'enfants assassinés. Celles-là, elles ne cessent de vous hanter. Ce sont les plus difficiles à résoudre… quand on y arrive. L'adjudant-chef se sentit déprimé. Il se souvint, mille neuf cent soixante-douze, il venait d'être affecté jeune gendarme stagiaire à Bruay-en-Artois… et puis, plus tard, il venait de quitter la Brigade d'Epinal quand l'affaire du petit Grégory avait éclaté… Dans dix jours, il sera sur la touche. Définitivement. Sans que l'enquête sur les nouveaux-nés de Galfingue ait abouti…

Marcel surveillait la friteuse du coin de l'œil. Quand le bain d'huile fut bien chaud, il piqua chaque darne à l'aide d'une grande fourchette et, après les avoir trempées dans le mélange omelette, semoule, etc. les mettait dans la friture chaude. Il les retirait dès qu'elles avaient pris une légère couleur de miel. Au dernier moment, quand tout le monde sera à table, il les retrempera une deuxième fois dans l'œuf et dans l'huile très chaude avant de les servir accompagnées de pommes vapeur et de citron.

La perspective du repas le tira de ses pensées moroses.

Ce n'était pas comme cette affaire de cadavres en relation avec les Musées !, songea Marcel. A priori, malgré tout ce que lui avait raconté Victor, elle paraissait peu crédible. Elle aura eu cependant le mérite de détourner Victor de la route des vacances. Et si c'était un signe du destin ? Victor c'était un peu son petit frère… Qui sait ? Peut-être aurait-il envie de connaître la « vraie » recette de la carpe frite ?

D'accord, Victor n'était pas venu pour ça. Il ne pouvait lui tenir rigueur d'être pugnace. Quand, il y a vingt ans, Victor lui avait annoncé son intention d'entrer dans la police, Marcel en avait été très fier. Il aurait préféré la gendarmerie, certes, mais en devenant enquêteur, Victor ne faisait que suivre ses traces. Pouvait-il, aujourd'hui, lui reprocher d'avoir encore la flamme ? Et si Victor avait raison ? S'il y avait réellement un assassin qui rôdait dans les rues de Mulhouse en semant des cadavres ? Si ce détraqué mijotait effectivement un attentat ? Le destin, sous les traits de ce brave Victor, lui offrait-il une dernière enquête passionnante avant que ne sonne l'heure de la retraite définitive ?

On en saura plus, dès ce soir. Marcel avait tout prévu. Y compris le quatrième couvert sur la belle nappe de kelsch rouge et blanc. Il ne put s'empêcher de sourire en pensant à la tête que ferait Victor quand le sergent Dominique Grimbert, officier de police judiciaire, en stage à la Brigade Territoriale de Lutterbach rendra compte de ses investigations de la journée. Après tout, l'enquête que l'adjudant-chef lui avait demandé de mener, n'avait aucun caractère officiel.

Marcel consulta sa montre. Dix-huit heures quarante. Il était dans les temps. Il rinça la salade et prépara la vinaigrette. Il coupa ensuite les citrons en tranches et les disposa dans un ravier. Il ne restait plus qu'à éplucher les pommes de terre. Il les fera cuire à la vapeur comme le veut la tradition. « Dire qu'il y a des touristes suisses ou allemands qui réclament des frites pour accompagner la carpe ! Et pourquoi pas du ketchup tant qu'on y est ? »

A dix-neuf heures cinquante, le 4X4 se gara dans la cour de la petite ferme. Victor Meister resta un long moment immobile. La tête levée vers le ciel, il clignait des paupières dans le soleil.

Son ami apparut sur le seuil et nous invita à entrer.

Chapitre 9

Une fois dépêtrés des encombrements du sud de Mulhouse, nous fûmes contents de rouler sur la petite départementale 18 qui, à peu de choses près, longe le cours paisible de l'Ill. Le 4X4 ronronnait. Je fus charmé par ces reliefs doux et vallonnés, par la sérénité et la quiétude des paysages traversés. J'en fis part à Victor qui conduisait, apaisé et muet. Ma remarque sembla lui faire plaisir. A ma grande surprise, je vis se dessiner sur son visage buriné une expression béate que je ne lui connaissais pas.

– C'est beau, hein ?, l'entendis-je murmurer et je crus distinguer une larme au coin de son œil rougi.

Et tandis que je l'observais à la dérobée se moucher et se taire, je sentis confusément que son attitude révélait une émotion qui n'avait pas grand-chose à voir avec le simple plaisir du touriste. Certes, il ne s'agissait là que d'une supposition irrationnelle et inexplicable, il n'empêche qu'elle m'occupa l'esprit et que je trouvais cela presque insupportable.

– On va loin, comme ça ?, lui demandai-je alors que nous venions de traverser Froeningen.

– Aspach, me répondit-il, au nord d'Altkirch. Une dizaine de kilomètres et on sera arrivés chez Marcel. C'est la maison de ses parents. Il va s'y retirer pour la retraite.

– Je croyais qu'il n'avait pas de parents.

– Adoptifs.

Son ton était bourru. Malgré tout, aiguillé par la curiosité, j' insistai lourdement :

– Tu sembles bien connaître la région ?

– Oui, répondit-il laconiquement.

– Tu es haut-rhinois d'origine ?, glissai-je perfidement.

– Que veux-tu, personne n'est parfait, me rembarra-t-il avant d'ajouter :

– Si ça ne te dérange pas, je préférerais en parler une autre fois.

Je respectai son silence.

Bientôt, ce fut Aspach, son clocher à bâtière et, tout au bout d'une ruelle, noyée sous les branches, la petite maison ancienne à colombages entourée d'un jardin peu habitué aux velléités de jardinage de son propriétaire.

– Soyez les bienvenus !

En pantalon de velours et tee-shirt rouge, le tablier blanc noué autour de la taille, Marcel Sennendinger était tout sourire.

– Installez-vous, en attendant que je prépare l'apéro. Tu connais le chemin, dit-il, en désignant l'escalier raide qui menait à l'étage. Je n'ai pas eu le temps de faire le ménage, mais pas de chichi entre nous, n'est-ce pas ?

Un étroit palier menait à deux chambres qui n'avaient manifestement pas servi depuis longtemps. Rien ne les distinguait vraiment. Mêmes meubles décrépits, mêmes plafonds écaillés, mêmes papiers peints décolorés. Victor m'abandonna celle de gauche, la plus spacieuse. Elle était meublée d'un lit de fer pourvu d'un matelas de kapok à larges rayures grises que recouvraient un édredon à fleurs et un gros coussin. Sur un tabouret, Marcel avait déposé une paire de draps soigneusement lavés et repassés. Devant la fenêtre se dressait une vieille table recouverte d'une toile cirée rouge. Elle était encombrée d'objets hétéroclites, fer à repasser rouillé, statuette de la Vierge de Lourdes, bouquet de fleurs séchées et poussiéreuses dans un vase de faux cristal et quantité de vieilles revues suisses. Les rideaux avaient disparu, il ne restait que la tringle et les anneaux.

Lorsque je redescendis dans la « Stube », les deux amis étaient déjà installés autour de la table. Il y avait là Marcel et Victor. Nulle trace cependant du quatrième convive attendu comme en témoignait le couvert supplémentaire.

– Un p'tit « Landwerlin » ?, me proposa Marcel.

– Ma foi, je ne sais pas ce que c'est, mais…

– Tu peux lui faire confiance, m'assura Victor en affichant une moue gourmande.

Dans un verre à pied Marcel versa un fond de sirop de myrtilles, « cueillies sur la route de Crêtes », précisa-t-il. Puis il remplit le verre avec un Riesling « un grand cru de Rangen » bien frais et la cérémonie de dégustation put commencer avec claquements de langue et dodelinements du chef.

– Vous m'en direz des nouvelles ! A nos retrouvailles !

– C'est du bon, opinai-je.

Les yeux clos, les lèvres entrouvertes comme un bébé endormi et les bras relâchés, Victor approuva sans rien dire. Le soleil couchant jetait une douce lueur sur ses paupières.

Les minutes suivantes s'écoulèrent avec lenteur. Le temps semblait suspendu, l'air immobile comme si une nostalgie douce-amère baignait toute chose.

Sans le savoir, nous goûtions les derniers moments dénués de violence ou de désespoir.

La sonnerie du téléphone déchira la paix du soir.

Meister se redressa comme un diable dans sa boîte. Il battait des paupières et nous dévisageait hagard. Marcel Sennendinger, l'air contrarié, se dirigea d'un pas lent vers un guéridon dans l'entrée. Par la porte ouverte, je le vis décrocher le combiné pour le porter à son oreille.

Il écouta attentivement et sa pomme d'Adam montait et descendait dans sa gorge. A mesure que son front se plissait, son visage se déformait sous l'effet de la plus grande perplexité. Quand il reposa le téléphone, il était pâle et son regard fixe provoqua chez moi une étrange appréhension.

– Désolé, fit-il d'une voix sépulcrale. Il faut y aller.

– Où ça, demanda Meister non sans pertinence.

– Au Musée de l'Impression sur Etoffes.

Plus tard, je me rappelai à peine le trajet entre Aspach et Mulhouse tant j'essayai de maîtriser l'impression de remords qui me submergeait. A force de me méfier de Lisa et de mettre en doute systématiquement tout ce qu'elle disait, nous avions négligé, Victor et moi, de faire part à l'adjudant-chef des soupçons qu'avait fait naître le support 'tissus' du troisième message. Et voilà que nous étions, le soir même, appelés au Musée de l'Impression sur Etoffes. Notre négligence aurait-elle causé la mort d'un innocent ? Aurais-je pu éviter un crime en faisant davantage confiance à Lisa ?

Sur la Départementale 432, l'adjudant-chef Sennendinger conduisait vite. La moitié du ciel, devant nous, était envahie par de gros nuages violâtres et la lumière déclinait de minute en minute comme celle d'une lampe qui meurt. Puis, brutalement, la nuit enveloppa le monde sous une lourde bâche de ténèbres que seuls les éclairs stroboscopiques du gyrophare lacéraient avec frénésie. Nous gardions le silence. Des gouttes de sueur perlaient sur mon front moite sans que je sache si elles étaient dues à l'air soudain pesant ou à l'inquiétude étrange que je ressentais. J'essayai de me préparer intérieurement à ce que nous allions découvrir.

Un véhicule de police barrait la rue Jean-Jacques Henner à l'intersection avec l'avenue du Maréchal Joffre. L'orage éclata juste comme Marcel freinait. L'averse brutale dispersa quelques badauds qui couraient en tous sens à la recherche d'un abri. Stoïque sous une trombe d'eau et de grêle, un policier en uniforme voulut nous empêcher de passer. Marcel lui présenta une carte barrée de tricolore et nous fit signe de le suivre. Nous enjambâmes la tresse noire et jaune qui délimitait un périmètre de sécurité. Dix mètres plus loin, nous fûmes interpellés par trois journalistes trempés comme des soupes. Le dos collé contre le mur du vénérable bâtiment qui abrite le plus vieux musée technique de la ville, deux photographes de presse tentaient de protéger leurs caméras. Marcel les salua d'un signe de la main. Ils se connaissaient tous.

Au milieu de la chaussée stationnait un véhicule de pompiers. Derrière, une demi-douzaine d'hommes en vestes de cuir et casques rutilants s'agitaient autour d'une carcasse automobile. Sous l'averse violente et la lumière crue de deux projecteurs leur étrange ballet ne devait rien à un exercice d'entraînement. Le feu avait dû être violent au départ. Mais sous l'action conjuguée des extincteurs et de l'averse, la vapeur prenait maintenant le pas sur la fumée. De ce qui fut une voiture particulière, il ne restait plus qu'une carcasse aux tôles tordues et calcinées qui dégageait une odeur âcre de caoutchouc brûlé.

Depuis l'entrée du musée, un homme en civil nous faisait de grands signes et nous nous précipitâmes vers lui pour nous mettre à l'abri. Peine perdue puisque nos vêtements dégoulinaient tellement que, le temps de saluer l'homme, des flaques d'eau se formèrent sous nos pieds. L'adjudant-chef Marcel Sennendinger fit les présentations :

– Lieutenant Flick, de la Police Nationale.

A l'écoute de son nom, malgré, ou à cause de la tension nerveuse, je ne pus réprimer un sourire aussi stupide que furtif. Il le surprit néanmoins car lorsque Marcel me présenta à mon tour « Monsieur Lemmy », il grimaça un rictus et demanda :

– Caution*, je suppose ?

On me l'avait déjà faite. Souvent les gens éprouvent le besoin de faire des plaisanteries au sujet de mon nom et c'est parfois lassant. En l'occurrence, je ne pouvais pas lui en vouloir.

– Quand vous aurez fini avec vos plaisanteries éculées, protesta Marcel. Où est le cadavre ?

– Quel cadavre ?, demanda Flick.

– Tu m'as bien téléphoné pour me signaler qu'il y avait eu un attentat au Musée ?

– Un attentat, oui, mais je n'ai jamais parlé d'un cadavre. Ceci dit, il s'en est fallu de quelques

* Lemmie Caution est un personnage de « privé » des romans noirs de Peter Cheyney.

minutes. Venez, il est là-haut, poursuivit-il en nous entraînant vers le premier étage du Musée. Au haut du majestueux escalier d'honneur, prostré sur une chaise, l'homme gémissait et se tordait les mains.

– C'est qui ?

– Spritz Alphonse, propriétaire de la Peugeot 306 qui a brûlé dehors. Un professeur d'art appliqué du Lycée Professionnel Charles Stoessel. Il a eu beaucoup de chance. Il n'était pas au volant quand la voiture a pris feu, peu avant dix-huit heures.

– Où était-il ?

– Ici, au musée. Il s'était attardé, sinon, effectivement, il risquait de périr brûlé dans son véhicule.

– Comment est-ce arrivé ?

– On ne le sait pas encore avec certitude, mais, d'après certains témoins, il y aurait eu d'abord une explosion. Des pièces sont en cours d'analyse et il y a tout lieu de penser que la déflagration a été provoquée par un dispositif de mise à feu assez rudimentaire.

– Je peux lui poser quelques questions ?

– Je t'en prie, Marcel. C'est pour ça que je t'ai téléphoné. On m'a informé que toi et tes hommes, vous vous intéressiez de très près à tout ce qui touche aux musées techniques de la ville. C'est exact ?

– Affirmatif. Je t'expliquerai.

Meister suivait, les yeux ronds, le dialogue entre les deux hommes. Une telle coopération entre un flic (sans jeu de mots) et un pandore le stupéfiait. La guerre des polices n'existe donc pas à Mulhouse ?

– Oh que si, lui avouera plus tard le vieux gendarme. Comme partout. Mais avec Bernard (prénom du lieutenant Flick) c'est pas pareil. Bernard est pongiste. Classé 25.

– … ?

– Ben oui. Tu sais bien que je jouais au ping-pong, autrefois. Au M.T.T.*, c'est moi qui lui ai appris le top spin, le revers coupé et tout et tout…

J'étais aussi ébahi que Meister. Et je me disais que les vertus de la petite balle de celluloïd étaient décidément étonnantes. Après avoir réconcilié la Chine de Mao et les USA de Nixon, voilà qu'elle favorisait la collaboration entre la Police et la Gendarmerie. Même Sarkozy n'y était pas parvenu.

– Et ceux-là, c'est toi aussi qui les a prévenus ? demanda Marcel en désignant du menton le groupe de journalistes qui se pressait à la porte d'entrée.

– Je m'en serais bien gardé, grommela Flick. Ils étaient là avant nous, avertis par des coups de téléphone anonymes.

– C'est bien ce que je craignais, soupira Marcel. Cette fois notre homme met le paquet. Il nous nargue : attentat en plein jour après avoir convoqué la presse ! Il ne cache pas ses intentions homicides. Il veut que nul ne les ignore à l'avenir.

– Rappelez-vous, ajouta timidement Victor, le message précédent sur le carré de tissus… brûlé sur

* Mulhouse Tennis de Table.

les bords… On n'avait pas décodé… Ça signifiait « Musée de l'Impression sur Etoffes » et « incendie criminel ».

– Sauf, nuançai-je, soulagé, que cette fois, il n'y a heureusement pas eu mort d'homme…

– Un coup de bol, oui, ça n'a tenu qu'à quelques minutes pour que le pauvre gars flambe avec sa bagnole. A mon avis, d'avoir loupé son coup, ça ne le rendra que plus enragé ; notre tueur n'a pas achevé sa collection.

– A-t-il laissé un message pour… le suivant ?

– Pas à ma connaissance, répondit Flick. Mais il faudra peut-être demander aux journalistes.

– Commençons déjà par le professeur. Les journalistes attendront. Maintenant qu'ils sont dans le coup, on n'a pas fini de les avoir sur le dos.

Alphonse Spritz faisait pitié à voir. Tête de fouine sur un torse puissant, il était affalé sur sa chaise. Tout en tripotant nerveusement son nœud de cravate, il n'arrêtait pas de gémir et de soupirer. « Et pourquoi ? pourquoi moi ? Vous croyez que l'assurance va payer ? Et ma femme, que va dire ma femme ? » Lancinantes comme le refrain d'un tube de la 'Star Ac', ces trois questions, répétées à l'infini, s'adressaient à l'oreille indifférente d'un policier en uniforme qui le surveillait du coin de l'œil.

Notre arrivée, loin d'endiguer ces jérémiades, déclencha un torrent de nouvelles interrogations qui tournaient autour des mêmes thèmes : Pourquoi ? Assurance ? Femme ? Pour y mettre un terme, l'adjudant-chef Sennendinger n'eut d'autre ressource que d'élever la voix :

– Si vous permettez, c'est nous qui posons des questions.

Il entraîna l'enseignant dans un bureau voisin. Avec Flick et Meister, ils soumirent le pauvre homme à un feu roulant de questions.

– Nom ? Prénom ? Age ? Adresse ? Profession ? Avez-vous des ennemis ? Des gens qui vous veulent du mal ? Que faisiez-vous dans le Musée après l'heure de fermeture ? Etiez-vous seul ?

Malgré son hébétude, le professeur y répondit de son mieux. Non, il ne se connaissait aucun ennemi. « Même mes élèves me respectent, Monsieur. Je suis très bien noté par ma hiérarchie ». Et il allait à la messe tous les dimanches. Il votait centriste, comme ses parents. « Dommage qu'il n'y ait plus le MRP ! » Il craignait Dieu, le cancer, l'inspection générale et sa femme. « Déjà qu'elle me reproche de passer trop de temps au Musée ! Qu'est-ce qu'elle va dire quand elle saura que la voiture a brûlé ? Et pourquoi ? Pourquoi, moi ? »

La question essentielle était bien celle-là. Pourquoi un attentat sur cet inoffensif pédagogue ? Sennendinger crut déceler une piste lorsque le bonhomme lui avoua qu'il lui arrivait fréquemment de rester après l'heure officielle de fermeture pour les visiteurs. « C'est le seul moment où je peux tranquillement consulter les échantillons les plus rares et les plus anciens du SUD. »

– Du Sud ? Expliquez-vous.

– Oh, je vous prie de m'excuser, messieurs. Je suis sous le choc, comprenez-vous. Le SUD, c'est le Service d'Utilisation de Documents. Et comme il y a plus de 6 millions de documents, vous comprendrez quc…

– Et pourquoi consultez-vous aussi régulièrement et longuement ces échantillons ?

– Je rédige une thèse, messieurs, sur l'invraisemblable et fabuleuse histoire des indiennes, des cachemires alsaciens, ces cotonnades aux couleurs vives inspirées des Indes et qui furent à l'origine de la prospérité mulhousienne. Le Musée de l'Impression sur Etoffes est le doyen des musées techniques de Mulhouse. Il retrace l'histoire de l'indiennerie mulhousienne depuis 1746 où trois jeunes Mulhousiens fondèrent la première…

Monsieur le professeur Spritz était lancé. Il se passionnait tellement pour son sujet qu'il en oubliait sa voiture, l'explosion et même sa femme. Flick le rappela à la réalité du moment :

– Y avait-il quelqu'un avec vous ?

– Personne.

– Vous en êtes sûr ?

– Au SUD, j'étais tout seul. Mademoiselle Schnecker était au rez-de-chaussée pour préparer la démonstration d'impression à la planche, en creux et en relief sur bois et cuivre, technique qui…

Avec un ensemble parfait les trois pros de l'enquête policière froncèrent les sourcils. D'une seule voix, ils posèrent la même question :

– Qui est mademoiselle Schnecker ?

Sous l'assaut, le professeur vacilla. Il en eut le souffle coupé et une quinte de toux le plia en deux. En attendant qu'il puisse reprendre son souffle pour répondre, Meister se tourna vers moi et me souffla dans l'oreille :

– On brûle ! Le bonhomme est cuit. Tu vas voir que c'est une banale affaire de cul. La demoiselle Schnecker a le feu aux reliefs. Et lui, le creux qu'il préfère c'est le creux des reins. Sous prétexte d'étudier les cachemires ils jouent à cache-tampon. Sa femme l'apprend. Pour se venger, elle incendie la bagnole.

Pour simpliste qu'elle fût l'hypothèse du Cow-Boy fit long feu.(!) Lorsqu'il posa brutalement la question au pauvre Alphonse, nous crûmes que ce dernier allait rendre l'âme. Il protesta « Comment ?... Moi, avec mademoiselle Schnecker ?... Vous n'avez pas le droit ! » Il suffoqua « Moi ? Trom... tromper ma chère femme ? Mais, mais... c'est un péché ! » Il tourna de l'œil et on dut faire appel à un secouriste pour le réanimer.

Par la même occasion, on appela mademoiselle Schnecker. Elle habitait tout à côté, dans le Nouveau Quartier. Avec son visage anguleux, son corps flétri et ses quatre-vingts ans révolus, la vieille demoiselle n'avait rien, vraiment rien, pour attiser les feux d'une passion adultère. Depuis 1945, elle venait tous les jours au Musée. Elle commémorait, à sa façon, la mémoire d'un frère qui fut l'un des meilleurs sculpteurs sur bois et dont les plus belles planches sont conservées au Musée.

Quand d'une voix douce et chevrotante, elle évoqua ce jeune frère, incorporé de force dans la Wehrmacht et qui ne revint jamais de Tambov*, Meister, détourna les yeux. A mon avis, il mesurait l'absurdité de son hypothèse et s'en voulait de l'avoir exprimée. Pendant toute la durée de l'entretien avec la bonne demoiselle, le Cow-Boy se montra fort prévenant et même attentionné. Chercherait-il à se faire pardonner son scénario de vaudeville ?

Sur son visage je pus lire successivement l'embarras, la gêne et la honte. Mais dès qu' elle fut partie, il nous apostropha avec hargne :

– OK, je me suis planté, concéda-t-il, agressif. C'était grotesque de ma part, injurieux pour la brave demoiselle et injuste envers le prof. Mais vous en avez d'autres, des explications ? Hein ? Je vous écoute…

Que répondre à cela ? Nous n'avions pas le début du commencement de l'amorce de la moindre hypothèse un tant soit peu plausible. La voiture piégée de cet inoffensif pédagogue restait aussi inexpliquée et mystérieuse que la mort du cheminot Zugele ou celle de Linda Da Carvallo à Electropolis ou encore le cadavre de 'Tartine' au Musée du Papier Peint.

---

* En 1945 plus de 10 000 Alsaciens-Mosellans incorporés de force dans la Wehrmacht furent faits prisonniers par l'armée rouge et emprisonnés dans un camp à Tambov, 350 km au sud de Moscou. Nombre d'entre eux ne sont jamais revenus de captivité.

Le vilain petit crabe qui me fouillait les viscères avait un frère jumeau qui me vrillait le crâne. J'avais le ventre vide et la tête pleine d'idées confuses. Que venait faire Lisa, dans cet imbroglio sans queue ni tête ? Je m'en voulais d'avoir répondu à son appel insensé. Je la détestais de m'avoir entraîné dans ce bourbier où je ne pouvais que m'enliser. Et plus je la maudissais, plus l'inquiétude me vrillait. Qu'était-elle devenue ? Où se cachait-elle ? Quand sera-t-elle en mesure de redonner signe vie ? D'ailleurs, était-elle encore en vie ?

Je frissonnai. J'aurais voulu me réveiller de ce cauchemar où craintes, remords et dérision se mêlaient. J'aurais voulu fuir, loin de Mulhouse, de ses musées et de ses cadavres. Mais il n'était plus temps de faire marche arrière. D'ailleurs les journalistes étaient là pour nous le rappeler.

Ils n'avaient pas quitté le hall. Il y avait celui qui tapotait sur l'écran de son ordinateur portable et celui qui suçotait son stylo. Celui qui vissait un zoom plus long qu'un télescope sur le boîtier de son Kodak et un autre qui dormait sur un banc. Le sol était jonché de gobelets en plastique, de boîtes de bière vides et de papiers gras. A peine eûmes-nous franchi le seuil qu'ils laissèrent tomber les sandwichs pour se précipiter vers nous, les micros brandis. Les flashs crépitaient et les questions fusaient.

– Pourquoi cette voiture piégée ? Quelle était l'identité de la victime ? Pourquoi la Police et la Gendarmerie coopèrent-elles sur cette affaire ? S'agit-il de vengeance ? D'un règlement de compte ?

D'un attentat politique ? Al Qaïda ? Extrême droite ?…

Certains indices comme cet appel anonyme à leurs rédactions leur avaient mis la puce à l'oreille. Leur flair leur disait qu'il ne s'agissait pas d'une vulgaire et banale affaire de voiture brûlée. Il y avait autre chose. Mais quoi ?

L'imprécision, la diversité même de leurs questions tous azimuts prouvaient en tout cas que le correspondant anonyme qui les avait appelés sur les lieux de l'attentat n'avait pas fait allusion aux crimes antérieurs. L'adjudant-chef Sennendinger en fut soulagé. Avec autorité, il réclama le silence :

– Pour l'instant, Messieurs, c'est moi qui pose les questions. D'accord ? J'aimerais connaître avec précision dans quelle circonstances vous avez été avertis. Et si possible, les termes exacts employés par votre informateur.

Nous espérions, sans trop y croire, que le message nous fournirait une piste ou tout du moins quelques indices exploitables. Il n'en était rien. L'informateur, une voix d'homme, avait simplement annoncé : « Ce soir, 18 heures, meurtre au Musée de l'Impression sur Etoffes. »

– Quand avez-vous reçu cet appel ?

– Vers 17 heures quarante-cinq, quarante six. Alors le temps de venir, la voiture avait sauté.

Au grand dam des journalistes, Sennendinger et Flick mirent fin à cette mini-conférence de presse improvisée.

– L’enquête suit son cours. Merci Messieurs.

En remontant dans la 305, le vieux gendarme nous glissa : « Encore heureux que les journalistes ne fassent pas encore la relation entre l’incident de ce soir et les événements bizarres des jours précédents. Vous imaginez la panique dans la population si demain, à la Une, en gros caractères, les quotidiens titraient « UN MUSÉE DU CADAVRE A MULHOUSE ? »

Chapitre 10

Lorsque nous quittâmes enfin Mulhouse et le Musée de l'Impression sur Etoffes, l'orage avait cessé. On l'entendait encore au loin qui roulait sur les croupes sombres des Vosges. La pluie avait lavé la terre et le ciel, rehaussant l'éclat des milliers d'étoiles qui scintillaient au-dessus de la campagne. Nous étions à la fois hyper-excités et à bout de forces. La journée avait été riche en événements même si nous étions pour l'instant trop affamés et mentalement trop fatigués pour y voir clair.

Le petit crabe qui habituellement se tapit dans mes entrailles s'était réveillé. La faim n'y était pas étrangère. Mais pas seulement. J'avais du mal à croire que, voilà quarante-huit heures à peine, je débarquais à Mulhouse, sceptique, pour ne pas dire incrédule quant aux dangers pesant sur Lisa et son compagnon. Cette fois, le doute n'était plus permis. Il y avait un individu assez fou pour semer la mort et la désolation dans le seul but apparent de donner corps à ses menaces.

L'adjudant-chef Marcel Sennendinger devait raisonner pareil. Sans quitter des yeux la route détrempée, il s'adressa à moi :

– J'ai vérifié. Votre ex-femme a effectivement voulu porter plainte au commissariat central, avant-hier. Peu avant de vous téléphoner. Le fonctionnaire de police qui l'a reçue s'est contenté d'enregistrer ses dires sur la main courante tant le récit lui a paru abracadabrantesque.

– Comme toi !, s'exclama Victor. T'as pas voulu la croire, toi non plus. T'as parlé d'une fumeuse histoire inventée de toutes pièces, d'un jeu de rôle pour te faire marcher. Et pourtant, c'est elle qui avait raison, avant tout le monde. C'est elle qui, la première a fait la relation entre les cadavres et les musées. Sacrée nana ! J'ai vraiment hâte de faire sa connaissance.

Moi, je la connaissais. Trop. Victor brûlait de la rencontrer. J'espérais n'avoir pas à la revoir. Etant donné les circonstances, je serais évidemment soulagé de la savoir vivante et en bonne santé. Mais un simple signe émanant d'elle me suffirait. Pourvu qu'elle soit à l'abri et pourvu qu'elle ait trouvé un refuge qui soit le plus loin possible. J'appréhendais l'idée d'une éventuelle rencontre, face à face, avec elle. Le seul effet que m'avait causé le son de sa voix suffisait à me mettre en garde contre ma faiblesse.

Cependant Victor avait raison sur un point : Elle avait vu juste. Il s'agissait bel et bien de meurtres ou de crimes planifiés. Même si, dans l'immédiat, il n'y avait aucune théorie capable d'expliquer ces événements bizarres entre eux, le lien avec les musées paraissait évident. Les victimes n'avaient pas été choisies de façon arbitraire. Il fallait donc envisager le pire, comme l'avait envisagé Lisa : un meurtrier en série. Un fou, un pervers qui n'avait pas encore achevé son œuvre criminelle.

– A quand le prochain macchabée ?, grommela Meister qui apparemment en était arrivé à la même conclusion que moi.

– Avant de nous inquiéter du « quand ? » demandons-nous plutôt « où ? », suggéra l'adjudant-chef. Jusqu'à présent, le tueur a toujours accompagné son geste d'un message. A condition de savoir les décrypter, certains indices permettaient de localiser le musée où aurait lieu le crime suivant.

– Mais depuis que Lisa a disparu, il n'y a plus de message. Voilà le hic.

– J'y pense - Victor réfléchissait à haute voix – à défaut de ton ex, il nous reste un fil conducteur, le Mongole… Dimitri « Machin-chosevilli », chasseur à l'Hôtel du Parc, le nom te dit quoi, Marcel ?

– Rien. Inconnu au bataillon. Mais on consultera le fichier. Il ne faut rien négliger.

– Peu importe. Demain, on lui met la main au collet et on lui fait cracher le morceau.

– Et s'il n'est pas à l'Hôtel du Parc ?, questionnai-je.

– Alors on le trouvera aux « Trois Gigognes ». Tu sais, toi, où il est ce troquet ?, demanda-t-il en s'adressant à Marcel.

– Aux « Trois Gigognes », tu dis ? J'ai connu autrefois les « Trois Cigognes », un café pas loin du centre.

– Ce doit être le même. Et un vieux beau qui roule en Mercedes noire immatriculée…attends, j'ai noté… BL 396… Merde, j'arrive pas à lire la suite, il fait trop sombre…

– Ecoute, lui dit Marcel. Avec une plaque commençant par BL, le véhicule vient de la Confédération Helvétique. Le propriétaire habite le canton de Bâle. Qui se dit Basel, en suisse alémanique. Alors laisse tomber. Pas la peine de provoquer un incident diplomatique.

– Je te signale que je suis en vacances et que je fais ce que je veux, lui dit Victor en rigolant.

– Oui, mais pas moi. Ni tout à fait à la retraite. Alors dès demain, je préviens le procureur. L'affaire me paraît trop grave pour continuer à jouer en franc-tireur.

– C'est ton affaire. Mais tu ne peux pas m'empêcher, pendant mes congés, d'aider un pote à moi à retrouver son ex-femme. Surtout qu'elle est canon, paraît-il ! Hein Claude, qu'elle est canon ?

Je n'avais nulle envie de répondre. L'adjudant-chef Sennendinger nous rappela à plus de sérieux.

– Récapitulons, dit-il.

Musée du Chemin de Fer en 1

Puis Musée de l'Electricité en 2

Musée du Papier Peint en 3

Et enfin, ce soir, Musée de l'Impression sur Etoffes, en 4. Quel sera le suivant ?

– Pour l'instant, le gars n'a pas fourni d'indication. Quels sont les musées qui restent ?, lui demandai-je.

– Sur Mulhouse, il en reste trois, dit Marcel. Le Musée Historique, le Musée des Beaux Arts et la Maison de la Céramique. Heureusement, ils ont fermé le Musée du Sapeur-Pompier, sinon…

– Tu oublies le Musée de l'Automobile !, claironna le Cow-Boy.

– Non, je ne l'ai pas oublié, rectifia Marcel. Mais s'il faut en croire les menaces du maniaque, c'est au Musée de l'Automobile que devrait avoir lieu le dernier crime, sur la personne du prénommé Igor, compagnon de l'ex-épouse de monsieur Lemmy. Et toujours d'après ce que vous m'avez raconté tous les deux, l'assassinat par arme à feu aurait lieu à la St Ulrich le 10 juillet, c'est à dire dans moins d'une semaine, maintenant.

– Qu'est-ce qu'on peut faire ?

– Pas grand-chose, hélas. Sinon mettre ces musées sous surveillance policière. Ce sera très compliqué. Déjà en temps normal, nous manquons cruellement d'effectifs et avec cette sombre histoire de bébés assassinés qui nous mobilise depuis plusieurs mois…

Il suffisait qu'il repense aux petits morts de la forêt de Galfingue pour qu'une infinie tristesse envahisse Marcel Sennendinger. Il se tut et pendant un long moment personne n'osa troubler sa méditation.

– Sans compter, soupira-t-il longtemps après, qu'il faudra peut-être reprendre depuis le début les enquêtes sur les morts de Franz Zugele, de Linda Da Carvallo et de « Tartine »... J'ai demandé au sergent Grimbert de s'en occuper... Son rapport nous en dira peut-être un peu plus...

Au loin, nous apercevions déjà le clocher illuminé d'Aspach, lorsque Marcel tourna la tête vers moi pour me demander :

– A propos, il s'appelle comment, votre Igor ?

– Ce n'est pas « mon » Igor. C'est celui de mon ex-femme. Je ne l'ai jamais rencontré, je ne sais pas de quoi il a l'air et j'ignore son nom.

– Encore un qu'il ne sera pas facile de localiser. Surtout s'il est en Russie.

– Exact, dis-je. Mais nous savons qu'il doit prochainement venir à Mulhouse pour participer au Festival Automobile. Parmi tous les mordus de vieilles bagnoles de la ville, ce serait bien le diable si personne ne connaissait un Russe prénommé Igor. Qui est maître d'œuvre de cette manifestation ?

– La Mairie, je suppose.

– Et le Musée de l'Automobile ?

– Pas sûr. A vrai dire, je n'en sais rien.

– Même si le Directeur du Musée n'organise pas la manifestation, il doit certainement être impliqué et au courant. On pourrait peut-être lui demander, demain ?

– Pourquoi pas, concéda Marcel. Mais pour l'instant j'ai une faim de loup. Pas vous ?

La maison de Marcel était en vue. Mais nous n'étions pas au bout de nos surprises.

Une « Clio » bleue était garée dans la cour. Lumières éteintes, elle semblait menue et frêle à côté du 4X4 de Meister, massif, pare-choqué et haut sur roues.

Marcel coupa le moteur. Rien ne bougea dans la Clio.

A pied, prudemment, nous nous dirigeâmes vers la petite voiture.

Je vis tout d'abord le chignon. Lourd, serré et blond, il luisait à la lune. La tête était posée sur le volant. Les épaules basses et relâchées dégageaient une nuque longue et fragile. Sous la clarté blafarde la peau, extraordinairement blanche, avait un teint pâle, presque livide…

Marcel braqua sa lampe torche… et le corps bougea.

– Ah ! C'est vous !, s'exclama Marcel.

Elle nous regardait de ses grands yeux en amande d'un vert profond comme les lacs de montagne. Elle avait des traits fins, l'ovale de son visage était parfait comme l'éclat de ses dents. Malgré le sourire, je lui trouvai une distinction froide, presque glacée.

– Je vous présente le sergent Dominique Grimbert, annonça Marcel.

– Veuillez m'excuser, je m'étais assoupie, dit-elle en ouvrant la portière.

Elle était pieds nus dans de fines sandalettes rouges. Ses longs mollets fuselés étaient à peine hâlés. Lorsqu'elle quitta la voiture sa jupe fendue découvrit des cuisses magnifiquement galbées et si blanches que Victor en resta médusé.

C'était donc elle, le quatrième convive ?

Marcel nous avait bien eus. Lui si concentré, voire triste, il y a encore cinq minutes, avait du mal à garder son sérieux devant la mine ahurie de son ami Victor.

Aucune créature en jupe n'a jamais laissé Victor insensible. Jamais. A l'exception toutefois d'un Ecossais en kilt ou de Jean-Paul Gaultier en mal d'inspiration. Mais là, je l'avoue, il y avait tout lieu d'être subjugué. Elle n'était plus toute jeune. Je lui donnai trente-deux, trente-cinq ans peut-être. Grande, élancée, elle avait une silhouette parfaite et l'assurance des femmes mûres et sportives. Ses cheveux blonds, tirés en arrière en un chignon serré lui conféraient une dignité un peu rigide et tandis que sa bouche nous souriait, son regard de jade semblait nous jauger avec froideur.

Les yeux exorbités, la lippe pendante, le Cow-Boy contemplait la ravissante apparition avec l'émerveillement d'un adolescent acnéique qui reluque sa première strip-teaseuse. Il n'avait jamais cru au coup de la citrouille transformée en carrosse. Encore moins à la souillon changée en princesse. Mais quelle était la fée capable d'un tel prodige ? Il s'attendait à un gendarme sanglé dans son uniforme bleu. Il tablait sur UN sergent viril et moustachu.

Pouvait-il imaginer que la stagiaire porterait une longue jupe en fin coton grège et un corsage de même couleur, froncé à la taille, qui mettait en valeur des seins petits, ronds et fermes ?

Chapitre 11

Lundi, 5 juillet : *Dominique Grimbert*

Dominique Grimbert alluma le plafonnier de la Clio pour consulter une nouvelle fois son carnet. « Il n'y a pas de doute, c'est bien là ». Le croquis que lui avait fait l'adjudant-chef Sennendinger était suffisamment précis et c'était bien ainsi qu'elle s'imaginait la petite maison à colombages dont il lui avait maintes fois parlé. « Une graine portée par le vent, ne sait pas d'où elle vient, avait-il dit un jour. Et pourtant elle prend racine. Il faut croire que c'est pareil pour moi. J'ai mis du temps à m'en apercevoir, mais il est temps que je rentre au bercail. »

Il faisait encore jour, quand elle était arrivée à Aspach. Des nuages sombres menaçaient à l'horizon. L'antique Peugeot 305 de la gendarmerie n'était pas garée dans la cour herbeuse. A sa place, il y avait un 4X4. Haut sur pattes, carrossé comme un tank et bardé de chromes, il paraissait incongru dans ce paysage paisible. Elle n'aime pas les 4X4 « Des bagnoles pour machos frimeurs », juge-t-elle.

Elle frappe à la porte de la maison. Puis contre une vitre du rez-de-chaussée. Elle appelle sans obtenir de réponse. Il n'y a personne. Se serait-elle trompé d'heure ? Elle fouille dans son sac à main à la recherche d'un carnet à spirale à couverture rouge. Non. Elle a bien noté 20 heures. Or il est déjà presque 20 heures quarante-cinq. Elle a horreur d'arriver en retard, mais comment faire autrement alors qu'elle n'a pas cessé de courir toute la journée ? Le temps de prendre une douche et de se changer « Nous serons entre amis. Venez en civil. Rien d'officiel », lui avait-il précisé, ce matin, avec un étrange sourire sous la moustache poivre et sel.

Lui aurait-il posé un lapin ? Ce n'est pas le genre de l'adjudant-chef Sennendinger. Si elle avait pu en douter, ne fût-ce qu'un instant, elle aurait fait demi-tour illico. Finie l'époque où les hommes la faisaient poireauter. Son père d'abord. Entrepreneur. Jamais le temps. Les chantiers, les réunions, les séminaires, les restos avec les clients, la chasse avec les notables, les matchs de foot avec les copains... Autant d'activités dont elle était irrémédiablement exclue puisqu'elle était une fille. L'avait-elle vraiment connu, ce père qui désirait tellement un garçon qu'il l'avait prénommée Dominique ? Elle se souvient surtout du gros bonhomme débraillé qui puait le tabac froid et l'eau de Cologne quand il venait la chercher à la fin du trimestre au pensionnat « Notre Dame de l'Immaculée Conception ». Il était toujours en retard. Toujours. Il soufflait comme un phoque et déposait un baiser distrait sur son front : « Veuillez m'excuser, ma Sœur, j'ai été retardé sur un chantier…ou par un embouteillage… », c'était selon. Il avait toujours une bonne excuse. Quand ce n'était pas : « C'est encore ta mère qui a fait une crise. J'ai dû la faire interner. Tu passeras les vacances chez ta tante Marthe. »

A la première occasion, elle s'était mariée. Pour une occase, c'était vraiment l'occase. Jean-François avait tellement d'aventures au compteur qu'il n'était même plus coté à l'argus des « cœurs à prendre ». Mais ça, elle ne pouvait pas le savoir, enfermée qu'elle était derrière les murs du pensionnat. Jean-François était le neveu de la Mère Supérieure. Il avait quinze ans de plus que la petite pensionnaire mais il avait su la séduire par ses bonnes manières, sa prestance et son automobile. Une DS. « C'est un si charmant garçon !, avait roucoulé la Mère Supérieure. Il travaille dans la banque. Et bon catholique, vous savez ! » Il n'y avait donc pas à hésiter. Le mariage se conclut. Chacun y trouvait son compte. Le père casait une fille qui l'encombrait. La fille espérait une nouvelle liberté. Le suborneur mettait une pucelle dans son lit.

Elle arriva vierge à sa nuit de noces. Elle ne l'était plus le lendemain. Avant, elle ignorait tout de l'amour physique. Après, elle ignora longtemps que le plaisir pût exister. N'en éprouvant aucun, elle en donnait peu. Jean-François reprit ses anciennes habitudes. Ses principes religieux, malgré leur apparente fermeté, ne l'avaient jamais freiné dans son goût des femmes et de la fête. Il courut la gueuse, elle passa ses nuits à l'attendre.

– Mais que fait l'adjudant-chef Sennendinger ?

Depuis vingt minutes l'orage avait éclaté. Il tombait des grêlons gros comme des œufs de pigeon qui tambourinaient sur le toit de la voiture où elle s'était réfugiée. En même temps que la grêle et que l'eau, le vent s'était levé. Les cimes des arbres se courbaient comme s'ils voulaient s'échanger de terribles confidences. Le sergent Grimbert se rappela le but de sa visite à Aspach. « Vous me ferez un petit rapport sur ce que vous aurez trouvé, lui avait dit l'adjudant-chef. Ce n'est pas une enquête officielle, avait-il ajouté. C'est juste pour rendre service à des amis. »

La procédure n'était pas habituelle. Elle avait bien senti, à la manière dont il lui avait présenté la chose, que l'enquête n'était pas d'une extrême importance. Une histoire de cocu, divorcé, que sa femme appelle au secours en agrémentant le scénario de mystérieux messages et de cadavres en tous genres. Un ami à lui, officier de police à Strasbourg, croyait dur comme fer à l'existence d'un serial killer. L'adjudant-chef Sennendinger penchait pour une rocambolesque mascarade. On l'avait choisie comme arbitre.

La stagiaire en avait été amusée et flattée. Cela la changeait des mobylettes volées, des querelles de voisinage, des femmes battues, des ivrognes du samedi soir qui étaient le lot quotidien d'une gendarmette en stage dans une brigade territoriale. « Pas question que je vous mette sur l'affaire des nourrissons. L'histoire est trop sordide pour une jeune femme », avait, dès le premier jour, décrété le vieil adjudant-chef. Allez savoir pourquoi, elle n'avait pas protesté. Venant de tout autre, cette remarque l'aurait mise hors d'elle. Toute manifestation de sexisme lui était insupportable.

Avec l'adjudant-chef Sennendinger c'était différent. Elle sentit qu'il n'y avait ni condescendance, ni machisme dans ses propos. Peut-être un soupçon de « paternalisme » ? Elle n'aimait pas ce mot mais elle n'en trouva pas d'autre sur le moment. « Amour paternel » lui aurait paru trop fort. Et le mot « amour » est tellement ambigu !

Plus tard, il leur était arrivé souvent, sous prétexte d'affiner un rapport, de décortiquer une procédure, de rester seuls, à la brigade. Il n'était pas pressé de regagner Aspach « Quand je vois tout ce qu'il y a à faire dans cette maison ! Bientôt j'aurai le temps de bricoler… » Elle n'était pas pressée de rentrer chez elle, dans le studio au-dessus de la gendarmerie. Après son divorce, elle s'était gavée de solitude. Elle en avait abusé. Avec l'adjudant-chef, elle avait retrouvé le goût des conversations en tête-à-tête et des rêves partagés. Lui, en tout cas, rêvait beaucoup. Parfois, il les formulait, il parlait de sa femme, de sa petite fille, perdues toutes deux, comme ses illusions, des images de temps écoulé…. Souvent c'étaient ces blancs, des silences où elle pouvait glisser ses propres souvenirs… Ces conversations l'enchantaient…

Alors quand le vieux gendarme lui avait demandé de reprendre les enquêtes sur les cadavres aux abords des musées, elle n'avait pas sourcillé. L'adjudant-chef n'était pas homme à se moquer d'elle. Il ne s'agissait pas d'une de ces farces que l'on fait volontiers aux stagiaires. Surtout aux femmes. Comme de l'envoyer chercher « deux kilos de lignes de mire » pour aller au stand de tir. Ce qu'il lui demandait n'était pas une plaisanterie, même si l'enquête n'avait aucun caractère officiel. La stagiaire était donc doublement motivée : rendre service à l'adjudant-chef et lui démontrer par la même occasion qu'elle avait bien retenu ses leçons.

En tout premier, elle avait déposé les quelques rares pièces à conviction au Service des Recherches Scientifiques à Mulhouse. Les techniciens n'avaient pas chômé. Il y a une heure, ils lui avaient remis le rapport établi par le laboratoire. Rapport fort décevant d'ailleurs.

Ni le papier peint qui servit de support au message n°2, ni le carré d'étoffe du message n°3, ni les deux enveloppes de papier kraft, ni la colle utilisée pour coller les messages n'avaient révélé quoi que ce soit d'intéressant. Les lettres qui formaient le nom du destinataire (Mme CANRADE Lisa) ainsi que celles qui composaient les deux messages avaient été découpées à l'aide de petits ciseaux courbes de manucure et non au rasoir. Ils provenaient de quotidiens régionaux, l'Alsace pour le message 2, les DNA pour le suivant. Il n'y avait aucune faute d'orthographe et très peu de traces de doigts. Les relevés d'empreintes digitales avaient été envoyés au Service Technique de Recherches Judiciaires et de Documentation de Rosny-sous-Bois. Il faudra attendre quarante-huit heures, pour savoir si les traces correspondent à des individus répertoriés au Faeg (Fichier Automatisé des Empreintes Digitales).

Tandis que la pluie tombe toujours en grosses gouttes qui noient le pare-brise, Dominique se sent déprimée. Elle est d'autant plus déçue qu'elle s'est lancée dans cette enquête multiple avec détermination et conviction. Elle a vécu une journée harassante faite d'une succession d'investigations, d'interrogatoires et d'enquêtes de toutes sortes. Et pourquoi ? Pour quel résultat ?

Elle se demande si elle a fait tout ce qu'il fallait. Si elle n'a pas négligé quelque détail important ou si, plus simplement, elle est vraiment faite pour ce métier. Car ce n'est pas par vocation qu'elle a opté pour la Gendarmerie. Après son divorce, elle avait présenté des concours pour la fonction publique. Le hasard ou un sujet de dissertation plus favorable lui avait fait revêtir l'uniforme bleu de la Gendarmerie. Cela aurait pu être l'uniforme bleu des employés des P&T. L'adjudant-chef est au courant. Il est bien le seul. « C'est toujours servir, lui a-t-il dit. Servir les gens. Même si, dans notre cas, on ne nous aime pas toujours. Mais vous, vous vous en fichez, n'est-ce pas ? »

Dans un sens, il a raison. Elle s'en fiche qu'on l'aime ou non. C'est quoi l'amour ? Pendant dix ans son mari avait grimpé dans la hiérarchie bancaire et escaladé plus d'une secrétaire. Parallèlement, pendant tout ce temps, elle n'avait que peu progressé dans la simple connaissance de soi. Elle avait pris des amants. Elle avait couché à droite à gauche, mais elle restait désespérément frigide.

Après dix années de « vie commune » (?) avec Jean-François, quand elle s'était enfin décidée à le quitter, (Quel scandale !), il lui fallut gagner sa « vie solitaire ». Alors la Gendarmerie, les P&T ou les douanes, quelle importance, puisqu'elle ne savait rien faire ? Même pas faire l'amour. Avant de rencontrer Alex, elle ignorait que le plaisir existât. Alex était instructeur à l'Ecole de la Gendarmerie, spécialiste des arts martiaux. Elle était belle et désirable, il était lieutenant et propre sur lui. Ils se retrouvèrent dans un lit et il prit son pied. Pas elle.

Les hommes, souvent, prennent leur bistouquette pour un bâton de maréchal. Un pays qui se rend ou une femme qui se donne, c'est pour eux une même conquête. Si en plus il fallait leur apporter le bonheur ! Alex n'était pas comme les autres. « C'était quoi, ça ?, la gronda-t-il gentiment L'amour "on the rocks", comme le Martini ? » Avec douceur, il posa ses lèvres sur son front : « C'est là dedans que ça se passe. Laisse fondre les glaçons. La baise - excuse la crudité du mot, la baise, c'est comme un corps à corps dans une tranchée. Si tu réfléchis, t'es morte ou t'es malheureuse. C'est le plus rapide qui survit. »

Le plaisir perdu ne se rattrape jamais. Mais depuis Alex, elle a appris à libérer la braise qui couve sous la glace. Elle sait ouvrir les écluses et libérer les vannes. Elle sait aussi mettre le turbo. Destination orgasme en TGV. Et tant pis si le mec voyage en omnibus. Même l'éjaculateur précoce qui n'en revient pas de se faire doubler. Pauvre chou qui se prend pour Casanova et s'en vantera auprès des copains. Elle s'en fiche. Elle se réserve le luxe de jouir et de choisir. A son rythme, à son plaisir. Hommes-objets, gonflés de fatuité, qu'elle renvoie aussitôt à leur anonymat…

De quoi ? Que se passe-t-il ? Pourquoi cette lampe torche braquée sur son visage ? Se serait-elle assoupie ?

« Ah ! C'est vous ? » dit une voix qu'elle reconnaît pour être celle de l'adjudant-chef Sennendinger. Il n'est pas seul. Deux hommes qu'elle ne connaît pas l'accompagnent. Elle rajuste une mèche échappée de son chignon et quitte la Clio.

« Quand il aura fini de reluquer mes jambes, il verra peut-être que je lui tends la main », pense Dominique Grimbert face à un Meister statufié et muet. « A se demander s'il n'a plus vu de nana depuis six mois ! », se fait-elle la réflexion.

Quant à l'autre, le prof sans doute, qui sourit niaisement, il ne vaut guère mieux. Tout aussi stupéfié et coi à contempler la charmante jeune femme qui vient de s'extraire de la Clio, telle une féerique apparition sous la clarté lunaire.

Derrière les fines lunettes rondes de l'adjudant-chef, elle surprend une lueur malicieuse. Depuis son arrivée à la Brigade, ce n'était pas la première fois qu'il se livrait à cette plaisanterie. A la longue cela aurait pu devenir lassant. Mais la stagiaire n'en voulait pas au vieux gendarme car elle prenait autant de plaisir que lui à voir la mine étonnée puis carrément ahurie des gens, surtout des mecs, lorsqu'il leur présentait « LE sergent Grimbert ».

Ils étaient rares alors, ceux qui soutenaient son regard teinté d'ironie. Et ce n'est pas le p'tit prof qui déroge à la coutume : il baisse les yeux et bafouille des formules de politesse en massacrant chaque syllabe. Dans le brouillamini, elle croit néanmoins comprendre qu'il n'est pas prof mais conseiller principal d'éducation, qu'il est ravi de faire sa connaissance, qu'il est à l'origine de cette enquête plus que bizarre et qu'il se fait un sang d'encre au sujet de sa femme, de son ex-femme plutôt, qui a disparu et…

La gendarmette, amusée et un peu agacée, se demande quand il va enfin s'arrêter de lui secouer la main avec frénésie…

C'est à ce moment que l'autre, le malabar semble émerger de sa stupeur. Comme mû par un instinct vital, il fait résolument les trois ou quatre enjambées qui le séparent du couple formé par Dominique Grimbert et Claude Lemmy. Il monte à l'assaut, Zorro volant au secours d'une belle captive. Sur son faciès mangé par une barbe naissante il arme et décoche un sourire qui se veut ravageur. D'autorité, il s'empare d'un bras dont la blancheur et la finesse contrastent avec ses paluches velues. Tout en lui débitant des fadaises, il l'entraîne vers la maison.

La gendarmette ne serait pas autrement surprise si le bellâtre lui proposait, sans détour, de grimper directement au premier, à la recherche d'un endroit agréable pour passer un bon moment. Il la fixe intensément et prend sa voix de basse, celle des grandes occasions. Avec ses yeux de merlan frit et sa bouche en cul de poule, il l'amuse plutôt, mais elle ne répond à ses avances que par un sourire narquois « Cause toujours, mon bonhomme ! C'est quand je veux et où je veux. »

– Donnez-vous la peine d'entrer. Faites comme chez vous, j'en ai pour une minute.

L'adjudant-chef Sennendinger s'efface pour laisser passer ses invités.

Chapitre 12

Le reste de la soirée se révéla pour nous tous être une expérience riche d'enseignements bien que très curieuse. A la fois dîner à la bonne franquette et studieuse réunion de travail. Sans parler de la drague assidue menée par ce gros balourd de Meister. Je me demandai si le mélange des genres était délibéré. Et pourquoi ? Qu'en attendait le vieil adjudant-chef ?

A surprendre son œil espiègle, il n'était pas mécontent de l'effet de surprise et du bon tour qu'il nous avait joué. Il s'était bien gardé de nous prévenir que le sergent Dominique Grimbert était une femme. Au regard attendri et facétieux dont il couvait la stagiaire, il était clair qu'il se réjouissait de l'assaut de courtoisies dont elle faisait l'objet de la part de Meister. Mais la gendarmette ne semblait pas avoir le cœur à badiner. Comme elle nous l'apprit plus tard, elle avait eu une journée harassante. Ce n'était pas pour rien qu'elle s'était endormie dans la voiture en nous attendant.

– Vous avez fait du bon boulot, la félicita l'adjudant-chef après qu'elle l'eut informé de sa démarche au Service des Recherches Scientifiques. Il l'écoutait depuis la cuisine où il s'affairait. Par la porte ouverte une odeur de friture chaude envahissait la « Stube ».

Elle esquissa un sourire vite réprimé. L'air de dire « on ne me la fait pas ! » Elle ne paraissait pas convaincue du sérieux de cette enquête « non officielle ». Elle devait se demander s'il ne s'agissait pas d'un aimable prétexte pour la convier à cette table de machos en goguette.

Quelques minutes plus tard, l'adjudant-chef Sennendinger apparut sur le seuil de la « Stube » portant à bout de bras un plat en terre cuite de dimensions respectables. Les darnes de carpe dans leur friture dorée dégageaient un fumet tellement appétissant qu'il en devenait presque intolérable pour des estomacs affamés. Chacun se servit. Le capitaine Meister piqua un morceau croustillant qu'il enfourna dans sa bouche. Puis il ferma les yeux et mâcha longuement sans les rouvrir…

L'adjudant-chef remplit les verres et nous trinquâmes. Il pria ensuite la stagiaire de poursuivre. Nous l'écoutâmes avec gravité ce qui ne manqua pas de l'intriguer. Elle ne connaissait pas le dernier épisode. Lorsque, plus tard dans la soirée, elle apprit l'incident de la voiture piégée au Musée de l'Impression sur Etoffes, elle prit conscience que l'enquête avait pris une autre tournure et que toute plaisanterie serait dorénavant malvenue.

Comme nous le craignions, malgré les moyens humains et matériels mis en œuvre, le ratissage méticuleux de la cour de la Commanderie à Rixheim, la Section des Recherches n'avait relevé aucun indice susceptible de faire avancer l'enquête sur la mort de 'Tartine'. Trop de gens passaient à cet endroit, passage obligé pour se rendre à l'Hôtel de Ville de Rixheim. Les gendarmes avaient interrogé systématiquement tous les voisins de la rue Zuber. Personne ne connaissait la victime. Personne ne se souvenait d'avoir vu la jeune SDF auparavant. L'ancienne Commanderie des Chevaliers Teutoniques n'était pas le refuge habituel des marginaux et des toxicomanes. Deux témoignages avaient cependant retenu l'attention de la stagiaire.

1er témoin : Monsieur Boll, employé communal qui a trouvé le corps le 2 juillet au matin. Il affirmait le cœur sur la main qu'il n'y avait aucun corps, mort ou vivant, dans la cour de la Commanderie, la veille à 20 h lorsqu'il avait fermé toutes les grilles d'accès. Comme tous les soirs, il avait profité de sa tournée pour promener son chien. « 'Napi' a l'habitude de fureter dans tous les coins », raconta-t-il. Ils avaient fait le tour du jet d'eau, de la porte de l'Hôtel de Ville à la stèle de Jean Zuber, le fondateur de la manufacture. Ils étaient passés, il en était sûr, devant la baie vitrée qui permet d'apercevoir l'imposante machine à imprimer douze couleurs à la fois. « Vous comprenez, on l'aime notre Musée ! Alors, godverdammi*, s'il y

* Juron du Haut-Rhin.

avait eu un cadavre sous le passage voûté, vous pensez, qu'on l'aurait vu ! », ajouta monsieur Boll, outré que l'on puisse douter de sa bonne foi et du flair de son cabot. Il était, comme tous les Rixheimois, légitimement fier de ce musée qui possède la plus ample collection au monde avec plus de 130 000 documents.

2e témoin : Madame Werck, rue du Temple à Rixheim. 85 ans. Insomniaque, elle regardait par la fenêtre de sa maison entre minuit et une heure. Elle avait remarqué une voiture garée sur le Parking de la jumenterie. Elle prétendait aussi avoir vu un vendeur de tapis descendre de la voiture et se diriger vers le parc situé à l'arrière de la Commanderie.

– Un vendeur de tapis, à minuit ? Voilà qui n'est pas banal, fis-je remarquer.

– Elle a déclaré que c'était un Arabe aux cheveux crépus qui portait un tapis roulé sur l'épaule.

– Ce que la vieille a pris pour un tapis pouvait être le corps de 'Tartine' enroulé dans une couverture.

– Quel type de voiture ?, demanda Victor.

– « Une grosse, noire avec quatre roues » dixit la vieille dame.

La description était d'une telle précision que Victor poussa un rugissement tonitruant ce qui eut le mérite de détendre l'atmosphère.

– Bon, intervint Marcel qui gardait son sérieux, nous avons au moins appris que, selon toute vraisemblance, la dénommée 'Tartine' n'est pas décédée dans la cour de la Commanderie. Car elle est bien morte vers vingt-deux heures d'une overdose, n'est-ce pas ?

– C'est ce que confirme le rapport du médecin légiste, dit la gendarmette après avoir consulté les pages de son carnet.

– Donc, poursuivit Marcel, son cadavre a été déposé dans la cour de la Commanderie, entre minuit et une heure du matin par un homme aux cheveux crépus, de type arabe, qui conduisait une grosse voiture noire.

– Il est en effet tout à fait possible d'accéder à ce passage en passant par le parc, confirma le sergent Grimbert. Le portillon qui ferme le parc n'est pas très haut et quelqu'un a très bien pu balancer le corps par-dessus avant de le franchir à son tour. Puis reprendre son macabre fardeau et accéder à proximité du Musée.

– Et pourquoi cette obstination à vouloir à tout prix déposer le cadavre à cet endroit- là ? demandai-je.

– Parce qu'il est totalement givré, s'exclama Meister. Ou parce qu'il aime la mise en scène. Ou parce qu'il nargue la police. Quand nous aurons compris ce qui motive ce déséquilibré, nous aurons avancé d'un grand pas dans l'enquête. Mais nous n'en sommes pas là, malgré l'excellllllent travail de Mademois…

– Sergent, rectifia-t-elle sèchement. Sergent Dominique Grimbert.

Bouche bée, le Cow-Boy affichait la mine contrite d'un petit garçon que l'on vient de reprendre parce qu'il avait dit un gros mot. Pour ne pas éclater de rire, l'adjudant-chef enchaîna aussitôt par une autre question à sa stagiaire :

– Et pour le premier mort, le cheminot retraité, vous avez pu reprendre l'enquête ?

– Le décès de monsieur Franz Zugele remonte à déjà quinze jours. Toute nouvelle investigation sur les lieux de sa mort n'aurait servi à rien. J'ai rendu visite au médecin qui avait fait les premières constatations sur place. Un certain Docteur Frankenspalter, cardiologue. Il dirige une clinique privée à Pfastatt.

– Poursuivez, dit Marcel en se levant de sa chaise. Je vais déboucher une autre bouteille.

Le sergent Grimbert raconta comment elle avait été reçue par le Dr Frankenspalter. La cinquantaine, très grand, vêtu d'une blouse blanche au col ouvert sur un cou épais et court, le cardiologue impressionnait par la puissance de son torse. Dominique lui tendit la main. Il la serra avec tant de vigueur qu'elle ne put réprimer une grimace de douleur. Elle crut déceler une lueur hargneuse sous les sourcils touffus et se demanda s'il ne lui avait pas fait mal délibérément. La bouche hautaine de l'éminent spécialiste confirma qu'il avait déjà répondu à toutes les questions posées par les inspecteurs. Qu'il n'avait pas que ça à faire. Que pendant qu'elle lui faisait perdre son temps inutilement, il aurait pu recevoir deux patients à quatre-vingt-dix euros la consultation.

– Je ne vois pas ce qui vous tracasse, mademoiselle. Monsieur Zugele est mort d'une embolie cérébrale.

– Et la blessure qu'il avait au front ?

– Consécutive à sa chute. Traumatisme post mortem. Après avoir perdu connaissance, il est tombé et sa tête a heurté le rail. C'est tout.

– Sa mort était-elle prévisible ?

Avant de répondre l'éminent spécialiste, ex interne des hôpitaux de Paris, considéra la gendarmette avec un profond agacement mêlé de mépris :

– Je vous répète, mademoiselle, que monsieur Zugele est mort de ce que les profanes comme vous appellent un arrêt cardiaque ou une attaque. Monsieur Zugele était en traitement depuis de longues années chez un de mes confrères. Monsieur Zugele avait soixante et seize ans. Concluez vous-même.

Victor Meister qui buvait les paroles de la gendarmette avec autant de délectation qu'il sirotait son verre de Riesling, abattit son poing sur la table et s'indigna :

– Ce malotru nous prend pour des billes. Il veut nous faire croire que Zugele est mort de mort naturelle. Et s'il était complice ?

Avec tous les événements de la journée et tout l'alcool ingurgité je tombais de fatigue. J'essayai néanmoins de garder ma lucidité et je demandai :

– Complice de quoi, Victor ?

– Qu'est-ce que je sais, moi ? Complice de tout ce bordel, complice de toutes ces morts inexpliquées, de tous ces macchabées en relation avec des musées, complice de la disparition de ton ex… Et d'abord, qu'est-ce qu'il faisait là, un dimanche matin, ce Frankenspalter ?

– Comme je vous l'ai dit, il a une clinique à Pfastatt. C'est tout à côté. C'est lui que les gendarmes ont appelé pour faire le premier constat.

– Comme par hasard ?, ricana le Cow-Boy.

– Et pourquoi pas ? Le docteur Frankenspalter malgré ses airs bourrus, est un spécialiste reconnu par ses confrères. J'ai fait mon enquête. Il a conclu à une mort naturelle et le permis d'inhumer a été délivré.

– Je parie que le corps a été incinéré ?

– C'est exact, capitaine Meister. A la demande de la famille.

– Impossible, donc, d'ordonner une autopsie. Et c'est qui, cette famille ?

– Une fille unique, mère célibataire d'un adolescent de dix-sept ans prénommé Richard. D'après un voisin, ils n'étaient pas en très bons termes avec le vieux…

Le Cow-Boy qui dégainait plus vite que son ombre et voyait des suspects partout ricana :

– Ha, vous voyez ! Ils avaient peut-être intérêt à ce que le vieux casse sa pipe, hein ?

– Je n'ai pas eu le temps matériel pour…

L'adjudant-chef Sennendinger, le seul homme à garder son calme et de la suite dans les idées, l'interrompit afin de mettre un terme à la polémique. Il passa au sujet suivant :

– Et la femme électrocutée, il y a huit jours au musée Electropolis ?

– Avez-vous eu le temps de fouiller un peu ?

– Pas personnellement. Mais j'ai là le rapport de la Police.

Le sergent Dominique Grimbert se pencha pour prendre dans un sac à main de toile posé à ses pieds un carnet à spirale où elle avait consigné quelques notes. Ce faisant elle offrit un coup d'œil imprenable sur les trésors que dévoilait un chemisier un peu lâche. Dans les yeux écarquillés du mastard, je pus lire très clairement « Yahouuu ! Elle ne porte rien en-dessous ! »

De toute la soirée, le chignon serré et l'œil arctique, elle l'avait superbement snobé. Lui, comme un affamé sexuel, il n'avait cessé de la reluquer avec insistance. Pour plonger plus profond que ça dans un décolleté, il aurait fallu s'équiper d'un scaphandre. Il transpirait abondamment. De la sueur tachait ses aisselles. Sa chemise à fleurs lui collait à la peau soulignant sa puissante musculature…

L'iceberg ne lui avait accordé jusqu'à cet instant qu'une curiosité modérée. En relevant la tête, elle surprit les yeux du mastard, ronds comme des boutons de braguette… Elle le fixa avec une légère aversion teintée de mépris… qui, à ma grande surprise se mua en un mélange d'incrédulité et d'amusement… L'iris de son œil vert frémit comme un éclair à la surface d'un lac de montagne. Me serais-je trompé ou aurait-elle cligné de l'œil ? Se pourrait-il que cette déesse nordique ne soit pas insensible à l'empressement de ce Cupidon surdimensionné, à cette virilité brute, à ces regards appuyés et paillards ? Mais qu'est-ce qu'une femme de cette classe, guindée et sûre d'elle pouvait trouver à ce gras du bide ? Avec les sacoches qu'il se trimballait sous les yeux, il aurait pu faire le Tour de France sans ravitaillement. A moins que ce ne soit le tarin charnu du Cow-Boy qui l'excite ? Certains prétendent qu'il y a correspondance de volume entre cet appendice visible et un autre plus intime…

…Voilà ce que dit le rapport de police daté du 28 juin.

Fatigue, jalousie, alcool ? Je flottais tellement que je n'avais quasiment rien enregistré de ce que la stagiaire avait lu. Juste que le rapport était vide. Linda Da Carvallo, soixante ans, veuve, n'avait ni famille, ni amis, ni ennemis… Elle avait vécu une vie sans histoires. Pourquoi sa mort aurait-elle été moins banale ?

– Pour résumer, conclut Marcel, trois morts et un rescapé. Deux hommes, deux femmes. Qui, apparemment ne se connaissaient pas. Le prof a échappé à un attentat. Les trois autres seraient morts de morts naturelles ou accidentelles. Seuls liens établis : les musées et les menaces adressées à votre ex-femme. Si nous ne la retrouvons pas, elle ou à défaut son messager, nous pouvons craindre le pire le jour de la Saint Ulrich. Quelles sont les pistes possibles ?

1) La Mercedes suisse.

– Vous voulez bien vous en charger ?, proposa Marcel au sergent Grimbert. Discrètement, j'insiste.

2) Le Festival Automobile.

Je suggérai d'aller récolter des informations au Musée de l'Automobile.

3) Le chasseur mongol.

Marcel nous demanda de nous en occuper :

– Je téléphonerai à la Direction de l'Hôtel pour qu'on vous communique tous les renseignements concernant Dimitri. Ils doivent avoir son adresse.

– OK, fit Meister. Et s'il n'est pas chez lui, on pourra toujours voir aux « Trois Gigognes ».

Je vis la gendarmette stagiaire lever des sourcils étonnés. Marcel, qui s'était levé de table pour commencer à débarrasser, décoda l'interrogation muette :

– Les « Trois Gigognes », cela vous dit quelque chose ?

– Affirmatif. Si vous parlez du café qui se trouve non loin de la Tour de l'Europe, j'en ai entendu parler lors de mon bref passage à la brigade financière. Si je me souviens bien, le patron, un immigré de l'ex-URSS, serait en cheville avec la mafia russe.

– La mafia russe à Mulhouse ?

– C'est sans doute moins surprenant qu'il y paraît pour un profane, me répondit Sennendinger. A cause de la proximité de l'aéroport franco-suisse de Bâle-Mulhouse. Les trafiquants de tout poil et en particulier les nouveaux « hommes d'affaires » venus des Pays de l'Est ont une prédilection particulière pour le territoire helvétique. Grâce à ses pratiques libérales, à la compétence de ses banques et leur secret bancaire, à ses aéroports internationaux, à ses laboratoires, la Confédération est la plaque tournante de nombreux trafics légaux ou illégaux*.

– Je ne connais pas les détails du dossier, ajouta le sergent Grimbert. Mais je sais que le café aux « Trois Gigognes » a été, un moment, sous surveillance policière. Il l'est peut-être encore. Et si ça se trouve, Dimitri, le chasseur, a un casier judiciaire et comme ses empreintes se trouvent sur l'enveloppe…

– Enfin du concret !, s'exclama Marcel. Enfin une piste sérieuse ! Sans compter que le compagnon de votre ex-femme est également d'origine russe, n'est-ce pas ?

– C'est vrai, confirmai-je. Et comme il semble avoir acquis en peu de temps une belle fortune, il se pourrait qu'il soit mêlé à des affaires plus ou moins louches.

– Bravo, ça s'arrose !, tonitrua le mastodonte partisan d'une tournée supplémentaire de prune.

La stagiaire posa la paume de sa main sur son verre pour lui signifier qu'elle avait assez bu :

– Merci. Je dois reprendre le volant.

– Je peux vous faire une petite place, proposa le balèze avec un clin d'œil égrillard.

– Merci, répliqua-t-elle. Il est temps de faire dodo et il y a longtemps que je me passe de nounours pour m'endormir.

---

* D'après « Les seigneurs du crime » de J. Ziegler, Editions du Seuil.

Chapitre 13

Entre le moment où je me couchai et celui où je parvins à m'endormir, il s'écoula un long moment. La carpe frite de Marcel est un plat délicieux. Et digeste pour peu qu'on la consomme avant minuit. Le Riesling, grand cru 1996 de Rangen, est un vin excellent à condition de le boire avec modération. Faute d'avoir respecté ces précautions élémentaires, des relents acides remontaient de mes entrailles dévorées par un requin vorace.

La porte de la chambre grinçait par intermittence et je me levai pour la bloquer avec une chaussure. Dans l'obscurité, je heurtai de l'orteil un vieux coffre en bois qui barrait le passage. Si je m'accommode assez bien de mon propre foutoir, je supporte très mal le désordre des autres. La chambre sentait le renfermé et la poussière. Le traversin du lit avait le moelleux d'un tronc d'arbre non équarri. Je résistai à l'envie de le jeter par terre…

Et puis, malgré l'inconfort du lieu, malgré le rodéo d'idées chaotiques sous ma boîte crânienne, l'épuisement eut raison de moi et un sommeil aussi pesant qu'une dalle de béton finit par m'assommer.

Le réveil ne fut pas glorieux. Il n'était que six heures et je flottais dans une sorte de coton nauséeux. Une douleur épouvantable irradiait dans ma nuque martyrisée par un traversin trop dur. Victor Meister ne semblait guère plus frais que moi. Sous les énormes poutres noircies par le temps qui traversaient le plafond de la cuisine, le café fut d'un précieux secours. Marcel nous le servit noir. Très noir et très fort. Il fallait bien ça pour affronter un programme qui s'annonçait chargé.

Et qui le sera au-delà de tout ce que nous pouvions redouter.

La première mauvaise surprise de la journée fut la photo à la une de l'Alsace. Sous un titre en caractères gras « Voiture piégée au Musée de l'Impression sur Etoffes » on apercevait Alphonse Fritz affalé sur une chaise, entouré par le lieutenant Flick et l'adjudant-chef Sennendinger. Victor et moi étions à l'arrière-plan, parfaitement reconnaissables aussi. Sous la photo, une question : Pourquoi un tel déploiement de forces pour une voiture brûlée ? Voir notre article en page régionale.

– Nous y voilà, fulmina Meister. Les fouilleurs de merde sont lâchés ! Dorénavant on va les avoir sur le dos. Qu'est-ce qu'ils racontent d'autre ?

L'article en pages régionales, sur deux colonnes, relatait les événements de la soirée au Musée sans omettre ni les appels téléphoniques anonymes ni l'embarras des enquêteurs. « Que nous cachent la Police et la Gendarmerie de Mulhouse ? », s'interrogeait l'auteur. « Pourquoi avoir fait appel au capitaine Meister de la SRPJ de Strasbourg ? » Quelques lignes plus loin, il signalait que l'officier bas-rhinois avait également été aperçu, la veille au matin, à la Commanderie de Rixheim là où, le 2 juillet, avait été découvert le corps sans vie d'une jeune femme non identifiée. Il concluait son article par un appel à témoins et par une nouvelle question : « Y aurait-il un lien entre ces deux enquêtes ? »

– C'est un futé, le gars, apprécia Meister. Mais après ça, personne ne voudra plus me croire si je dis que je suis en vacances. Je suis grillé.

– Que veux-tu, c'est ça la célébrité !, le china Marcel.

Et si la relation entre toutes les affaires est étalée dans la presse, ce sera également la célébrité pour notre tueur, fis-je remarquer. Son but sera atteint et cela risque de le conforter dans ses intentions homicides.

– C'est pour cela que je dois impérativement convaincre le Procureur de la nécessite de mettre sous surveillance les quatre musées où il n'a pas encore sévi.

Si les journalistes l'apprennent et s'ils le publient dans leurs canards, ça fera chuter le taux de fréquentation des musées et l'Office de Tourisme ne va pas être content.

L'adjudant-chef Sennendinger haussa les épaules en un geste fataliste : « Comment faire autrement ? » Puis il ajouta : « La couverture médiatique a parfois du bon. En suscitant des témoignages, elle précipite parfois certains dénouements. Sait-on jamais ? »

Il venait à peine d'énoncer cette judicieuse remarque que son téléphone se mit à sonner.

– Allo ? Oui, c'est moi… Non, non tu ne me réveilles pas… Je t'écoute… Comment ? Bien entendu que ça m'intéresse !… Attends, je note… Merci, Bernard. T'es sympa.

Après avoir raccroché, Marcel se frotta les mains : « ça bouge, les gars ! » Le concierge d'un immeuble HLM de Bourtzwiller a téléphoné au commissariat de police. Comme son confrère l'Alsace, les DNA ont publié un article complété par une photo de la morte. Grâce à ce cliché, le concierge pense avoir identifié 'Tartine'. Il a donné une adresse. Il veut évidemment garder l'anonymat. C'est Bernard Flick qui m'informait.

– Il va y aller ?

– Bien sûr. Il m'a même proposé de l'accompagner, mais faut que j'aille voir le Procureur. Je crois que je vais envoyer le sergent Grimbert.

– Je ferai peut-être bien d'y aller moi aussi, s'empressa Victor.

– Je croyais que tu partais avec Claude à la recherche du fameux Dimitri ?

– Oui, mais une stagiaire, toute seule…

– D'abord, elle ne sera pas seule, puisqu'il y aura le lieutenant Flick et ensuite, je crois que nous avons assez de pain sur la planche pour remettre la drague à plus tard. Tu ne crois pas ?

Victor en convint en rigolant. Il posa néanmoins quelques jalons pour un futur prometteur :

– On se revoit quand, tous les quatre, pour le rapport ?

– Tous les quatre ? Tu veux dire toi, Claude, Flick et moi ?, se moqua Marcel.

– Alors disons tous les cinq !

– Sauf contre-ordre, dix-huit heures, Tour de l'Europe. Tout le monde connaît. OK ?

– OK.

Marcel prit sa 305. Je grimpai dans le 4X4 de Victor. C'était parti pour Mulhouse et pour une longue, très longue journée.

Dimitri n'était pas en faction devant l'Hôtel du Parc. A sa place, il y avait le blondinet jacassant de la veille. « Non, son collègue Dimitri n'avait pas repris son service. Il le déplorait profondément car en agissant de la sorte, Dimitri ternissait l'image des employés et plus particulièrement celle des travailleurs immigrés que les patrons et l'extrême droite avaient beau jeu de discréditer suite à de tels comportements irresponsables alors que la Loi sur les trente-cinq h… »

Le réceptionniste me vit arriver de loin. Avant que je lui pose la moindre question, il arbora la mine de circonstance pour m'affirmer « qu'il était profondément navré mais que madame Canrade n'avait pas réapparu à l'hôtel. Elle n'avait pas davantage laissé de message à mon intention. »

Je m'en doutai, hélas.

Averti par le lieutenant Flick, le Directeur nous remit la fiche de Dimitri. Il fut courtois et coopératif :

– Je ne m'explique pas pourquoi Dimitri nous a laissé tomber en pleine saison touristique. Voilà ce que c'est que de vouloir rendre service, soupira-t-il.

– Rassurez-vous, on n'a rien à voir avec l'Inspection du Travail, crut bon de préciser Meister avec un clin d'œil appuyé.

Il s'attira une réponse cinglante de la part du Directeur :

– Vos allusions sont parfaitement déplacées, Monsieur. Nous ne ne sommes pas des négriers. Dimitri nous a été recommandé par une association en faveur des réfugiés. Il est parfaitement en règles et je suis prêt à vous fournir…

Son indignation était sincère. Je le remerciai vivement pour éviter un nouvel écart de Meister. Le Cow-Boy n'était jamais aussi maladroit que lorsqu'il fréquentait le beau monde. A se demander s'il ne le faisait pas exprès.

La fiche donnait l'identité :

Dimitri CHATROSCHVILLI

Né le 2 mars 1965 à Oulan Oude en Bouriatie

Un numéro de permis de séjour délivré par la préfecture de Colmar.

Une adresse dans un foyer pour travailleurs étrangers.

Je ne m'attarderai pas sur la visite du Foyer Sonacotra. Elle fut brève et inutile. Dimitri avait séjourné quelques jours dans cette usine à cauchemars avant de la quitter sans regrets et sans laisser d'adresse. Aurons-nous plus de chance aux « Trois Gigognes» ?

Heureusement que Victor avait le sens de l'orientation. Seul, je me serais perdu cent fois dans cette ville brouillonne qui, au fil des siècles, a juxtaposé des quartiers mais a oublié de les relier entre eux. Les chantiers actuels la transformaient en une gigantesque taupinière.

Après avoir garé le 4X4 tout près du centre, nous continuâmes à pied. En débouchant sur la Place de l'Europe, Victor émit le vœu que le Grand Projet de Ville en cours « ne ressemblera jamais à ça ! ». Avec une pointe de mépris dans la voix, il me désigna le grand parvis rectangulaire et minéral que surplombe la Tour de l'Europe. Je ne savais pas le Cow-Boy préoccupé d'esthétique urbaine. Mais j'étais bien obligé de convenir avec lui que cette place qui se voulait résolument moderne il y a un demi-siècle, avait oublié d'être belle. Malgré les arcades et les colonnades de marbre blanc, on était loin du forum convivial imaginé par ses concepteurs.

Le quartier alentour était du même tonneau. Dans ce dédale de passages sans issue, de culs-de-sac débouchant sur des grilles fermées, d'escaliers interminables ne menant nulle part, nous finîmes par repérer les « Trois Gigognes ». Sous l'arcade de pierres, la terrasse, deux tables et quelques chaises en plastique, était déserte. On n'avait pas changé l'enseigne. Un coup de pinceau avait suffi pour transformer le C en G et les Cigognes en Gigognes.

Malgré le soleil dehors, la salle était sombre et froide. Tout, des tables en formica au bar profusément ouvragé, avait l'air suranné et de mauvais goût. A quelques détails près, une ribambelle de poupées gigognes à côté d'une cigogne en plâtre sur le téléviseur ventru, une photo de la Place Rouge à Moscou et une autre du Lac Baïkal enneigé sous un panoramique de la Route des Vins d'Alsace, rien n'avait dû changer. Sinon la fille juchée sur un tabouret. De type asiatique, elle devait être à peine majeure à en juger par sa silhouette menue et plutôt bien roulée. Son visage revêche ne manifesta qu'une curiosité modérée à notre entrée. Les cernes sous les yeux étaient si marqués qu'ils semblaient avoir été sculptés au sabre d'abordage.

– Deux cafés, mademoiselle. Monsieur Dimitri n'est pas là, ce matin ?

Elle nous détailla et afficha une moue censée suggérer à la fois le mystère et l'incompréhension.

– Monsieur Dimitri ? Moi pas savoir. Moi pas connaître.

– Ah bon ! Et votre patron ? Il n'est pas là, votre patron, qu'on lui demande…

D'une main, elle écarta un rideau de perles qui masquait une porte derrière le bar et appela :

– Monsieur Mehmet, c'est deux « monsieurs » qui vous demandent…

Deux minutes plus tard, dans un bruissement de perles entrechoquées, Mehmet parut. Quarante ans de haut, cent-trente kilos de large sous un crâne plus chauve et plus tourmenté que la surface de la lune. Il affichait le sourire carnassier du barbeau qui flaire la bonne affaire. Dès qu'il nous vit, il sourcilla. Juste avant l'éclipse, je perçus un éclair furtif dans ses yeux noirs, petits, profondément enfoncés dans les orbites. Sa face lunaire exprimait la surprise, la contrariété avec un brin de mépris aux commissures de ses lèvres minces.

Bien entendu, il ignorait où habitait Dimitri, où il travaillait, où il pouvait être en ce moment… D'ailleurs c'était tout juste s'il se souvenait de ce client qui était venu rarement dans son café « Trrrrois ou quatrrrre fois, mon capitaine…On a juste échangé quelques mots, vous savez ce que c'est, entrrrre compatrrrrriotes… » Puis se tournant vers l'Eurasienne : « Olga, dis-leurrrr, toi, si tu te souviens… » Elle ne se souvenait pas.

– Je suis vraiment désolé, mon capitaine. Si je peux vous être utile une autre fois…

– Vous me rappelez votre nom ?

– Mehmet Bouatzicki, mon capitaine.

Dit avec le sourire.

– Il s'est bien payé notre tête, constatai-je une fois revenu à l'air libre.

– Tu parles. Avec notre bobine à la une des journaux, il nous a remis tout de suite. Mon capitaine, par ci, mon capitaine par là… Je t'en foutrai, moi…

– Ceci dit, on ne peut pas l'obliger à parler. On n'a rien à lui reprocher à ce Mehmet.

– Nous, non. Mais lui sûrement. Faudra demander à Flick. En attendant, tu as raison, on ne peut rien faire, se résigna Victor.

Tout en déambulant nous étions arrivés au bout de la rue. La circulation était dense et nous dûmes patienter pour traverser. Au moment où le feu passa au rouge, mon œil enregistra, à dix mètres à peine, la manœuvre d'une voiture qui se garait le long du trottoir.

Sans réfléchir, d'un violent coup d'épaule, je propulsai Victor derrière une camionnette de livraison qui stationnait là.

– Qu'est-ce qui te prend ? T'es malade, protesta-t-il vigoureusement.

D'une main, je lui fis signe de se taire. De l'autre, je le saisis par le bras pour l'obliger à se retourner, dos à la rue. Il se retrouva de la sorte devant une vitrine spécialisée dans les produits diététiques et, malgré mon index en travers de la bouche, il rouscailla de plus belle :

– T'imagines pas que je vais bouffer des trucs pareils !

Le gars, heureusement, passa à cinq bons mètres de nous. Avec la foule, il ne nous prêta aucune attention. Je le laissai prendre un peu d'avance avant de lui emboîter le pas. Il avait toujours sa casquette de base-ball jaune et rouge. Du doigt, je le désignai à Victor :

– Il ne te dit rien, ce gars ?

– Et qu'est-ce tu voudrais qu'il me dise ?

J'expliquai au 'Cow-Boy' que j'avais eu comme un flash. Cette casquette rouge et jaune ne m'était pas inconnue. Ni la démarche du gars, chaloupée comme s'il était monté sur des ressorts à boudin. Ce beur, j'en eus soudain la certitude, nous l'avions déjà croisé hier, à plusieurs reprises. Rue du Sauvage, je l'avais à peine entrevu. Je ne lui avais prêté qu'une attention distraite à Rixheim. Il m'avait, à l'instant, sauté aux yeux.

– Tu comprends, dis-je à Victor, quand je l'ai vu descendre de sa BM, ça a fait tilt…

– Une BM, tu dis ? Noire avec des vitres fumées ? Maintenant que tu m'en parles,… Hier, j'ai aperçu plusieurs fois ce modèle de bagnole dans mon rétroviseur…Je ne t'en avais pas parlé mais… Ma parole, rugit-il de plaisir, t'as vu où il va ? Chapeau, Claude !

Chacun éprouve un sentiment de vanité lorsqu'une de ses intuitions se confirme. Mes chevilles doublèrent de volume sous les éloges de Victor qui me félicita pour mon œil de lynx et mon flair de sioux. Venant d'un Cow-Boy, le compliment n'était pas mince…

Le beur à la casquette rouge et jaune venait d'entrer au café des 'Trois Gigognes'.

On lui laissa quelques minutes. Coup d'œil discret par la vitre poussiéreuse : La mignonne n'était plus là. Planté au milieu de la salle, Mehmet dominait le petit beur de toute sa masse. Il l'ébranlait de violentes bourrades dans la poitrine. Le jeunot baissait la tête sous l'orage…

– … au lieu de ça, c'est eux qui te suivent ! Taré…, hurlait Mehmet.

Notre intrusion sans crier gare cloua le bec au Tarass Boulba de la limonade mais donna des ailes au petit beur à casquette. D'un bond, il sauta par-dessus le comptoir et sans demander son reste, franchit le rideau de perles comme s'il avait le diable à ses trousses.

J'ignore quel est le record personnel de Lucifer sur quinze cents mètres et je ne sais donc pas s'il aurait pu le rattraper. Les performances à la course de notre fuyard étaient certes inférieures de beaucoup à celles d'un champion comme Mehdi Baala. Elles restaient cependant largement supérieures à celles de deux quadragénaires allergiques à l'entraînement physique et aux produits diététiques. Le temps de contourner le bar, de bousculer l'Eurasienne qui venait aux nouvelles, de traverser une chambre meublée d'un lit et d'un bidet, de sortir par la fenêtre ouverte sur une arrière-cour pavée, de passer sous un porche, de déboucher sur une rue animée… La casquette jaune et rouge était loin déjà.

Trop loin pour espérer lui mettre le grappin dessus.

Nous le vîmes s'engouffrer dans la BM. qui déboîta aussitôt pour couper le flot de véhicules. Crissements de pneus. Coups de freins. Klaxons. Injures. Elle disparut au bout de la rue.

– Pffff - Meister soufflait comme un phoque asthmatique – pffff, t'as eu le temps de relever le numéro ?

– Pffff – je soufflai comme une otarie asthénique – pfff, juste le début, 68 QZ 3…

– QZ 37…, surenchérit Meister, ça devrait suffire. Il ne doit pas y avoir masse de BM noires à Mulhouse.

Retour dans le bistrot.

– Je suppose que vous ne connaissez pas non plus le gars qui vient de se carapater ?

Derrière le bar, Mehmet avait recouvré son calme. Il faisait mine d'essuyer un verre :

– A peine, mon capitaine. Je le connais à peine. C'est un jeune des quartiers. Mais trrrrès poli, trrrrès serviable. Il vient parfois boire un coca… Il s'appelle Eddy, c'est tout ce que je sais. Sur la tête de ma mèrrrre.

– Laisse ta mère en paix, lui conseilla Meister qui rageait intérieurement. Où est le téléphone ?

Mehmet plongea la main derrière le comptoir et lui tendit un combiné gris. Victor composa le numéro sur le cadran à touches. Au bout d'un moment, il déclina son identité et demanda le lieutenant Flick.

– Il n'est pas là ? Ah, et à qui je m'adresse pour connaître le propriétaire d'une BM noire, immatriculée 68 QZ 3,7,…

– Ne vous donnez pas cette peine, mon capitaine, l'interrompit Mehmet qui avait suivi la conversation. Cette BM est à moi.

Le Cow-Boy se maîtrisa. Il remercia le fonctionnaire à l'autre bout du fil et reposa lentement le combiné. Pendant dix secondes, il ferma les yeux. Puis il inspira longuement comme un plongeur au bord de la mer baltique au mois de janvier… et dans un souffle, murmure à peine audible, il s'adressa au cafetier de la taïga :

– La voiture est à VOUS… et VOUS prétendez ne pas connaître le petit merdeux qui conduit VOTRE voiture…VOUS prétendez ignorer le nom de ce petit trou du cul qui nous suit depuis hier et qui détale à notre arrivée… Comment VOUS expliquez tout ça, monsieur Bouatzicki ? Et pourquoi VOUS l'engueuliez tout à l'heure ?

Mehmet ne se laissa pas démonter. Il avait réponse à tout. Eddy, un gars des cités, rendait des petits services aux commerçants du quartier. En échange, on lui filait la pièce ou on lui prêtait sa voiture pour la soirée « Pour qu'il puisse frimer avec les gonzesses ! »

– Quels genres de petits services ?

– Laver la voiture, décharger un camion, livrer un client…

– Aider un aveugle à traverser, ironisa Meister. Et pourquoi tu l'engueulais ce bon petit boy-scout ?

– Vous avez vu l'heure à laquelle, il ramène la voiture ? Je lui avais dit huit heures, pas dix. Alors je lui remontais les bretelles. Vous n'aurrrrricz pas fait pareil, mon capitaine ? Et maintenant, quand il va me la ramener ?

– T'as qu'à porter plainte, s'exaspéra Meister.

– Vous avez raison, capitaine. Je vais porter plainte contre X.

– Et pourquoi cette fuite ?

– Ah, ça, mon capitaine ! Il faudra lui demander quand vous l'aurez rattrapé. J'imagine qu'il avait un petit joint dans la poche… il vous a vus… il a pris peur… et hop !… Vous savez comment ils sont, les jeunes, de nos jours… Vous avez des enfants, mon capitaine ?

Cette fois, je crus que le Cow-Boy allait exploser.

Chapitre 14

Mardi 6 juillet : *'Tartine'*

– Monsieur Ekmek ?

– Ouais ?

L'homme qui apparaît dans l'embrasure de la porte retient par le collier un chien qui grogne méchamment. Le lieutenant Flick écarte les deux bras comme pour faire rempart. Derrière lui, le sergent Dominique Grimbert, en uniforme et chapeau « postillon » a un mouvement de recul. Le clébard lui fait peur, le maître lui inspire une instinctive répulsion.

Il suffit de le voir pour être saisi de dégoût. Un personnage de caricature, énorme panse charnue d'où bras et jambes dépassent, ridiculement courts, comme des excroissances grotesques. Ses cheveux d'un gris sale, luisants et clairsemés, collent à son crâne et ses aisselles dessinent des cernes humides.

Ses yeux larmoyants s'attardent sans la regarder sur la carte barrée de tricolore :

– Non, merci, bredouille-t-il sur le ton dont il use d'habitude pour se débarrasser des vendeurs d'encyclopédies ou des témoins de Jéhovah.

Il s'apprête à refermer la porte…

– Police !, hurle Flick en faisant un pas en avant.

Le chien montre les crocs. L'obèse plisse le front pour dissiper les brumes éthyliques qui lui obscurcissent l'entendement ce qui a pour effet de le faire vaciller. Il s'appuie au montant de la porte pour retrouver son aplomb et son visage bouffi marque une hésitation :

– Qu'est-ce que vous voulez ?

– Juste vous poser deux ou trois questions, monsieur Ekmek. Vous pouvez enfermer le chien ?

Il tire le chien en arrière, le pousse dans une pièce sur la droite, ferme la porte et nous fait signe de le suivre. Il se déplace difficilement, d'un pas traînant, obligé d'écarter les jambes pour limiter le frottement des cuisses. A chacun de ses mouvements, son pantalon de survêtement semble prêt à craquer.

Dans le couloir, flottent des relents aigres de sueur, de tabac froid et de pisse de chien. De la pièce du fond parviennent les échos d'applaudissements préenregistrés. Volets fermés, elle n'est éclairée que par la lueur bleue d'un téléviseur. Elle doit servir à la fois de salon et de salle à manger et de container à bouteilles. Il y en a tellement que la table, la commode et jusqu'au sol en sont jonchés. L'homme actionne plusieurs fois un interrupteur, à droite de la porte. Sans résultat. Il dit « merde » et affale sa graisse dans un fauteuil. Il désigne des chaises encombrées de vêtements. Sur l'écran des 'célébrités' parfaitement inconnues jouent aux fermiers des temps passés pour convaincre le téléspectateur du bonheur qu'il y a à vivre au XXIe siècle dans une économie libérale à technologie avancée.

– Je savais que vous alliez venir.

Ce n'est pas le bibendum graisseux qui a parlé. La voix, une voix éraillée de fumeuse, vient de la gauche, derrière un canapé en vinyle rouge. Le dossier leur a dissimulé la femme qui l'occupe. Mi-assise, mi-couchée, elle tiraille sur sa robe de chambre pour couvrir son opulente poitrine. Petite, boulotte, elle a un visage flasque et maussade, et des cheveux ternes qui lui donnent un air malsain et négligé.

Elle fouille dans une de ses poches à la recherche d'un paquet de Marlboro. Elle glisse une cigarette entre ses lèvres minces, actionne un briquet jetable, aspire une longue bouffée qui creuse encore un peu plus ses joues blêmes et fixe les deux visiteurs.

Elle répète : « Je savais que vous alliez venir ». Une larme coule sur son visage hébété par l'alcool.

– Qu'est-ce tu racontes ?, la reprend son mari. L'écoutez pas, M'sieur l'inspecteur, elle est saoule.

– Sac à vin, toi-même, lui lance la femme. Je dis c'que j'veux. C'est ma fille, quand même !

– Ta fille, oui parlons-en, puisque tu y tiens. Une belle roulure. Pire que sa mère… Et c'est de ta faute… tu lui as toujours tout passé, quand elle était p'tite… à sécher l'école, à traîner dehors avec tous les voyous d'la cité, jusqu'à des heures pas possibles… Et quand j'lui disais quéqu'chose tu prenais sa défense…

– Lui dire quéqu'chose ? Toi ? Quand tu rentrais bourré, tu savais que gueuler et cogner comme une brute. C'est toi qui l'as foutue dehors, toi !

– Moi la foutre dehors ? Mais elle attendait que ça, foutre le camp, pour faire ses p'tites saloperies !…

Le lieutenant Flick et le sergent Grimbert assistent à la scène de ménage en se gardant d'intervenir. Soudain, la femme pousse un hoquet qui déclenche une sorte de spasme. Son visage devient tout rouge et elle écrase son mégot de cigarette dans un verre. Elle respire avec effort comme si ses poumons allaient cesser de fonctionner d'un moment à l'autre. La gendarmette s'agenouille à côté d'elle et commence à lui masser les jambes. Le gras-double décapsule une canette de bière. Il boit au goulot et rote bruyamment.

– Vous allez mieux ?, demande la gendarmette.

La femme hoche la tête. Sa respiration retrouve un rythme plus régulier.

D'une voix lasse, elle demande :

– C'est pour Tania ? Que lui voulez-vous ?

– Flick lui présente la photo de ‘Tartine’, telle qu’elle a paru dans les DNA du matin, un visage émacié mais serein, des yeux grands ouverts vers un avenir apaisé.

– C’est elle ? Vous la reconnaissez ?

Sans répondre, madame Ekmek baisse la tête et murmure :

– Elle est morte, hein. Elle est morte. Dites-moi, qu’elle est morte.

Ce n’est pas une question. C’est un constat qui sonne comme un soulagement. Dominique Grimbert est mal à l’aise.

– Y a longtemps qu’elle est morte, pourquoi tu demandes ?, bougonne le vieux.

– Vous saviez donc, depuis trois jours, que le corps de votre fille avait été retrouvée à Rixheim et vous ne vous êtes pas présentés à la Police ?

Le gros regarde le lieutenant Flick de ses yeux globuleux et se gratte le sommet du crâne :

– Qu’est-ce que c’est que cette salade ? Qu’est-ce qu’elle irait foutre à Rixheim ? C’est pas par là-bas qu’elle fait ses cochonneries. Et qu’est-ce que c’est qui s’est passé, il y a trois jours ?

– Monsieur Ekmek, vous avez bien déclaré, il y a une minute à peine, que vous saviez que votre fille était morte ?

– Ah, oui. Mais il y a longtemps, qu’elle est morte. Longtemps…

– Monsieur Ekmek, regardez bien cette photo. - Flick l'agite sous son nez - Et dites-nous s'il s'agit de votre fille.

L'ivrogne se penche. Il cligne plusieurs fois des yeux avant de confirmer :

– Oui, oui. C'est bien Tartine. Y a pas de doute. Pourquoi qu'elle est dans le journal ? Elle est même jolie, là-dessus vous ne trouvez pas ?

– Et pourquoi vous disiez qu'elle était morte depuis longtemps ?

– Pour lui, oui. Elle était morte depuis longtemps, intervient la femme. Depuis le jour où il l'avait fichue dehors.

– Et pour vous, Madame ?, demande d'une voix douce Dominique Grimbert.

– Pour moi, elle est morte, enfin. Enfin !... Si vous saviez comme elle a souffert, vous comprendriez mon soulagement... Des souffrances horribles comme il n'est pas permis de souffrir... alors, maintenant...

– Tu continuais donc de la voir, cette roulure ?, hurle l'obèse. Que j'aie la honte dans toute la cité ? Qu'on dise partout que ma fille, elle tortille du cul pour se shooter ? Je t'avais interdit pourtant...

– Tu ne m'interdiras plus rien, jamais, s'écria la femme, je ne t'ai que trop écouté, je ne suis restée que trop longtemps avec un poivrot, un fainéant de ton espèce...

Le mépris retrousse ses lèvres. Elle saisit une canette de bière. Les jointures de ses doigts sont blanches. Elle lève le bras pour...

– Vous n'avez pas honte ?

Flick et Grimbert se retournent en même temps. Ils ne l'ont pas entendue rentrer. Elle doit avoir une clé. Elle se tient sur le seuil de la pièce, droite, frémissante de colère contenue. Elle porte une jupe longue, un sweet clair qui lui couvre les bras. Le voile blanc qui cache ses cheveux découvre l'ovale parfait d'un visage jeune, dévoré par des yeux sombres et fiévreux.

– Vous n'avez pas honte ? La colère fait trembler sa voix. Le couple se tait.

– Vous êtes qui, Mademoiselle, demande le lieutenant Flick.

– Suna Ekmek. Je suis leur fille, lança-t-elle comme une fatalité. Je venais leur annoncer…

– La mort de votre sœur, Tania ?

– Oui.

– Comment l'avez-vous apprise ?

– La photo dans le journal.

– Et pourquoi ne vous êtes-vous pas présentée à la police ?

Les yeux de Suna se rétrécissent, elle semble peser la question et puis, elle rit, elle rit comme on rit par dérision ou par désespoir.

– Elle est là, la police… Pas la peine de l'appeler. C'est comme le Sida, elle vient toute seule la police… et elle vous regarde crever…

Depuis que le père l'avait chassée de la maison, Tania vivait à droite, à gauche, tantôt chez l'un, tantôt chez l'autre, dans les caves de la cité, la plupart du temps. A force, tout le monde l'appelait 'Tartine'.

– Et pourquoi ce surnom ?

– C'est le père, le premier, qui l'avait appelée comme ça. « Ekmek », en turc, ça signifie « pain ». Un jour, dans une cave, il a surpris Tania sous un beur…

Ses joues se teintent de rose pendant qu'elle raconte, mais quand Flick, en désignant le couple affalé devant la télé lui demande : « Ils sont toujours comme ça ? », son œil farouche ne cille pas comme pour signifier « Ils sont toujours mes parents et de quel droit les jugez-vous ? »

Il a fallu du temps pour qu'elle consente à livrer quelques fragments de leur vie fracassée : « Malgré tout, il ne faut pas trop en vouloir au père, vous savez… »

De Turquie, il était venu en France dans les années soixante. Du boulot, il y en avait plein, en ce temps-là. Il aurait pu, comme beaucoup, travailler dans les mines de potasse, chez DMC ou chez Peugeot. Il avait préféré se mettre à son compte. Il avait acheté un camion. Il faisait la route. Et puis, un verre de trop, l'accident, l'invalidité… pas d'assurance, de chiches indemnités… la mère obligée de se prostituer pour faire vivre la famille… « La honte pour l'homme, vous comprenez ? » Alors, il boit. Et il tape, car c'est un homme. Et quand il apprend que sa fille traîne… il frappe.. Et quand on lui dit qu'elle sniffe, il frappe encore. Quand elle se shoote à la dure, il cogne plus fort et quand elle chope la saloperie, il la fout dehors.

– J'ai toujours continué à la voir. Mère aussi, quand elle le pouvait. Au début, ça allait bien, elle se faisait soigner… Et puis ça a empiré… personne pour l'aider… Elle hurlait de douleur, parfois…Sur la fin, elle pesait encore trente-cinq kilos… alors c'était difficile de se procurer le fric pour la dope…

– Elle est morte d'une overdose, le saviez-vous ?

– Oui. Vous avez vu la photo ? Elle est morte, apaisée. Sur le Coran de La Mecque, que le Prophète l'accueille au paradis.

– Qui lui a fourni la dose fatale ?

– C'est vous la police, non ?, répond-elle en les défiant du regard. Mais pour moi, celui qui l'a fait est un bienfaiteur. Il a abrégé ses souffrances. Chacun savait qu'elle était condamnée, qu'elle n'avait plus que quelques jours à survivre…

– Et que faisait-elle à Rixheim ?

Elle ne répond pas à cette question et se contente d'une moue et d'un haussement d'épaule.

« Elle ne doit pas savoir », se dit Grimbert.

– Je vous demanderais de passer demain à la P.J. pour signer une déposition, lui dit le lieutenant Flick. On ne va pas vous ennuyer davantage. Je crois qu'ils ont besoin de vous, ajoute-t-il en désignant le couple assommé devant le téléviseur. Danièle Gilbert flatte le cul d'une vache.

Comme par hasard, l'ascenseur est en panne. Sur la porte, un tag tout frais « MORT AUX KEUFS ». Pour descendre les cinq étages, ils empruntent un escalier crasseux. Au troisième, ils croisent un jeune beur, la casquette de base-ball rouge et jaune vissée sur la crâne. Il s'efface à leur passage.

En bas de l'immeuble, un attroupement s'est formé autour de la voiture de police. Un jeune fonctionnaire en uniforme est resté au volant. Il n'est pas mécontent de voir revenir le lieutenant. Des sifflets, des quolibets fusent quand la gendarmette grimpe à l'arrière du véhicule qui démarre aussitôt.

Chapitre 15

En compagnie du directeur-adjoint, qui avait accepté de nous recevoir, nous déambulions dans les allées du Musée National de l'Automobile. « Première collection automobile au monde ! Classée monument historique du patrimoine ! » nous précisa-t-il, fièrement. Ce à quoi nous lui répondîmes en chœur que nous connaissions le prestigieux musée pour l'avoir maintes fois visité auparavant.

– Je vois que j'ai affaire à des passionnés !, constata-t-il alors que d'un coup d'œil circulaire nous essayions d'embrasser du regard les cinq cents voitures qui retracent la fabuleuse aventure de l'automobile. Sous les neuf cents lampadaires baroques, de la plus prestigieuse à la plus humble, s'alignent les carrosseries rutilantes de plus d'une centaine de marques.

Rien de tel pour alimenter le robinet des souvenirs.

– Je crois bien que j'ai été un des premiers à voir la collection, nous apprit Victor. A l'époque, j'étais lycéen. Comme la plupart des Mulhousiens je ne pouvais imaginer que les bâtiments poussiéreux de cette ancienne filature abritaient un tel trésor. Au moment des grèves, je suis venu avec un copain dont le père était un employé des frères Schlumpf. Il faisait partie du syndicat qui avait découvert le pot aux roses.*

Nous fîmes, comme il se doit, une pause recueillie devant la somptueuse Royale Coupé Napoléon, une des cent-vingt-trois Bugatti dont s'enorgueillit le musée.

– Moi, dis-je, j'ai grandi du côté de Molsheim. Le souvenir du grand Ettore Bugatti est toujours très vivace dans la région.**

Le visiteur, ici, se promène de coup de cœur en éblouissement. Chacun y retrouve un éclat de son passé, des premières Panhard-Levassor aux plus récentes Formule 1.

– Bon, ce n'est pas tout ça, Messieurs. Que vouliez-vous savoir au juste à propos du Festival Automobile qui débute dans quatre jours ?

---

* En 1977, en licenciant une grande partie des employés de leur empire textile, les frères F. et H. Schlumpf déclenchent un conflit social. Les syndicalistes découvrent alors la fabuleuse collection que ces industriels, passionnés de voitures de luxe, avaient rassemblée en secret dans l'ancienne filature. Ils ne la montraient qu'à de rares privilégiés.

** Le Milanais Ettore Bugatti créa en 1907 à Molsheim (Bas-Rhin) l'usine automobile dont sortirent ses modèles les plus prestigieux.

– Je croyais qu'il commençait le 10, à la Saint Ulrich ?, s'exclama Meister.

– Non. Le 10 a lieu le concours d'élégance, le défilé des clubs et la Nuit de l'Automobile, avant la Grande Parade qui aura lieu le 11. Mais quel rapport, Messieurs, avec la Saint Ulrich ?

Sous le sceau du secret et sans entrer dans les détails macabres nous lui fîmes part des « éventuelles menaces » - il ne fallait pas trop l'inquiéter - qui « pèseraient »sur un citoyen russe, prénommé Igor et dont nous recherchions à établir l'identité.

– Un citoyen russe ? C'est fort possible. Nous accueillons, cette année une délégation de collectionneurs des pays de l'Est... Attendez. Je me renseigne.

A l'aide de son téléphone portable, il se mit en rapport avec la Ville de Mulhouse qui le mit en contact avec la Mission Evénement. Au bout d'un moment, il se tourna vers nous, un sourire un peu crispé à la commissure des lèvres :

– Vous aviez hélas raison, Messieurs. Un dénommé Igor Abrovamitch doit prendre part au concours d'élégance au volant d'une Rolls-Royce ayant appartenu à Lénine.

– Lénine dans une Rolls ?

– Il en posséda quatre. Dictature du prolétariat, je suppose.

– La Rolls appartient-elle à ce monsieur Abrovamitch ?

– Non. Elle appartient à un certain Vassili Gouriakov, homme d'affaires fortuné de Saint

Petersbourg et collectionneur de voitures de luxe. Le véhicule sera l'un des clous du Festival. Monsieur Igor Abrovamitch n'en sera que le chauffeur pour le concours d'élégance et la Parade.

– Seul ?

– Non. Monsieur Abromavitch sera en compagnie de madame Canrade Lisa.

Avec Meister nous échangeâmes un regard satisfait.

– C'est bien notre homme. Et où pouvons-nous le trouver ?

– Je l'ignore, Messieurs. Il est attendu à l'aéroport de Bâle-Mulhouse, le 10 juillet au matin, en provenance de Saint-Pétersbourg.

Dans la foulée, le Directeur-adjoint nous apprit que la Rolls avait déjà été acheminée par train, « sous bonne escorte, question d'assurance, vous comprenez » et que Madame Canrade avait assuré le convoyage. « Madame Canrade est descendue à l'Hôtel… ».

– Du Parc, oui, nous savons, compléta Meister.

– Oh, non !, protesta le Directeur-adjoint en souriant. La Ville et les organisateurs du Festival n'ont pas les moyens de payer un « 4 étoiles » à leurs invités. Madame Canrade a une chambre à l'Hôtel IBIS, allée Nathan Katz, à côté de la Filature. C'est un excellent « 2 étoiles ». Vous savez, dit-il avec un sourire, l'association qui soutient le Festival adore les belles voitures, elle ne roule pas sur l'or pour autant.

Avec Meister nous échangeâmes un regard dubitatif.

– Nous vérifierons, déclara Victor.

– Pouvez-vous nous parler de cette association ?, demandai-je.

– La 5A.

– Comment ?

– La 5A ou si vous préférez l'A.A.A.A.A., l'Association Alémanique des Amateurs d'Automobiles Anciennes.

– D'accord. Et quels sont les membres de cette association ?

– Oh, des notables, des avocats, des médecins, des commerçants qui ont tous un point commun : ils sont toqués de belles mécaniques et de vieux tacots. Tenez, vous trouverez la liste sur cette plaquette. D'autres questions, messieurs ?

Meister plia le dépliant en quatre et le glissa dans la poche de son jean avant de répondre.

– Pas pour le moment. Nous vous remercions pour votre collaboration. Vous avez été fort aimable.

Avant de le quitter, Meister lui promit d'intervenir auprès des forces de l'ordre mulhousiennes pour que soit assurée la protection de Igor Abrovamitch et de tous les participants au Festival.

– Un moment, fis-je. Pouvez-vous me dire où se trouve la 4CV Renault ?

– Juste derrière vous, monsieur. Deux travées plus loin. Ce modèle vous rappelle des souvenirs ?

Elle nous en rappelait beaucoup, en effet.

De revoir ce modeste véhicule égaré au milieu des bolides et des somptueuses limousines, nous causa une émotion que nous eûmes du mal à dissimuler. Marche arrière d'un quart de siècle. Mes années de pion au collège Solignac. Ma rencontre avec le Cow-Boy, inspecteur de police au Neuhof, quartier sensible de Strasbourg. La 4CV restaurée par les élèves de CPPN et offerte solennellement au Musée Automobile de Mulhouse*…

– Je n'étais pas en place à cette époque, avoua le Directeur-Adjoint, et j'ignorais tout de cet épisode !

– Vous l'ignorez comme tous les visiteurs du musée puisqu'il n'y a pas la moindre petite plaque pour le rappeler.

Il sembla sincèrement désolé et promit de faire le nécessaire pour réparer ce fâcheux oubli.

Cap vers l'est, direction Hôtel IBIS CENTRE. D'un musée à l'autre, d'un hôtel à l'autre, à force de sillonner la ville dans tous les sens, nous finirions par la connaître. Si j'avais été simple touriste, si Victor était revenu à Mulhouse pour effectuer un pèlerinage dans la ville de son enfance, nous aurions sans nul doute été émerveillés par la Filature. L'architecture

---

* Lire « Nuages de Haine » dans la même collection aux Editions du Bastberg.

moderne de ce grand paquebot culturel construit sur une friche industrielle est une pure réussite.

Mais nous n'étions pas venus pour cela. Comme elle avait jadis empoisonné ma vie, Lisa gâchait aujourd'hui mes vacances et celles de Victor.

– Tu y crois, à cette piste ?, demandai-je.

– Pas vraiment, m'avoua Victor. Mais nous ne pouvons pas nous permettre de la négliger.

Comme nous avions raison d'être sceptiques !

Lisa n'était pas à l'Hôtel IBIS CENTRE construit non loin de la Filature.

Le réceptionniste nous informa que madame Canrade n'y avait passé qu'une seule nuit, celle du 27 au 28 juin. Chambre 317. Dès le lendemain, elle avait résilié la réservation jusqu'au 10 juillet date pour laquelle elle avait annoncé son retour en compagnie de Monsieur Abrovamitch. On ne l'avait pas revue depuis.

Une femme de chambre croyait se souvenir qu'un monsieur dans la cinquantaine « un bel homme », précisa-t-elle avec une moue gourmande, était venu chercher la dame du 317. « Bel homme, mais radin, nuança-t-elle. Qui n'a pas laissé de pourboire alors que j'ai aidé la dame à porter ses bagages jusqu'à la voiture du monsieur ».

– Quelle marque ?

– Une Mercedes. Je m'en souviens. Une grosse Mercedes noire.

– Vous avez relevé le numéro ?

– Je ne suis pas fl… pas de la police. Non, monsieur.

Nous n'en avions pas tiré davantage et nous n'étions guère beaucoup plus avancés. Le découragement menaçait. Sur une terrasse accablée de soleil, nous avions avalé distraitement un plat du jour banal, heureusement accompagné d'une bière fraîche et mousseuse propice à alimenter la pompe à nostalgie.

– C'était quand même le bon temps !, soupira Victor.

– De quoi du parles ?

De quand nous étions jeunes ? De l'époque où nous étions tous deux dans le quartier du Neuhof à Strasbourg…

– De la ZEP où nous apprenions à « travailler ensemble * »…

– Je ne regrette qu'une chose, maugréa-t-il.

– Laquelle ?

– Tu ne m'as jamais présenté Lisa. T'avais trop peur que je te la pique, avoue ?

– J'avoue surtout que je suis de plus en plus inquiet à son sujet. Voilà quatre jours qu'elle a disparu. Notre seul lien avec elle c'était Dimitri. Volatilisé à son tour.

– Ne t'en fais pas. Je fais confiance à Marcel. C'est sa dernière affaire ; il ne va pas lâcher le morceau.

---

* Lire « Nuages de Haine » du même auteur aux Editions du Bastberg.

– Ton ami Marcel est surtout préoccupé par cette histoire d'enfants assassinés. Et je le comprends, il n'y a rien de pire que ce genre d'affaire. Il y a de quoi te donner la nausée.

– Parfois, murmura Victor en serrant les mâchoires, avec ce que la vie leur aurait réservé...parfois j'en arrive à me demander si ces gosses ne sont pas mieux là où ils sont..., fit-il en levant la tête vers le ciel.

– Cela suppose que tu crois en Dieu ?

– Pas forcément. Mais il m'arrive de ne plus croire en l'homme.

Victor poussa un gros soupir et son regard voilé se perdit dans le vague. Un moineau vint en sautillant à nos pieds et nous fixa de son œil effronté. Victor lui lança quelques miettes et sourit à le voir picorer hardiment. Il ne disait rien, mais je pouvais suivre le cours de ses pensées. « Un enfant, c'est sûr, il ne suffit pas de lui donner du pain... ». Depuis qu'il était revenu dans le Sundgau, Victor revivait sa propre enfance comme si la mémoire aiguisait des cicatrices douloureuses.

– Tu reprends une mousse ?

La nostalgie ne durait jamais chez Victor. La soif, si.

Pendant que je réglai l'addition au bar, Victor profita du téléphone pour donner un coup de fil à Marcel Sennendinger. Je l'entendis narrer brièvement nos démarches stériles de la matinée. Il s'attarda sur la description du beur à casquette au volant d'une BMW. Puis, il me demanda mon stylo à bille et nota une adresse sur un feutre à bière.

– OK, Marcel, on va jeter un œil.

– …

– Non, non, rassure-toi, en douceur. Juste un œil. Je sais que je suis en vacances et que je n'ai aucun mandat officiel… Juste un œil, je te dis. Le rendez-vous est toujours pour dix-huit heures ?… OK, c'est parti !

– Où va-t-on ?, demandai-je.

– Au Rebberg, mets ta cravate !

– Que veux-tu dire par là ?

– Qu'on change de décor. Ce n'est plus le même monde. Que du beau linge, au Rebberg !

– Et qu'est-ce qu'on va faire là-bas ?

– Marcel a retrouvé l'adresse du propriétaire de la Mercedes noire immatriculée BL 396 217.

– C'est en Suisse ?

– Non, au Rebberg, je te dis. C'est le quartier huppé de Mulhouse. Mais dans ce coin des Trois Frontières, il ne faut pas t'étonner de voir cohabiter des Français, des Suisses et des Allemands. C'est le compte en banque qui fait qu'on habite le Rebberg. Pas la nationalité.

– Il s'appelle comment ce Suisse ?

– Elle. C'est une femme. Elle s'appelle Frau Ursula Ziegennader.

Chapitre 16

Le Rebberg c'est le Mulhouse d'en haut. Vous n'y accédez qu'en grimpant. Soit, comme nous, pour une simple visite. Dans ce cas vous montez la rue de la Montagne en forte pente. Si c'est pour vous y installer, il faut gravir impérativement l'échelle sociale. N'habite pas le Rebberg qui veut !

– Rien que des bourges, me glissa Meister. Et au sommet, il y a les fauves, les loups, les crocodiles et les rapaces, ajouta-t-il en rigolant.

Je suis parfois hermétique à l'humour du Cow-Boy. Je ne compris sa plaisanterie qu'en voyant le panneau qui indiquait le sommet de la colline : « Parc Zoologique ». Meister, je le savais, a un parti pris défavorable contre deux catégories de personnes. Les riches et les enseignants. Ce qui n'est pas redondant. Un enseignant devient rarement riche, un fils de riche choisit rarement l'enseignement.

Bien avant d'atteindre le Parc, dans un virage, nous avions tourné à gauche. A partir de là, nous étions dans un autre monde. Monde végétal de hautes frondaisons, de haies verdoyantes, de murets en pierre sèche, de vieux becs de gaz…

– Stop ! Demi-tour.

Une grille barrait l'accès de la rue.

– Ils ont tellement la pétasse de se faire piquer leur pognon, qu'ils cloisonnent le quartier. Bientôt, tu vas voir, ils vont installer des ponts-levis, des chemins de ronde et des mâchicoulis. C'est le progrès, fulmina le Cow-Boy.

Victor exagère toujours. Mais, comme je le disais plus haut, nous étions réellement dans un autre monde. Monde sécuritaire fait de portails égoïstes et muets, de murs écrans, de garages massifs et borgnes derrière lesquels on les devine plus qu'on ne les voit, des demeures cossues se tapissent.

– Stop ! Demi-tour !

– Qu'est-ce qui t'arrive ? On peut passer, il n'y a pas de barrière, protesta Meister.

– Laisse tomber, fis-je. Dans ce dédale de rues, on n'a plus aucune chance de la rattraper.

– Qui ça ?

– Figure-toi, qu'à l'intersection des rues, et circulant en sens inverse, j'ai cru voir une BM noire…

– Une BM ou une Mercedes ?

– Une BM. La BM de Mehmet, pilotée par le dénommé Eddy.

– Un beur à casquette ? C'est pas la faune habituelle du Rebberg. T'es sûr que c'était lui ?

– Presque.

– Hé, hé ! A cent mètres de la villa de Frau Ursula ? C'est pas une sacrée coïncidence, ça ? On va lui demander pourquoi elle fréquente ce type d'individus.

Depuis la rue, il était impossible de voir ce qui se cachait derrière l'imposante haie de troènes, dense et haute de trois mètres. Le solide portail métallique à double battant était hermétiquement clos. Sur sa droite, percé d'une fente en guise de boîte aux lettres, un étroit portillon muni d'une sonnette.

Meister écrasa le bouton.

Au bout d'un moment, le portillon s'écarta juste assez pour permettre à une étrange créature de se matérialiser derrière les maillons d'une grosse chaîne de sécurité. Une femme très petite, très maigre et très vieille, enveloppée dans un immense tablier à fleurs scruta les importuns à travers d'épaisses lunettes rondes. Son visage revêche manifestait plus de méfiance que de curiosité. Un chapeau de paille démodé semblait vissé sur sa tête ridée comme une noix. Elle portait des gants de jardinier et brandissait un sécateur :

– Ya ?

– Bonjour Madame. Nous aimerions rencontrer Mme Ziegennader. C'est bien ici ?

– Ya.

– Voudriez-vous être assez aimable pour nous annoncer, je vous prie.

– Ich bin Frau Ziegennader.

– Frau Ursula Ziegennader ?

– Ya.

Avec Victor on se regarda, interloqués. La vieille plissait les yeux, suspicieuse, prête à refermer le portillon au moindre mouvement suspect de notre part. Victor, lui montra sa carte de police barrée de tricolore.

– Nous recherchons la propriétaire d'une voiture Mercedes noire, immatriculée BL 396 217. Vous connaissez ?

– Ya.

– Comment « Ya » ? C'est vous ?

– Ya.

– La Mercedes est à vous ? Vous êtes Suissesse ?

– Ya.

La vieille lâchait les syllabes et les confidences avec autant de parcimonie qu'un banquier suisse consent un prêt à un smicard. Malgré ses réticences et son accent plus collant qu'une fondue du Pays de Vaud, nous finîmes par comprendre :

1) qu'elle était suisse et banquière. La Ziegennader & Co International Bank de Bâle,

2) qu'elle avait quatre-vingt sept ans et habitait à Mulhouse, chez son unique neveu, cinquante-deux ans, à qui elle avait fait cadeau de la Mercedes,

3) que ce neveu, fils de sa sœur et d'un riche industriel mulhousien décédés tous deux accidentel-

lement en 1957, avait la double nationalité et qu'elle l'avait élevé comme son propre fils…

En évoquant ce passé lointain, la vieille s'animait un peu. Une roseur légère humanisa son visage parcheminé. Enfin, elle nous livra ce qui était l'information la plus surprenante et la plus importante pour la suite de l'enquête, à savoir :

4) que ce neveu était médecin cardiologue à Bâle et à Mulhouse et s'appelait Dr Edouard Frankenspalter.

Il est évident que cette nouvelle ne fit que raviver et renforcer les soupçons que Meister mûrissait à l'encontre de cet éminent professeur de médecine. Il m'adressa un clin d'œil triomphant que la vieille surprit. Elle se referma aussitôt comme se referme un guichet de banque à la moindre alerte.

– Le Dr Frankenspalter est-il présent, actuellement ?

– Nein.

– Savait-elle quand il reviendrait ?

– Nein.

– Quelqu'un d'autre habitait la maison ?

– Nein.

– Avait-elle eu, il y a un quart d'heure, la visite d'un jeune homme en BMW ?

– Nein.

Elle n'en dirait pas plus. Difficile de prolonger l'entretien alors que nous n'avions aucun mandat pour le faire. Et puis, Meister avait promis à l'adjudant-chef Sennendinger « Juste un coup d'œil ! Pas d'incident diplomatique ! »

– Je pense que nous nous reverrons, Madame, susurra poliment Victor.

Le portillon claqua.

Nous avions une bonne heure devant nous avant le rendez-vous avec Sennendinger, Flick et Grimbert. Après avoir garé le 4X4 dans un parking souterrain, nous en profitâmes pour flâner. Les rues étaient inondées de soleil et la chaleur étouffante. Bientôt, nous fûmes tout heureux de trouver une fraîcheur relative dans le Parc Salvador. Sur un banc, à l'ombre des grands arbres nous fîmes le point. Somme toute, nous n'étions pas mécontents des renseignements que nous avions pu glaner. Ils concernaient presque exclusivement le Docteur Edouard Frankenspalter.

• C'est lui qui, le 21 juin, avait examiné le corps du vieux cheminot Franz Zugele et délivré le permis d'inhumer.

• C'est lui qui conduisait la Mercedes noire, repérée par la soubrette de l'Hôtel IBIS le 28 juin et aperçue plusieurs fois par le chasseur de l'Hôtel du Parc, les jours suivants.

• La description donnée par la soubrette « un bel homme », celle faite par le chasseur « la cinquantaine élégante » correspondaient au signalement du Dr Frankenspalter tel que l'avait esquissé le sergent

Dominique Grimbert « la cinquantaine, très grand, le torse puissant… »

Victor Meister réfléchissait à haute voix :

– Le Dr Frankenspalter connaît donc ton ex-femme.

– Indiscutablement puisque c'est lui qui l'a aidée à déménager, le 28 juin, de l'Hôtel IBIS à l'Hôtel du Parc. Question : pourquoi ?

– Il la connaît même très bien puisqu'il…

Victor s'arrêta au milieu de sa phrase. Je le tirai d'embarras en l'achevant à sa place :

– … puisqu'il couchait avec elle. Dis-le. Je m'en fous. Elle a toujours couché avec tout le monde.

– Question : Si elle a passé la dernière nuit à l'Hôtel du Parc avec le Dr Frankenspalter, pourquoi n'a-t-elle pas demandé à son amant de la protéger du fou qui la menace ? Pourquoi s'est-elle adressée à toi ?

– Je n'arrête pas de me le demander. Une hypothèse : le type qui la menace c'est peut-être Frankenspalter lui-même ? Mais pourquoi le ferait-il ?

– Par jalousie. Il est amoureux fou de Lisa. Elle lui apprend qu'elle en aime un autre, Igor, qui doit la rejoindre bientôt. Frankenspalter menace d'éliminer son rival quand ce dernier arrivera à Mulhouse, le 10 juillet prochain. Qu'en dis-tu, ça se tient ?

– Oui… sauf que, si c'était le cas, Lisa aurait nommément désigné le Dr Frankenspalter quand elle a porté plainte à la police. Or, elle ne l'a pas fait et, en m'appelant au secours, elle prétendait ignorer l'identité de l'auteur des menaces.

– Alors qui ? Un troisième homme ?

– Et pourquoi pas ? Le chasseur a également signalé une BM qui serait venue à plusieurs reprises chercher ou déposer Lisa à l'Hôtel du Parc.

– Quelle femme ! Elle n'arrête pas de changer d'hôtel, de voiture et d'amant. Un sacré tempérament, ton ex ! J'ai vraiment hâte que tu me la présentes.

Nous ne pouvions pas nous douter, à ce moment-là, que Meister n'aurait jamais l'occasion de rencontrer Lisa.

Plus tard, Victor n'omit pas, en passant, de me montrer la Tour du Bollwerck, vestige des anciennes murailles de la ville. Mais notre but était la Tour de l'Europe. Cet immeuble moderne et sans grâce est devenu le symbole de la ville. Sans doute le doit-il à son restaurant panoramique tournant, installé au sommet de l'édifice.

– De là-haut, tu verras, on surplombe toute la ville, m'annonça Meister.

C'était bête à dire mais pendant que l'ascenseur nous hissait au trente et unième étage de la tour, je me sentis soudain pris au piège. Enfermé dans cette cabine, je mesurai notre impuissance. J'avais la pénible sensation que nous avions déclenché un processus irréversible et que d'autres que nous tiraient les ficelles jusqu'au dernier étage, jusqu'au dénouement fatal.

Nous aurions beau surplomber la ville, nous étions bien loin de dominer la situation.

Chapitre 17

En temps normal, le Restaurant de la Tour n'ouvre ses portes qu'à 18 heures 45. C'est du moins ce que prétendit le garçon à l'entrée.

– Nous avons rendez-vous avec le lieutenant Flick et l'adjudant-chef Sennendinger.

Sans le savoir, nous avions prononcé le 'sésame' infaillible. Le garçon nous honora d'une courbette et s'effaça :

– Dans ce cas, veuillez vous donner la peine d'entrer. Ces messieurs et la dame qui les accompagne sont déjà arrivés.

Ils étaient seuls dans la vaste salle. Quand je dis « seuls », je veux dire les seuls clients, car entre les nappes blanches, circulait une nuée de serveuses et de garçons affairés à dresser les couverts et à fleurir les tables dans l'attente imminente du prochain coup de feu.

Dès qu'il nous vit, Marcel nous fit signe de la main. Il avait pris la peine de se changer. Il était en civil, pantalon clair et polo jaune. Flick portait les mêmes jeans qu'hier. Dominique Grimbert était, elle, en uniforme. Sa chemisette d'un bleu ciel éclatant semblait concentrer toute la lumière qui pénétrait par les larges baies vitrées. Elle mettait en valeur sa poitrine arrogante et la blondeur de son chignon.

Elle avait pris place entre Marcel et Bernard ce qui parut contrarier Victor. Cela ne l'empêcha d'esquisser un baise-main. Elle retira sa main sans vivacité mais avec un sourire dénué de signification sinon « service, service, on n'est pas là pour minauder ! »

On commanda les apéritifs. Amer-bières pour les hommes. Une coupe de crémant pour Madame. Et pour joindre l'utile à l'agréable, en attendant les « fleischnackas* », chacun posa sur la table un carnet, une feuille de carton ou un rond de bière pour consulter les notes de la journée.

Marcel avait choisi une table momentanément orientée vers l'ouest. Au loin, sur les Vosges, la lumière embrasait les courbes molles des ballons et l'ombre bleuissait les vallons. Plus près, les pentes douces des collines, la mosaïque de vignes, de bois et de villages étaient ouatées de brume de chaleur. A nos pieds, par les grandes baies vitrées qui étouffaient tous les bruits, nous sentions les battements

---

* « Fleischschnacka » : littéralement « escargot de viande ». Roulé à base de pâte à nouille farci de restes de viande, poché dans un bouillon de pot-au-feu. Recette traditionnelle du Haut-Rhin.

irrépressibles d'une ville, où on s'amuse, où on travaille, où on vit... et où on meurt aussi...

De là-haut, plus qu'au ras du sol, l'espace urbain m'apparut comme une juxtaposition d'habitations, d'églises et d'usines, un collage anarchique de quartiers fortement contrastés, ségrégués par l'histoire et la fortune.

De là-haut, sans quitter notre table, défilaient sous nos yeux les rues et les places, les musées aussi, qui furent les décors d'une invraisemblable série de méfaits.

Voici le damier régulier de jardinets et de maisonnettes de la « Cité ». C'est de là que partit Franz Zugele, au matin du 20 juin, pour se rendre, cap à l'ouest, vers le Musée du Chemin de Fer.

– Comme vous le savez, il n'y arriva jamais, reprit l'adjudant-chef Sennendinger.

Il avait mis la journée à profit pour mener l'enquête. Il avait interrogé les voisins de M. Zugele et en particulier un certain M. Zlaski. D'après celui-ci, le vieux cheminot avait des relations conflictuelles avec son petit-fils. Les deux avaient eu une violente altercation, la veille du décès de Zugele. Sennendinger avait convoqué Mme Hélène Zugele, la fille du défunt et Richard Zugele, son petit-fils. Les deux reconnaissent ne pas aimer l'aïeul « un vieillard égoïste, grippe-sous et donneur de leçons ». Richard avoue s'être disputé avec son grand-père pour des questions d'argent. La soif de l'héritage est un mobile suffisant pour supprimer un vieillard gênant. Mais Rick et sa mère avaient un alibi béton. Ils avaient passé le week-end du 20 au 21 juin dans une ferme-auberge du Grand Ballon, à 1 000 m d'altitude, pour la fête du solstice d'été.

– Il y a des dizaines de témoins, nous avons pu vérifier, conclut le gendarme. Ils sont hors de cause.

Un adjoint de Marcel Sennendinger avait interrogé le médecin traitant de Franz Zugele et consulté son dossier médical. Le vieux cheminot souffrait d'angine de poitrine et avait déjà eu trois alertes sévères. Son décès par arrêt cardiaque n'avait pas surpris le praticien.

– Tu vois, Victor, tu as sans doute soupçonné le Dr Frankenspalter, à tort. Tout permet de conclure à une mort naturelle.

Meister fit la moue et grommela de vagues « Hon, hon » en hochant la tête de gauche à droite : « Hon, hon, on en reparlera. Mais continue, je ne veux pas t'interrompre. »

Toujours à l'ouest, le Musée Electropolis. Le lieutenant Flick avait missionné des inspecteurs de la PJ pour des compléments d'enquêtes.

Alphonse Spritz, le professeur d'art appliqué, habitait un immeuble ancien du côté de Brustlein. Linda Da Carvallo était presque sa voisine. Elle habitait une chambre de bonne, sous les combles.

– C'est par là, un peu plus au nord, désigna Marcel alors que le restaurant commençait sa lente rotation.

Le rapport des inspecteurs tenait sur une demi-page 21 x 29,7. Il nous réserva son lot de surprises.

Alphonse Spritz, alors qu'il était plus jeune, fut accusé par deux élèves d'avoir eu des gestes « déplacés ». L'histoire remonte à plus de dix ans. Spritz a toujours nié. Faute de preuve, il a bénéficié d'un non-lieu. L'un des élèves a pu être retrouvé à Mulhouse. Marié, dessinateur dans une agence de publicité, il a aujourd'hui vingt-trois ans et un excellent alibi pour la soirée d'hier. Ce n'est pas lui qui a mis le feu à la voiture de Spritz. Il a perdu de vue son ancien camarade de classe. Il rejette d'ailleurs vigoureusement l'idée d'une possible vengeance à retardement. Sans l'avouer vraiment, il laisse entendre que les accusations portées contre Spritz, il y a dix ans « n'étaient pas si graves ».

– Nous ne sommes pas plus avancés. Le mobile pour lequel quelqu'un a placé une charge explosive dans la voiture de Spritz reste un mystère.

– Sans que nous puissions définitivement écarter l'hypothèse d'un acte criminel.

– Ni pour Spritz ni pour Zugele, d'ailleurs. Les deux hommes n'étaient blancs blancs ni l'un ni l'autre. Un peu vicieux pour l'un, un peu pingre pour le second… Y a-t-il quelqu'un qui puisse prétendre n'avoir jamais inspiré d'intention homicide à autrui ?

– S'il n'y en a qu'une, ce serait Linda Da Carvallo, s'écria Flick. Regardez ce qu'en disent les rares personnes qui l'ont… (il hésita sur le mot et finit par dire)… approchée.

Famille : néant. (veuve, sans enfant)

Ami(s) : néant. (a quitté le Chili en 74, parle mal le français.)

Profession : technicienne de surface (Avait un diplôme de Technicienne Supérieure en Electricité délivré au Chili, non reconnu en Europe)

Centre d'intérêt : néant. (allait tous les jours fleurir la tombe de son mari)

Fortune : néant.(Versait toutes ses économies à une association d'aide aux victimes de Pinochet)

Avenir : néant. (cancer du poumon en phase avancée)

Flick se tut pour allumer une cigarette. Grimbert trempa ses lèvres dans la coupe vide. Victor fit mine d'appeler le garçon et se ravisa. Une aigreur acide me perça un trou dans l'estomac. « La douleur, c'est au moins ça, me dis-je. C'est un peu la vie ? ». Le regard de Marcel se perdit aux quatre coins de la salle avant qu'il ne pose la question qu'il fallait poser :

– Suicide ?

– C'est la conclusion à laquelle mes hommes sont arrivés, répondit le lieutenant. Elle a si peu vécu, qu'elle n'a pas eu grand-chose à quitter. Et l'accident par maladresse semble exclu. Elle connaissait l'électricité et ses dangers.

Devant nous, au nord, le quartier des Coteaux, les grands ensembles, les barres, qualifiés systématiquement de « chauds », « sensibles », « défavorisés » ou « à problèmes ». Flick et Grimbert nous contèrent leur expédition dans le quartier de Bourtzwiller et le choc qu'ils éprouvèrent en retrouvant les parents de 'Tartine'.

Dominique Grimbert nous fit part de ses doutes :

– J'ai la vague impression que Suna ne nous a pas tout dit.

– Qui est Suna, demanda Sennendinger.

– Excusez-moi. Suna est la jeune sœur de 'Tartine'. Pour elle, celui qui a fourni la drogue mortelle est un bienfaiteur et non pas un criminel. Même si elle le connaissait, elle ne le dénoncerait pas. Nous pouvons considérer que la mort de 'Tartine' peut être assimilée à une forme d'euthanasie par overdose.

Victor qui buvait les paroles de la gendarmette avec autant d'avidité que son deuxième amer-bière, intervint :

– Cela ne nous explique pas pourquoi quelqu'un aurait pris la peine de transporter son corps jusqu'à Rixheim, de le hisser par-dessus un portail pour le déposer près du Musée du Papier Peint. Au risque d'être vu par un témoin.

– Témoin qui existe, rappela Flick. La vieille dame insomniaque qui a vu un marchand de tapis après minuit…

– Marchand de tapis dont la description pourrait correspondre à celle d'un jeune beur qui, après nous avoir pris en filature, Victor et moi, s'est pointé, ce matin aux 'Trois Gigognes' et ce soir au Rebberg, à proximité de…

C'était plus une vague intuition qu'une hypothèse mûrement réfléchie. Meister ne me laissa pas terminer :

– Des beurs en baskets, jeans, tee-shirt et casquette de base-ball, t'en as des centaines, des milliers… à Mulhouse comme ailleurs…

– Dommage que vous ne l'ayez pas arrêté, regretta Marcel.

– Il était trop rapide pour nous !, fis-je comme pour m'excuser alors que la gendarmette jetait sur nous un regard moqueur.

– Plus rapide que le service dans ce restaurant !, bougonna Victor pour détourner la conversation. Ils arrivent quand, ces fleishschnakas ?

– Oh ! C'est de ma faute, s'excusa Marcel. J'avais demandé au maître d'hôtel de nous laisser deux bonnes heures pour travailler, mais si tu meurs de faim…

A nos pieds, le cœur de Mulhouse battait plus lentement. Sur la Place de la Réunion, enclose dans la ville basse comme un patio de ville italienne, dans les artères et les rues avoisinantes, les boutiques avaient baissé leurs rideaux. Les flâneurs au pas lent succédaient aux chalands pressés. Partout, sous les parasols éclos on goûtait à la douceur de cette belle soirée d'été. Bas sur l'horizon, un avion de ligne en phase d'approche décrivait une longue courbe au-dessus de l'Ile Napoléon et de Rixheim. Flick le suivit un moment des yeux avant de renauder :

– Il va se poser à Bâle-Mulhouse. Samedi prochain, Igor Abrovamitch descendra d'un avion comme celui-là. Tapi dans un coin, un fou le mettra en joue… Je n'ose pas y penser… Nous avons si peu d'éléments pour le confondre… Continue, Marcel.

Le Cow-Boy baissa la tête. Marcel enchaîna :

– La remarque faite par monsieur Lemmy est intéressante. Même si les jeunes, de nos jours, arborent le même uniforme d'une affligeante banalité, un œil exercé repère parfois un détail qui suffit à les distinguer. Ainsi cette casquette rouge et jaune…

– Que nous avons vue, nous aussi !, s'exclama la gendarmette. Rappelez-vous, mon lieutenant, en quittant la famille Ekmek, ce jeune beur que nous avons croisé dans l'escalier !…

– Voilà qui devient intéressant, se réjouit Marcel. Car figurez-vous, qu'après votre appel téléphonique depuis le café aux 'Trois Gigognes', je me suis moi aussi intéressé à ce jeune beur qui « emprunte » la voiture de Mehmet et qui se sauve en voyant des policiers. Je crois même avoir réussi à l'identifier.

– C'est qui ?

Quatre paires d'yeux ventousèrent la bouche de l'adjudant-chef.

– Attendez. Avant de vous donner l'identité supposée du « petit beur », il faut que je vous parle du « gros tartare », c'est bien comme ça que tu appelles le patron des « Trois Gigognes » ?, demanda-t-il en tournant la tête vers Meister. Il y a quelque temps, l'AIEA, Agence Internationale de l'Energie Atomique basée à Vienne a demandé à notre Brigade

Financière d'exercer une surveillance sur Mehmet Bouatzicki. Sur le motif qu'il pouvait faire partie d'une organisation mafieuse spécialisée dans des transactions portant sur des armes, voire sur des matières nucléaires.

– Lui ? Et qu'est-ce qui justifiait ces soupçons ?

– Mehmet Bouatzicki est originaire de la ville d'Arzamas, à 250 km au sud de Moscou. Or cette ville de moins de cent mille habitants compte plus de neuf mille ingénieurs en armement et physiciens nucléaires. Certains d'entre eux sont tentés de vendre à leur profit les stocks provenant des arsenaux de l'ex-armée rouge. Mehmet Bouatzicki, bien implanté à Mulhouse, à proximité du territoire helvétique, pourrait servir d'intermédiaire avec des acheteurs potentiels, des banquiers véreux ou des laboratoires suisses.

– Et il est toujours en liberté ?

– Ni la police des frontières ni les services financiers n'ont jamais réussi à rassembler les preuves suffisantes pour l'inculper. Ce qui ne veut pas dire que le bonhomme n'est pas connu de nos services. Mehmet Bouatzicki dit « Mehmet Beau Zizi », (allez donc savoir pourquoi ?) a fait plusieurs courts séjours en cabane pour proxénétisme hôtelier. C'est comme ça, que je l'ai fait craquer, ajouta Marcel. Comme il est sous la menace d'un sursis, j'ai menacé de lui envoyer la brigade des mœurs s'il ne me donnait pas le petit beur à qui il « prêtait » complaisamment sa BM.

– Alors, c'est qui ?

– Mehmet m'a juré qu'il ne connaissait que son prénom : « Eddy ». Mais il m'a confessé qu'il l'avait connu à la maison d'arrêt de Mulhouse, en mars de cette année. A partir de là, il m'a suffi de consulter les registres.

– C'est qui ?

– Azedine Lovacki, dit 'Eddy', une petite frappe, un peu voleur de voitures, un peu racketteur. Dernier domicile connu : Bourtzwiller.

– T'as réussi à lui mettre le grappin dessus ?

– Pas encore. Il n'habite plus à cet endroit. Comme beaucoup de lascars comme lui, il n'a pas d'autre adresse que le numéro de son téléphone portable. Mais j'ai lancé un avis de recherche et ça ne saurait tarder. Ces faux durs ne s'éloignent jamais beaucoup de leur zone. La preuve puisque vous l'avez croisé à Bourtzwiller !

– Et que nous, nous l'avons croisé au Rebberg, plastronna Meister.

– C'est en effet beaucoup plus étonnant, reconnut Flick.

Comme par hasard, notre table, orientée maintenant plein sud, faisait face à cette colline qui domine la ville. L'étonnement manifesté par Flick se comprenait. Autrefois vignoble, le Rebberg devint, au XIXe, le quartier résidentiel des riches industriels mulhousiens. Aujourd'hui, comme naguère, on n'a pas pour habitude, à Mulhouse, de mélanger les torchons et les serviettes. Que pouvait bien faire 'Eddy' au Rebberg ? A qui a-t-il rendu visite ?

– On ne peut pas le jurer, fit Victor, mais on penche pour le Dr Frankenspalter.

– Tu y tiens !, s'écria Marcel. Toi, quand tu as un type dans le nez, tu ne le lâches pas ! Pire qu'un pit-bull !

Mais quand nous eûmes fini de narrer notre rencontre avec la dame Ziegennnader, la tata Ursula de « l'élégant quinquagénaire » et « si bel homme » aperçu au volant de sa Mercedes tant à l'Hôtel IBIS qu'à l'Hôtel du Parc, le flic, le gendarme et la gendarmette nous écoutaient bouche bée.

Le triomphe de Meister fut complet lorsque, dans un geste théâtral, il sortit de sa poche la plaquette que nous donna le directeur-adjoint du Musée de l'Automobile. Il la déplia lentement pour ménager ses effets. Il la posa à plat sur la table.

– Voici, dit-il presque solennellement, la liste de l'A.A.A.A.A., l'Association Alémanique des Amateurs d'Automobiles Anciennes, qui a invité Igor Abromavitch. Et qui lisez-vous ici ?, demanda-t-il en pointant son index boudiné sur le cinquième nom de la liste.

– Dr Frankenspalter Edouard, cardiologue.

Certes nous ignorions encore quel lien unissait des personnages aussi différents que Lisa et Mehmet Bouatsicki, le Dr Frankenspalter et 'Eddy' Lovacki. Nous ne savions pas davantage ce qui faisait courir 'Eddy' de l'un à l'autre et de Bourtzwiller au Rebberg. Les « morts » des musées gardaient toujours leur mystère. Mais, depuis ce soir, comme un écheveau de fils entremêlés, notre enquête présentait enfin deux bouts sur lesquels il suffirait de tirer. L'un des deux sera forcément le bon.

– Dès demain nous convoquerons le Dr Frankenspalter, décida Flick. Il nc peut pas être bien loin, à la veille l'ouverture du Festival. Quant à 'Eddy', il tombera bientôt dans nos filets. Je l'espère avant la Saint Ulrich.

– Mes amis, je crois que nous avons fait du bon travail, dit Marcel la mine réjouie. Et si nous passions aux choses sérieuses ? Garçon ! Garçon ! Vous pouvez servir les fleischschnakas.

– Certainement, Monsieur. Avec une petite salade tiède de haricots verts ?

Nous n'eûmes hélas pas le loisir de goûter à la salade tiède. Le garçon venait tout juste de quitter notre table lorsque le téléphone de Flick sonna l'alarme. Et avec le programme chargé de la soirée, la salade eut largement le temps de refroidir.

A la place, on nous servit « poulet congelé » et « cardiologue sur canapé ».

L'appel téléphonique nous appelait d'urgence rue Josué Hofer.

Au 25 de cette rue, il y a la Maison de la Céramique. C'était du moins ce que disait le dépliant touristique.

Chapitre 18

L'anonyme

On lui a rarement confié une mission aussi ennuyeuse. Déjà en temps ordinaire, le métier de gardien de la paix n'est pas vraiment ce qu'il avait espéré en passant le concours.

Attention ! Qu'on ne s'y méprenne pas ! Il ne s'est jamais pris pour James Bond ou San Antonio. Mais entre les exploits épiques, les folles poursuites, les fusillades sanglantes de ces héros de polars et le quotidien d'un gardien de la paix, il y avait de la place, pensait-il alors, pour un peu d'action, un brin d'imprévu, un soupçon d'aventure... Au lieu de cela, pour les anonymes et les sans-grade comme lui, la routine, encore la routine, toujours la routine. Et parfois, comme ce soir, des astreintes.

D'habitude, ça se passe au commissariat et c'est un moindre mal. Quand il dit ça à Josette, elle se fâche : « Vous devez bien rigoler entre potes ! Pendant que moi, je m'ennuie toute seule, à t'attendre… ». En un sens, elle n'a pas tort, Josette. Au commissariat, ils sont au moins trois à assurer la permanence de nuit. Et quand c'est pas un samedi ou une veille de fête, quand il n'y pas quelques jeunes qui écrasent leur caisse contre un mur ou un platane à la sortie d'une boîte, quand il n'y pas un soûlographe qui balance sa télé par la fenêtre du quatrième, ça se passe en général assez cool. Et quand il fait équipe avec Emile, c'est vrai, qu'il lui arrive de rigoler. Emile, il a toujours quelques blagues cochonnes en réserve. A se demander comment il fait pour les retenir.

Lui, il n'a pas de mémoire. Ni pour les blagues ni pour autre chose. Josette lui dit toujours qu'avec sa tête de linotte, il ne réussira jamais le concours de brigadier. Il ne sera toujours qu'un anonyme et un sans-grade. On continuera à lui coller les missions les plus ennuyeuses. Il a failli dire « les boulots les plus chiants ». Mais Josette lui répète que « quand on porte l'uniforme, on ne s'exprime pas comme la racaille. » Si elle entendait Emile, parfois !

Il a le temps de penser à tout cela pendant qu'il fait les cent pas sur le vaste parking de la rue Josué Hofer. Il y a des passants intrigués qui le regardent curieusement. Des gens qui vont vers la gare, ou qui en viennent. D'autres qui fréquentant la salle de musculation voisine. Ils ont un attaché-case, un sac de sport ou un cartable à la main. Ce sont des habitués. Ils s'étonnent de la présence d'un policier en uniforme, en fin de soirée, dans une rue où il n'y a là ni consulat ni bâtiment administratif à garder. Ni même un Musée ! Autrefois, certes, les bâtiments de brique rouge de l'ancienne tuilerie abritaient la Maison de la Céramique.

– Ne la quittez pas des yeux, lui avait dit le Commissaire. Et attendez qu'on vienne vous relever.

– Tout seul ?

– Oui. Je sais, ce n'est pas très réglementaire, avait bougonné le commissaire. Mais où veulent-ils que je trouve assez de fonctionnaires pour surveiller tous les musées de Mulhouse ? Que je les sorte de ma manche ? Alors, oui, exceptionnellement vous serez tout seul. De toutes manières, je me demande quelle mouche les pique et je ne vois pas ce qui pourrait vous arriver.

Il avait bien essayé de dire au commissaire que la Maison de la Céramique avait fermé ses portes. Il le savait parce que le mois dernier, il avait accompagné Josette et qu'ils s'étaient trouvés devant une porte close. Lui les musées c'est pas vraiment son truc, mais Josette avait insisté : elle aime les jolis pots, les beaux vases, les belles formes, les couleurs, les matières transparentes...La déception ! Surtout qu'une vieille affiche annonçait « plus de 500 pièces uniques qui sensibilisent le public aux tendances actuelles de la céramique. » Le commissaire avait fait semblant de ne pas l'entendre. Ou ne l'avait-il réellement pas entendu ? Le commissaire paraissait tellement soucieux qu'il n'avait pas insisté pour ne pas le mettre en colère.

Autrement dit, voilà près de trois heures qu'il fait les cent pas, seul, pour empêcher que quelque chose se passe devant un musée qui n'existe plus. Et comme il est là, la chose ne se passera pas. Et comme elle ne se passera pas, personne ne saura jamais si la chose aurait réellement dû se passer. Et personne ne saura que c'est grâce à lui qu'elle ne s'est pas passée. Et après, les gens continueront de poser des questions idiotes du genre « mais que fait la police ? » ou à râler « tous des keufs ripoux ou des poulets fainéants, nourris au grain et qui coûtent trop cher pour ce qu'il foutent ! »

Il se demande combien a bien pu coûter la curieuse sculpture mi-homme, mi-oiseau qui grimpe le long de la cheminée rouge ? Et combien ça a bien pu coûter de hisser cette monumentale bestiole là-haut ? Quelle idée farfelue ! Et pour ça, on trouve du fric, se dit-il. Pour des conneries comme ça !

Entre temps, toutes les boutiques ont baissé leurs volets et dans la rue les passants se font de plus en plus rares. Par ci, par là quelques fenêtres s'allument aux façades des maisons : lueurs bleuâtres des téléviseurs. Bonnes gens, vivez en paix ! Le Commissaire Navarro veille sur vous ! A cette heure, ils ont tous fini de souper. Digérez bien, braves gens ! La police jeûne pour vous ! Avant qu'il ne parte, Josette lui a préparé un sandwich. Au salami comme il les aime.

En principe, c'est interdit de casser la croûte pendant qu'on est en faction. A deux, c'est possible. Il y en toujours un qui ouvre l'œil. Mais quand on est seul ? Et ce n'est pas parce qu'on est seul, que votre estomac ne crie pas famine. Au contraire. A deux, à force de se raconter, parfois on oublie la fringale.

Mais ce soir, il est seul et ne sait ni quand, ni qui viendra le remplacer.

A situation exceptionnelle, réponse exceptionnelle. De l'autre côté de la rue, le jardinet d'un pavillon lui offre l'abri de ses vertes frondaisons. Assez près pour continuer à faire le guet. Assez discret pour avaler un sandwich. Le salami, pour ça, c'est pratique : on risque moins de tacher l'uniforme.

Tout en mastiquant, il observe une petite vieille courbée par les ans, qui à pas menus, promène un toutou obèse. Sur un banc un couple d'amoureux se bécote le museau. Des adolescents en goguette traversent le parc Glück en chahutant. Il se fait la réflexion que malgré la standardisation de leur tenue, blue-jean et casquette à l'envers, il y en a toujours qui trouvent le moyen de se singulariser. Tiens, l'autre, qui vient dans sa direction, avec sa casquette rouge et jaune, ses grosses lunettes de soleil, pourquoi il a ce foulard qui lui cache le bas du visage ? Il se croit au Sahara ?

L'embêtant avec le salami c'est qu'il faut mâcher longuement. Contrairement aux rillettes ou à la saucisse à tartiner. Alors pour qu'on ne voie pas qu'il est en train de manger, il se retourne. Deux secondes plus tard, il sent une main qui se pose sur son épaule :

– Bouge pas, lui intime une voix assourdie par un foulard. Tu vois c'que c'est, ça ?

De l'autre main, le gars lui montre un sachet nylon transparent où il croit distinguer un petit cylindre blanc de la taille d'un tube d'aspirine. Il secoue la tête énergiquement.

Comment vous voulez répondre, la bouche pleine ?

– Te fatigue pas, reprend la voix. C'est une seringue. Et dedans il y a du raisiné de sidaïque. T'as pigé ? Si tu mouftes, je pique. C'est le sang d'une nana qui a clamsé vite fait, en six mois…

– Qu'est-ce que… qu'est-ce que vous voulez ?, bégaya le gardien de la paix en castagnettant des genoux.

– J'veux juste t'emprunter ton calibre et tes menottes. Tu permets ?

La main qui tient la seringue est à un centimètre de sa nuque. L'autre main quitte l'épaule, descend le long du dos, s'arrête à la ceinture, ouvre l'étui…

Il réagirait bien, mais comment faire ? D'une main il tient le sandwich entamé, de l'autre un mouchoir pour ne pas salir l'uniforme et dans ses tripes ça gargouille comme dans un chaudron à confiture.

Le gars détache le mousqueton et d'une voix sinistre, il lui dit :

– Quand tu verras ton patron, tu lui diras qu'il arrête de faire le beau. Pigé ?

– Comment ? Vous voulez répéter ?

– Qu'il arrête de faire le beau. C'est un message, il comprendra.

– Mais moi, je ne comprends rien, se plaint-il en se tenant le ventre à deux mains, et ça me rend malade…

Bang ! En guise d'analgésique, le gars lui assène un violent coup de crosse sur la tempe.

Bonne nuit, les petits ! La police dort.

Chapitre 19

Assis en tailleur à même le trottoir, le gardien de la paix faisait peine à voir. Une bosse de la taille d'un œuf de pigeon s'épanouissait au-dessus de sa tempe gauche sans qu'il paraisse en souffrir. Il se tenait courbé en avant, ses deux mains comprimant son ventre en panique. Nul ne pouvait ignorer la puanteur et la honte était plus forte que la douleur.

Flick et Meister le soulevèrent sous les aisselles. Ils l'installèrent dans la voiture de Flick. L'adjudant-chef Sennendinger dispersa les badauds rassemblés. Le sergent Grimbert recueillit la déposition du couple qui avait donné l'alerte après avoir trouvé le gardien de la paix inanimé sur la plate-bande du pavillon de la rue Josué Hofer. J'essayai de trouver un témoin ayant assisté à l'agression. Peine perdue.

Meister laissa le gardien dans la voiture de l'adjudant-chef Sennendinger. Il prit place avec nous et s'installa à l'arrière à côté du sergent Grimbert. Très galant, il crut bon de préciser en rigolant :

– Je préfère de beaucoup votre parfum à celui du gardien de la paix.

La plaisanterie ne fit rire personne. Surtout pas la gendarmette. Le Cow-Boy se renfrogna. Pour sauver la face, il demanda naïvement à Flick :

– Qu'est-ce que ce gardien faisait devant ce bâtiment de brique rouge ?

Cette ancienne tuilerie abritait, il y a quelques mois encore, la Maison de la Céramique qui a malheureusement fermé ses portes. Le commissaire devait l'ignorer puisqu'il a envoyé un gardien pour la surveiller, confessa le lieutenant.

– Si l'agresseur du gardien est le serial killer des musées, il devait également l'ignorer, remarquai-je à haute voix.

– Rien ne prouve en effet qu'il n'y a un lien entre les affaires.

– Tu avoueras que la coïncidence est troublante, s'emporta Victor. J'imagine mal un malfrat passant par là par hasard. Il a besoin d'un flingue pour son prochain hold-up. Il voit que le gardien est seul et il se dit que c'est l'occasion de faire son marché.

– Inutile de spéculer. Attendons le rapport du gardien.

De retour au bureau de police, le gardien de la paix eut droit à une douche et à des soins sommaires. En échange, il nous fit le récit détaillé de sa mésaventure. Après quoi, nous étions tous également consternés.

La description de son agresseur correspondait point pour point à celle d'Azedine Lovacki, dit 'Eddy'. Même taille, même démarche, même casquette. Il était présent à l'Hôtel du Parc alors que nous recherchions Lisa. Il était présent dans la vieille ville alors que Dimitri nous remettait les documents. Il était présent à la Commanderie de Rixheim, dans l'immeuble de Tania et Suna Ekmek à Bourtzwiller et, ce soir, il piquait le flingue du gardien de la paix. Celui que nous prenions jusqu'alors pour un petit malfrat sans importance, devenait un personnage clé de l'enquête. Or, non seulement la police n'arrivait pas à lui mettre la main dessus, mais depuis ce soir, il possédait une arme à feu. Il était donc plus dangereux que jamais. Meister, à sa façon, résuma la situation :

– Nous étions prévenus pourtant qu'il pouvait frapper une nouvelle fois à proximité d'un musée. Je trouve que c'est un peu léger de la part de votre collègue le commissaire, de n'avoir mis qu'un homme pour monter la garde, reprocha-t-il à ses collègues mulhousiens.

– Et comment faire autrement ?, protestèrent les Haut-Rhinois en chœur. Le procureur nous a entendus, il a demandé des renforts pour la durée du Festival Automobile. Mais ils n'arriveront que demain. En attendant, on fait avec les effectifs dont on dispose. Et qui ne sont pas pléthoriques !

– C'est pas comme vous autres à Strasbourg, poursuivit Marcel. Nous, on n'est qu'une petite sous-préfecture. Chez vous, capitale de l'Europe, il y a plus de flics devant le Parlement Européen qu'il y a de députés dans l'hémicycle !

Pour mettre un terme au conflit 67-68, vieux comme les départements et toujours prêt à rebondir, j'attirai l'attention des deux policiers et des deux gendarmes sur les paroles prononcées par l'agresseur, ce qui eut le don de mettre Flick en rage :

– Il se fiche de nous ! Je vais lui montrer si je fais le fier !

Je me permis de reprendre le lieutenant :

– Il n'a pas dit que « vous faisiez le fier », il a dit que « vous deviez arrêter de faire le beau ! »

– Et alors, ça ne veut pas dire la même chose ?

– D'après le dictionnaire, si. Mais si l'on considère que 'Eddy' a précisé qu'il s'agissait d'un message…

– Ouaisouaisouaisouaisouais !, s'écria Victor avec une onomatopée supposée exprimer l'enthousiasme, Claude a raison ! Ce saligaud n'a pas parlé de beau pour rien ? Beau ?… Arrête de faire le Beau. Arr ?… Vous ne voyez pas ? Beau, arr ! Beaux-Arts ! Musée des Beaux-Arts ! Chapeau, Claude !

L'admiration démonstrative de Victor blessait ma modestie. Néanmoins j'accueillis avec satisfaction le regard appuyé du sergent Grimbert et les félicitations de l'adjudant-chef Sennendinger. Seul le lieutenant Flick ne me gratifia d'aucun éloge. Et pour cause ! Il était accroché à son téléphone portable.

– Comment ? A cette heure ? Où ça ? Quand ?

– …

– Qui, dites-vous ?

– …

– Comment est-ce arrivé ?

– …

– Oh, non ! C'est pas vrai ? Bon, gardez-le au chaud, on arrive.

– Que t'arrive-t-il, Bernard, tu es tout pâle ?, s'inquiéta Marcel. T'as pas l'air dans ton assiette ?

– Ne me parle pas d'assiette, répondit Flick d'un air consterné. Je crains fort que ce soir nous ne verrons plus ni assiette ni fleishschnackas. Par contre devinez qui nous demande d'urgence pour faire une déposition ?

– Le Dr Frankenspalter.

– Bravo, sergent. Vous avez vu juste. Le Dr Frankenspalter nous attend chez lui, au Rebberg.

– Il me gonfle, ce toubib !, rouspéta Meister. Vous avez vu l'heure qu'il est ? Parce que c'est une huile, le Dr Frankenspalter se croit tout permis ! On n'est pas là pour satisfaire ses caprices !

– En temps normal, oui, tempéra Flick, mais quand vous connaîtrez les circonstances…

Il déglutit plusieurs fois comme pour ménager un suspense avant de poursuivre :

– Le Dr Frankenspalter affirme qu'il y a une demi-heure, Madame Canrade Lisa a été enlevée sous ses yeux par un homme cagoulé et armé. Je n'en sais pas plus pour l'instant.

– Et il a mis tout ce temps pour prévenir la police ?

– Si j'ai bien compris, il a été lui-même assommé par le ravisseur. Le temps de reprendre ses esprits et de rentrer chez lui…

– Parce que ça s'est passé où, cet enlèvement ?

– Place Guillaume Tell. Non loin du Musée des Beaux-Arts !

Tout s'accélérait subitement.

'Eddy' (mais s'agissait-il bien de lui) nous avait pris de vitesse.

Lisa avait été enlevée ! L'étourdissement affectait mon corps tout entier. Il y avait un vide dans ma poitrine, une sécheresse dans ma gorge et je sentais dans mon estomac vide que le vilain crabe se réveillait.

La villa que le Dr Frankenspalter occupait avec sa tante était une de ces curieuses constructions de style néo-Renaissance mâtiné de rococo avec un soupçon d'architecture mauresque, construites durant la seconde moitié du XIXe siècle par des industriels soucieux d'étaler leur récente fortune et d'épater leurs concurrents. Les temps ont bien changé et la discrétion est de mise, aujourd'hui.

La même petite vieille ridée les accueillit au portail donnant sur la rue. Sa silhouette chétive flottait dans une robe toute noire. Elle avait jeté sur ses épaules voûtées un gilet de coton gris pour se préserver de la fraîcheur du soir. Son visage rappelait ces figures entrevues derrière les vitres sales d'un train de banlieue : blêmes, décharnées, les yeux vides au fond des orbites creuses. Sans les saluer, sans même un sourire, Ursula Ziegennader ouvrit le portillon juste assez pour que la forte corpulence de Meister puisse se faufiler. Elle nous précéda sur l'allée recouverte de gravier. La villa était tapie dans un écrin de verdure et seules deux fenêtres du rez-de-chaussée étaient éclairées.

Dans le vestibule grand comme une station de métro, deux commodes ventrues et luisantes comme des barons de la finance, encadraient une vitrine digne d'un musée où l'argenterie le disputait à l'ivoire. Sous quelques portraits sinistres de suffisance, des tapis épais et des sièges tendus de soie semblaient avoir été oubliés là, après la dernière représentation d'une pièce surannée.

Tout autre était le bureau-salon dans lequel nous introduisit Ursula Ziegennader. De dimensions plus modestes, il était meublé de manière moderne et fonctionnelle, avec vue sur des pelouses et un écrin végétal aux essences variées. Il respirait l'aisance mais une aisance tempérée par la discrétion. A moitié assis, à moitié allongé sur un canapé de cuir fauve, le Dr Frankenspalter nous attendait. En bras de chemise et coiffé d'une poche de glace qu'il maintenait d'une main sur l'arrière de son crâne, il me parut moins élégant que les descriptions qui m'en avaient été faites précédemment.

Il se leva à notre entrée. Par contraste, la fragilité de la tante me fit prendre conscience de sa force. Il avait des mâchoires carrées, une poitrine puissante et lorsqu'il nous fit signe de prendre place, je dus reconnaître que, malgré son âge, ce quinquagénaire distingué avait l'élégance pour plaire aux femmes et l'autorité pour impressionner les hommes. Il nous fit signe de prendre place :

– Je vous remercie de vous être déplacés en nombre, fit-il en se rasseyant.

Je ne sus si la remarque était sincère ou si elle se voulait ironique. Sous ses paupières lourdes, son regard était à la fois pénétrant et circonspect. Quoique ses gestes et le son de sa voix fussent volontairement ceux d'un homme abattu et inquiet, il me sembla que ce corps ramassé, ce nez busqué, ce front haut traduisaient une énergie contenue. Avant toute chose, c'était un homme sûr de lui et d'une remarquable intelligence.

– Je suis vraiment désolé de vous déranger à une heure aussi tardive. Les circonstances l'exigent. La célérité avec laquelle vous avez répondu à mon appel prouve que vous partagez mon inquiétude.

Sa mâchoire se crispa de façon presque imperceptible et sa main rajusta la poche de glace sur son crâne.

– Vous êtes blessé ?, s'enquit l'adjudant-chef Sennendinger.

– Ce n'est rien. Un simple hématome. Ne vous inquiétez pas pour moi, je suis médecin, vous savez.

Le sort de cette malheureuse madame Canrade me préoccupe bien davantage.

– Si vous nous racontiez votre histoire ?, le pressa Victor.

– Je souhaite déposer plainte contre X pour coups et blessures et je veux faire une déposition pour un enlèvement sur la personne de Madame Canrade Lisa.

– Nous vous écoutons, Monsieur, lui dit le lieutenant Flick qui s'impatientait. Pourquoi toutes ces précautions oratoires ?

– Parce que Madame Canrade a voulu porter plainte, il y a trois jours et que la police n'a pas jugé nécessaire de recevoir sa plainte. Parce que si la police l'avait entendue, nous n'en serions pas là. Je ne serais pas blessé et, surtout, Madame Canrade ne serait pas entre les mains d'un dangereux ravisseur. Voilà pourquoi je ne veux pas « raconter mon histoire » mais faire une déposition en bonne et due forme.

– C'est entendu, Docteur. Le sergent Grimbert établira un procès-verbal officiel que nous vous ferons signer. Mais je crois que nous n'avons que trop perdu de temps. Quand, où, par qui avez-vous été agressé ?

– 19 heures 45, Place Guillaume Tell, devant le Musée des Beaux-Arts par un inconnu.

– Pouvez-vous être un peu plus précis ? demanda le lieutenant dont l'agacement était perceptible. Que faisiez-vous à 19 h 45 Place Guillaume

Tell alors que le Musée des Beaux-Arts ferme à 19 heures en juillet ?

– Nous n'avions nulle intention de visiter le Musée que je connais très bien et dont j'apprécie les collections. Notre but était l'Hôtel du Parc qui se trouve de l'autre côté du Parc Steinbach.

– Vous dites « nous ». Qui était avec vous ?

– Madame Canrade Lisa. Je croyais vous l'avoir dit.

– Et qu'alliez-vous faire à l'Hôtel du Parc ?

Meister qui depuis le début observait l'éminent cardiologue avec une antipathie à peine dissimulée, intervint par un hennissement sonore :

– Ha ! Vous ne voudriez pas, lieutenant, que Monsieur vous fasse un dessin !

Le Dr Frankenspalter le toisa avec mépris. Son menton tremblait de colère :

– Qui est cet individu ?, demanda-t-il sèchement. Un peu de décence, je vous prie. Je ne permettrai pas ce genre d'allusions grivoises et dénuées de tout fondement. Je demande des excuses sur le champ. Sinon j'appelle mon avocat Maître Recht et je ne déposerai qu'en sa présence.

– Veuillez excuser le Capitaine Meister de la P.J. de Strasbourg, pria Flick qui faisait de grands gestes d'apaisement en direction du Cow-Boy. Le Capitaine Meister n'a voulu offenser personne, croyez-moi. Madame Canrade est en danger, disiez-vous. Chaque minute compte. Je vous invite à poursuivre.

Le cardiologue regarda le lieutenant Flick puis le capitaine Meister.

– Capitaine ?, fit-il en fronçant les sourcils. Et pourquoi n'est-ce pas le Capitaine qui procède à mon audition ?

– Heu, c'est que le capitaine est en va... Je veux dire que le capitaine n'est pas en service officiellement...

– Je peux d'ailleurs me retirer, proposa Meister qui fulminait de rage contenue.

A notre grande surprise, le Dr Falkenspalter n'exigea pas le départ de Meister. Avec condescendance, il accepta les excuses que le Cow-Boy lui présenta du bout des lèvres. L'audition put se poursuivre.

19 h 45. Je (Dr Edouard Falkenspalter, 52 ans, domicilié à Mulhouse-Rebberg...) gare ma voiture Mercedes (immatriculée BL à proximité de la Place Guillaume Tell. En compagnie de Madame Canrade Lisa, nous nous apprêtons à traverser le Parc Steinbach pour nous rendre à l'Hôtel du Parc, lorsque je sens un revolver pointé dans mon dos. « Regarde devant toi. Ne te retourne pas ou je te bute », m'intime un individu de taille moyenne (1 mètre 70 ou 75), jeune d'après la voix (20, 25 ans maximum) et dont je ne peux fournir de description, l'individu ayant le visage dissimulé sous une cagoule (bleue,

genre passe-montagne, je crois). L'individu nous ordonne d'avancer jusqu'à une haie. Je l'entends dire à Mme Canrade : « Toi, la meuf, tu la boucles. Tu viens gentiment avec moi ou je te taille un costard. » Je sens un coup violent sur l'occiput et je m'écroule. Lorsque je reprends connaissance quelques instants plus tard (25 à 30 secondes environ), je suis tout seul.
L'individu a disparu ainsi que Mme Canrade. Je fouille les buissons à la recherche de Mme Canrade. Ne la trouvant pas, je reprends ma voiture pour regagner mon domicile.
Je téléphone aussitôt à la police.

Fait à Mulhouse à mon domicile,
Le 6 juillet.

Le plaignant :	L'OPJ :	La secrétaire :
Dr Falkenspalter E.	Lt Flick B.	Sgt Grimbert D

Tel était le P.V. rédigé par le Sergent Dominique Grimbert et que le Dr Falkenspalter accepta de signer après l'avoir consciencieusement relu. Mais il est évident que l'audition ne s'était pas limitée à cette relation des faits expurgée. Il fallut ménager la susceptibilité pointilleuse du notable. La longue expérience de l'adjudant-chef Sennendinger, la pertinence du lieutenant Flick et le mutisme bourru du Cow-Boy permirent néanmoins de préciser de nombreux points. « La patience qu'il faut, avec ces gens-là ! », me disais-je, en repensant à certains conseils de classe de Terminale C, option latin-grec.

Néanmoins, lorsqu'on sait que la résolution d'une enquête tient très souvent à des détails infimes, il est important que le lecteur puisse se faire une idée exacte de l'entrevue qui dura deux bonnes heures.

Le Dr Frankenspalter fut un témoin essentiel.

Chapitre 20

Pendant les deux heures passées dans le bureau-salon du Dr Frankenspalter, Ursula Ziegennader n'avait pas quitté son neveu à l'exception des quelques minutes nécessaires pour chercher un plateau, cinq verres et une carafe d'eau. Je précise cinq verres et non pas six. Elle-même n'éprouvait pas le besoin de se désaltérer. Avec sa tête racornie et les quelques cheveux qui se dressaient sur le sommet de son crâne, elle me faisait penser à un cactus ébouriffé des pays arides.

Le caractère était à l'avenant. Les lèvres pincées, elle braquait sur nous ses petits yeux sombres injectés de rouge, prête à bondir, s'il le fallait, pour voler au secours de ce neveu trois fois plus fort qu'elle. Debout derrière lui qui était assis sur le canapé, elle arrivait à peine à sa hauteur mais elle avait posé une main sur l'épaule de « son petit » comme pour le protéger. Attentive à tout ce qui se disait, elle n'intervint pratiquement jamais.

Question : « Quelles étaient vos relations avec Mme Canrade Lisa ? »

Réponse : « Des relations d'affaires et d'amitié. »

Le Dr Frankenspalter avait fait la connaissance de Igor Abrovamitch et de son amie Mme Canrade Lisa, à l'occasion de salons ou de festivals automobiles qui se déroulaient à travers l'Europe. Il était passionné de voitures anciennes et collectionneur. Grâce à Igor qui connaissait parfaitement le marché des pays de l'ex-URSS, il avait pu acquérir quelques modèles qui manquaient à sa collection.

Question : « Ces acquisitions coûtent très cher ? »

Réponse : « Ma tante me gâte beaucoup ».

Il avait tourné la tête vers la vieille en lui souriant. Elle avait tapoté son épaule de sa main parcheminée en nous défiant d'un air hautain.

Question : « Depuis quand étiez-vous au courant de la présence de Mme Canrade à Mulhouse ? »

Réponse : « Depuis le 27 juin, jour de son arrivée. »

Membre de l'A.A.A.A.A., le Dr Frankenspalter était à l'origine du projet consistant à faire venir à Mulhouse la Rolls de Lénine qui serait l'un des clous du prochain Festival. Par l'intermédiaire d'Igor, il s'était mis en rapport avec le propriétaire, un milliardaire russe. Igor avait négocié le prêt, l'assurance, le transport. Mme Canrade avait assuré le convoyage du précieux et prestigieux véhicule. Elle était arrivée le 27 juin.

Question : « Pourquoi Mme Canrade a-t-elle changé d'hôtel le lendemain de son arrivée ? »

Réponse : « Sur mon conseil. L'Hôtel du Parc convenait mieux à une personne de la classe et de la distinction de Mme Canrade. »

Question : « C'est quand même beaucoup plus cher ? »

Réponse : « La différence était à ma charge. Je considère Mme Canrade comme une amie. Les multiples services que m'avait rendus Igor valaient cette reconnaissance. »

A ce moment de l'entretien, Meister fut saisi d'une quinte de toux qui le plia en deux sur sa chaise. Je crus qu'il allait s'étouffer. L'irritation alluma le regard du neveu, le dégoût obscurcit celui de la tante.

Plus tard, lorsque nous fûmes seuls, le Cow-Boy exprima le fond de sa pensée : « Mme Canrade est une amie ! Tu parles ! Un gars qui adore à ce point les belles carrosseries ! Et comme Môsieur préfère batifoler dans la soie que dans le coton ! Pourquoi tu n'as pas demandé à ce cardiologue, bourreau des cœurs, ce qu'il faisait la nuit du 3 au 4 juillet à l'Hôtel du Parc ? », demanda-t-il à Flick ?

– Parce que tu as soudoyé le chasseur de l'hôtel et que son témoignage n'est donc pas recevable pour le moment. Nous verrons à l'interroger ultérieurement, si nécessaire.

La déposition du Dr Frankenspalter nécessita d'autres éclaircissements.

Question : « Savez-vous où logeait Mme Canrade entre le 4 juillet et aujourd'hui ? »

Réponse : « Chez moi. »

Mme Canrade avait reçu des lettres de menace. La police avait refusé d'enregistrer sa plainte jugeant que ses déclarations étaient rocambolesques. Affolée, Mme Canrade avait fait part de ses craintes au docteur. Tout naturellement, il lui avait offert l'hospitalité.

Question : « Votre tante n'a pas signalé la présence de Mme Canrade à votre domicile quand le capitaine Meister a cherché à vous joindre cet après-midi. Pourquoi ? »

Réponse : « Et pourquoi l'aurait elle fait ? Dès mon retour, elle m'a informé de la visite de deux messieurs qui lui ont paru bizarres. N'est-ce pas Tatie ? »

– Ya ! Die waren verdächtig * !

– Le capitaine Meister lui a pourtant présenté sa carte.

– Tatie a quatre-vingt-sept ans et une très mauvaise vue. Ces messieurs étaient en chemisette fleurie et tee-shirt. Leurs questions à propos de la Mercedes semblaient un prétexte. Que cherchaient-ils réellement ? Tatie a pris peur. Pour elle et pour Mme Canrade qu'elle savait menacée par des inconnus. Elle a menti pour la protéger. Peut-on lui en vouloir ?

---

* Ils étaient louches.

Question : « Que faisiez-vous, ce soir, avec Mme Canrade à proximité du Musée des Beaux-Arts ? »

Réponse agacée : « Je vous répète que nous n'allions pas au Musée, fermé à cette heure, mais à l'Hôtel du Parc, de l'autre côté du parc Steinbach. »

Question : « Pourquoi vous garer Place Guillaume Tell et non directement devant l'hôtel ? »

Réponse : « Parce que Mme Canrade ne voulait pas être vue. »

En fait, il nous expliqua qu'ils ne voulaient pas aller à l'hôtel mais simplement s'en approcher sans être vus. Mme Canrade recherchait un chasseur auquel elle avait confié des documents en quittant l'hôtel.

Question : « Quels genres de documents ? »

Réponse : « Des documents propres à étayer la thèse de l'attentat projeté contre son ami M. Igor Abrovamitch. Des articles de presse, je crois et de mystérieux messages… »

– Pourquoi avoir confié ces documents à un chasseur ?

– Le chasseur devait les remettre à un ami de Mme Canrade,son ex-mari, je crois.

– Les a-t-il remis ?

– Nous l'ignorons. Le chasseur a mystérieusement disparu depuis.

– Et l'ex-mari ? Est-il venu à l'hôtel ?

– Par téléphone j'ai interrogé la réception. Un homme qui prétendait être M. Claude Lemmy s'est en effet présenté à l'hôtel mais il n'y est pas descendu.

– Pourquoi dites-vous « qu'il prétendait être » ?

– Parce que d'après la description donnée par le réceptionniste, Mme Canrade pense à une supercherie, à quelqu'un qui se fait passer pour Monsieur Lemmy.

– Et comment le réceptionniste m'a-t-il... euh, je veux dire a-t-il décrit ce monsieur Lemmy ?

C'était la première fois que j'intervenais. Jusque-là, j'avais laissé poser les questions par ceux dont c'était le métier et qui avaient mandat pour le faire. Dès que j'eus parlé, je compris que j'avais commis une erreur. Mais il était trop tard. Le Dr Frankenspalter me fixait avec acuité et je vis briller la brusque lueur d'intelligence du joueur d'échecs qui vient de flairer la stratégie imparable pour battre son adversaire. Il ne répondit pas à ma question mais demanda :

– Monsieur Lemmy ? Vous êtes Monsieur Lemmy ? Mais bien sûr, j'aurais dû vous reconnaître ! Mme Canrade m'a montré une photo de vous ! Elle la garde toujours dans son portefeuille, vous savez ? Un peu plus jeune, certes, les cheveux beaucoup plus longs, un peu plus mince aussi, mais je suis impardonnable de ne pas vous avoir reconnu plus tôt... Vous n'avez pas tellement changé. Elle serait tellement heureuse de vous voir… Elle était tellement persuadée que vous alliez venir…

S'il feignait la surprise, il était très bon comédien. Le Dr Frankenspalter soudain se lâchait, volubile, expansif. Il se leva pour me serrer la main et je croulai sous ses éloges et le regard railleur de Meister. « Le chasseur vous a-t-il remis les documents ? Ah, tant mieux ! Si seulement Mme Canrade l'avait su ! Vous n'aviez hélas pas laissé d'adresse. Mme Canrade était sûre que vous alliez l'aider. La protéger. Convaincre la police de protéger Igor. Tout ce que je n'ai pas su faire, moi. La malheureuse ! Pourvu que vous puissiez retrouver son ravisseur avant qu'il ne lui ait fait du mal !… »

Flick en profita pour lui demander de rassembler ses souvenirs concernant ce mystérieux ravisseur. Avez-vous aperçu une BM noire dans les parages ? Le ravisseur portait-il des jeans ? Un tee-shirt gris ? Une casquette jaune et rouge ?

– Une cagoule bleue. Pour le reste, je ne saurais dire, ne l'ayant pas vu.

– Connaissez-vous un certain Lovacki Azedine, dit 'Eddy' ?

Je vis un nerf tressaillir sur sa tempe gauche du médecin et sous ses paupières lourdes passa comme un nuage réticent. Très vite, il se ressaisit. Il redressa ses épaules et je retrouvai aussitôt l'homme plein d'autorité et de morgue :

– Qui est-ce ?

– Peu importe. Le connaissez-vous ?

– Non.

– Et vous, Madame ?

– Nein !

Les serres décharnées de la tante crochetèrent l'épaule de son neveu. Il y avait chez cette vieille quelque chose de dur et d'inflexible. D'un ton sec, le Dr Frankenspalter répéta :

– Puisque je vous dis que nous ne connaissons ni Azedine ni Eddy. Mais pourquoi cette question ?

– Parce que nous pensons que ce jeune homme pourrait être votre agresseur et le ravisseur de Mme Canrade. Et parce que nous pensons également que ce jeune homme a rendu visite, cet après-midi, à votre tante.

– Qu'est-ce qui vous permet de supposer de telles inepties ?, s'emporta-t-il. Vous dites que vous avez aperçu cet individu à proximité de la villa. Aussitôt vous concluez à une relation louche entre nous et cet individu. C'est vraiment une manie dans la police de soupçonner les honnêtes gens ! Et si cet individu faisait le guet ? S'il était là pour filer Mme Canrade et préparer le guet-apens dans lequel, hélas, nous sommes tombés ? Encore une fois, je trouve votre attitude et celle de la police en général, déplorable et scandaleuse. Je m'en plaindrai en haut lieu.

C'en était fini du ton très « relations publiques » dont il usait jusqu'à présent. Il donnait de tels signes d'exaspération que sa tête dodelinait de gauche à droite Sa voix cassante avait le tranchant d'un couperet et lorsqu'il se leva pour se diriger vers la porte, nous comprîmes qu'il nous signifiait notre congé.

Sur le seuil, l'adjudant-chef Sennendinger osa une dernière question :

– Avez-vous la moindre idée de l'identité des ravisseurs de Mme Canrade et des motifs de ce kidnapping ?

– Non. Vous en savez autant que moi puisque vous avez pris connaissance des messages. J'espère que vous saurez mieux protéger M. Abromavitch que vous ne l'avez fait pour Mme Canrade. Je vous tiens pour responsable de tout ce qui pourrait leur arriver.

Il nous dit à peine au revoir.

Deux minutes plus tard nous étions dehors. La nuit était tombée. Une nuit sans lune et sans étoiles. La vieille nous précéda dans l'allée car on n'y voyait goutte. Nos pas crissaient sur le gravier. Nous avancions sans rien dire, perdus dans nos pensées…

– Aïe ! Merde !

Victor qui marchait devant moi s'était brusquement arrêté en poussant cri de douleur et juron. Il s'était baissé et, dans l'obscurité, je faillis lui rentrer dedans.

– Qu'est-ce qui t'arrive ?

– J'ai heurté cette saleté d'engin, grogna-t-il en se frottant la cheville droite.

Sur le bord de l'allée, je distinguai un petit tracteur, genre motoculteur ou tondeuse à gazon. A faible distance, j'entendis le portillon qu'on entrouvrait.

Victor boitait bas et s'appuya sur mes épaules pour franchir la dizaine de mètres qui nous séparait de la rue et de la voiture. Derrière nous, le portillon se referma. Le sentiment de malaise qui me fouillait les viscères devenait insupportable.

Je me souviens à peine du trajet du retour. Au pied de la Tour de l'Europe (le restaurant était évidemment fermé depuis belle lurette) nous nous étions séparés.

Malgré l'heure avancée, le Lieutenant Flick s'en retourna au commissariat. Il voulait vérifier une fois encore le dispositif qui serait mis en place, dès l'arrivée des renforts, autour des musées et de l'aéroport.

L'adjudant-chef Sennendinger l'accompagna pour affiner la liaison police-gendarmerie.

Le sergent Grimbert reprit sa « clio » pour rentrer chez elle « Désolée, Capitaine Meister, je ne suis pas infirmière. Mais je suis sûre que votre ami Monsieur Lemmy se débrouillera très bien pour soigner votre bobo. »

– Vous n'êtes guère charitable, se plaignit Victor.

Il me tendit les clés du 4X4 :

– Tiens, t'as qu'à conduire, ça me fait trop mal.

Nous ne savions pas s'il plaisantait ou non. Arrivés à Aspach, je constatai que sa blessure, sans être grave, était certainement douloureuse. La coupure peu profonde ne saignait plus mais un gros hématome bleuissait sa cheville gauche enflée. Tout en désinfectant la plaie avec un reste de marc de gewurtz, j'évoquai la soirée :

– Je suis très inquiet pour Lisa, dis-je. A ton avis, que peut-il lui arriver ?

– Aïe ! Arrête, ça pique ! Et comment veux-tu que je sache ce qui va lui arriver ? On ne sait même pas pourquoi on l'a enlevée. Si ce faux-jeton de toubib ne l'avait pas planquée pendant trois jours, on en saurait plus.

– Tu soupçonnes toujours le Dr Frankenspalter ? Ses réponses m'ont pourtant semblé cohérentes. Et si la police avait fait son travail…

– Toi-même tu n'y as pas cru, au début, à cette histoire de cadavres dans les musées.

– C'est vrai.

– Quant au toubib, hautain, sûr de lui, t'as pas eu l'impression, à un moment donné, qu'il changeait d'humeur, qu'il perdait de sa superbe ?

– C'est quand Flick lui a parlé d'Azedine Lovacki ?

– Tout juste ! T'as remarqué toi aussi ? Toutes les autres réponses, c'était comme s'il les avait préparées à l'avance. Mais Flick a prononcé le nom du 'Eddy' et il a vacillé. A mon avis, il connaît le lascar et il a été tout surpris que nous l'ayons identifié. Je crois que nous aurions intérêt à mettre rapidement la main sur le petit beur. Et avant que le Dr Frankenspalter ne le fasse !

Pendant que je bandais sa cheville, je m'interrogeai sur cette dernière remarque de Meister. Que voulait-il dire par « avant que le Dr Frankenspalter ne le fasse ! » ? Cela sonnait comme une menace. J'en avais l'habitude : quand le Cow-Boy soupçonnait quelqu'un, il était capable de lui prêter les plus noirs desseins. Et il ne supportait pas que l'on émette le moindre doute. Je m'abstins donc de tout commentaire. Mon travail d'infirmier terminé, je n'aspirais qu'à deux choses : une bonne douche et un bon dodo.

J'eus du mal à m'endormir. Le traversin n'était pas seul en cause. Au rez-de-chaussée, Victor faisait un boucan épouvantable en farfouillant dans le réfrigérateur de Marcel. Rien ne lui coupait donc jamais l'appétit ?

Bien que n'ayant rien mangé depuis midi, j'aurais été incapable d'avaler une bouchée. Sournoisement l'anxiété et le remord foraient des trous acides dans mon estomac et l'image de Lisa s'imposa sous mes paupières closes. Je la vis tendre les bras vers moi. Je vis sa bouche muette hurler au secours tandis qu'un homme en cagoule s'acharnait sur elle… J'ai cru longtemps la haïr tant la rancœur me taraudait. Et puis je l'ai détestée pour ce qu'elle m'avait pourri mon existence. J'avais cru l'oublier, être disponible pour un nouvel amour… Quand elle m'avait appelé ne m'étais-je pas, dans le secret de mon cœur, réjoui de ses craintes, des menaces qui pesaient sur elle et sur l'homme qui me l'avait… ?

Le sommeil m'envahit comme une matière visqueuse et lourde qui enroba mes doutes et anesthésia mes remords…

Chapitre 21

Vers cinq heures trente du matin, une idée fulgurante me réveilla. Je ne sais par quel mystérieux phénomène chimique entre mes neurones, je me trouvai subitement l'esprit clair. A travers la vitre sale, je percevais les premiers signes de l'aube et je restai allongé sur le dos à regarder la peinture écaillée du plafond. Et tout défila distinctement dans ma tête. Si distinctement que je crus l'entendre à nouveau. Si distinctement que j'aurais dû comprendre plus tôt, si seulement j'avais réfléchi.

Je sautai au bas du lit. Je me précipitai dans la chambre de Victor. Il dormait sur le dos, bouche ouverte et j'eus scrupule à le réveiller. A peine je l'effleurai, il se dressa comme un diable dans sa boîte, les deux bras devant le visage comme s'il voulait se protéger :

– De quoi ? De quoi ? C'est l'heure ?

Ses yeux me fixaient, hagards, terrorisés. Enfin, il me reconnut. Il baissa les bras et poussa un long soupir :

– Ah ! C'est toi ?… Excuse-moi, j'ai fait un cauchemar, comme quand j'étais gamin…

Il jeta un œil sur sa montre-bracelet et fis la moue :

– T'as vu l'heure ? Qu'est-ce qui te prend, t'es tombé du lit ?

Je lui expliquai les raisons de ma subite insomnie. Sous l'effet d'une intense réflexion, son faciès mal rasé se contractait, son front se plissait et il finit par dodeliner du chef :

– T'as peut-être raison… Faudrait demander à Marcel…

Il resta assis au bord de son lit à rassembler ses esprits. Quand il posa enfin les pieds nus sur la carpette, il grimaça et laissa échapper un « Aïe ! » de douleur. Sa cheville lui faisait toujours horriblement mal.

En pyjama rayé, les yeux rougis, le menton piqué de poils gris, Marcel ressemblait davantage au retraité qu'il sera bientôt qu'à un fringant adjudant-chef de gendarmerie. Il plissait les yeux, se grattait la tête :

– Possible… C'est fort possible, mais je n'ai pas la copie du P.V. Faudrait demander à Bernard…

– Allô !… Madame Flick ?… Ici Marcel Sennendinger… Oui, je sais, il n'est que six heures dix… Quel fichu métier ! Vous avez bien raison, madame… Oh !, je sais, moi-même, je ne me suis couché qu'à deux heures… Merci, Madame, merci et encore une fois, toutes mes excuses… Allô ! Bernard ?… Désolé, mon vieux, mais c'est Claude Lemmy qui m'a rendu attentif à la chose. As-tu sur toi une copie du P.V. de Frankenspalter ?… Oui ?…J'attends… Prends ton temps… Allô ? Tu pourrais relire le passage où le Dr Frankenspalter rapporte les paroles du ravisseur ?… Oui… Oui… Il aurait bien dit à Mme Canrade « Tu viens gentiment avec moi ou je te taille un costard. » ?… « Ou je te taille un costard »… Tu penses comme nous, hein ?… Comme tu dis « C'est la merde ! »… A tout de suite, j'espère qu'on n'arrivera pas trop tard…

La 305 de la gendarmerie fonçait sur la départementale 466. Le brouillard s'étirait sur les bas-côtés et la campagne était peuplée d'ombres et de mystères. Comme nous traversions le village de Bernwiller, le visage de Marcel se crispa et je l'entendis murmurer :

– Avec toutes vos histoires, j'ai failli oublier…

– Oublier quoi, Marcel ?

– Les mômes. Les mômes assassinés avant même d'avoir vécu. C'est par là qu'on les a retrouvés dans le sac poubelle…, fit-il d'une voix grave en nous désignant l'orée d'un bois effiloché de brume.

Que dire ? Alors nous nous taisions. Au loin, les lourdes croupes des ballons se découpaient sur un ciel chargé de nuages. Nous traversâmes Thann endormie que veillaient les ruines du château d'Engelbourg. Les vignes s'éveillaient à la lumière du matin et Victor rompit enfin le silence qui devenait insupportable :

– Tu vois ces coteaux ?, me demanda-t-il. C'est le Grand Cru que Marcel nous a servi avant hier soir. La vie offre malgré tout de bons moments, non ?

– Il m'en reste encore quelques bouteilles à la cave, dit Marcel. Pour quand tout ce merdier sera terminé. S'il se termine un jour. Car si le ravisseur, ou le tueur en série - je ne sais plus trop comment il faut appeler ce fou criminel - s'il nous attire au Musée du Textile et des Costumes comme le pense notre ami Claude, il n'a pas fini sa collection meurtrière.

– Ce n'est qu'une hypothèse, fis-je. Mais l'expression qu'il a utilisée pour menacer Lisa « tailler un costard » ressemble fort aux messages lancés précédemment par ce psychopathe. Je pense au « rails », au papier peint, au mouchoir brûlé pour les messages écrits. Je pense à l'expression « faire le beau »...

La nouveauté, et la difficulté supplémentaire pour nous, c'est que le Musée du Textile et des Costumes se trouve à Wesserling, à plus de trente kilomètres de Mulhouse. S'il nous faut surveiller tous les musées de la région, y compris ceux, qui se situent en dehors de l'agglomération mulhousienne, je ne vois pas comment on fera.

– Il y en a beaucoup ?, demandai-je.

– Tu parles ! Je me demande s'il y a un département français où il y en a autant que dans le Haut-Rhin. Et des très beaux !, ajouta Marcel dont la fibre chauvine prenait le pas sur le découragement du gendarme.

– Tu les as tous visités ?, demandai-je à Victor qui baillait comme l'hippopotame du Parc Zoologique.

– Non, mais le Musée du Textile et des Costumes avec ses collections de mode intéresserait sûrement le sergent Grimbert. Je pourrais peut-être lui proposer une petite visite qu'est-ce que t'en penses ?

J'étais en train d'imaginer la réponse que je pourrais donner au Cow-Boy sans risque de le froisser lorsque, dans la grande courbe qui contourne St-Amarin, une ambulance qui roulait à vive allure nous croisa toutes sirènes hurlantes. Le regard que nous échangeâmes tous les trois se passait de commentaires. Le fou dangereux avait-il à nouveau frappé ? Arriverions-nous une nouvelle fois en retard ?

La réponse était « oui » aux deux questions.

Une estafette de gendarmerie était garée dans l'allée qui, mène à l'ancienne manufacture de Wesserling à Husseren. Elle fut la première, en 1809, à mettre en service une filature mécanique. Elle abrite de nos jours le Musée du Textile et du Costume au milieu d'un parc magnifique aux arbres plus que centenaires.

Le brigadier rectifia la position et l'adjudant-chef Sennendinger répondit à son salut. Le témoin était allongé à l'arrière de l'estafette dont les portières battantes étaient restées ouvertes. La cinquantaine, Mme Schoen, n'avait pas, c'est le moins qu'on pût dire, la taille mannequin. Ce n'était d'ailleurs pas pour présenter les modèles qu'elle venait, chaque matin, au Musée, mais pour faire le ménage et, à partir de 10 heures, le service au café-musée. Sous l'effet de la tension nerveuse, elle tremblait de tous ses bourrelets. Pour la calmer, une gendarmette penchée sur elle lui tapotait gentiment les mains.

Le témoin avait tellement hurlé d'effroi, elle avait si souvent déjà raconté la chose, qu'elle n'avait plus de voix pour nous conter sa découverte du matin. Ce fut donc le brigadier qui nous en fit le récit.

– Le jeudi, Mme Schoen vient toujours de bonne heure au Musée. C'est le jour où le fournisseur livre la bière, la limonade, les jus de fruits… « et comme on ne sait jamais exactement quand il va venir, Mme Schoen préfère être en avance qu'en retard ». Bref, ce matin, alors qu'elle passait sur sa bicyclette à l'endroit où nous nous trouvons actuellement, elle croit entendre des gémissement derrière la haie de troènes qui se trouve là. Elle s'arrête, s'approche de la…

– Abrégez, brigadier. Venons-en aux faits.

Je lus un sentiment de frustration dans le regard du brigadier. Il aurait bien voulu, comme madame Schoen l'avait fait, décrire le visage tuméfié de la victime, s'attarder sur les filets de sang dégoulinant de sa pommette éclatée, brosser le tableau de ses vêtements lacérés, rapporter ses plaintes et ses gémissements ? mais, bon, service, service…

– A vos ordres, mon adjudant. Victime : sexe féminin, menottée dans le dos, contusions multiples, visage tuméfié, passeport au nom de Canrade Lisa…

– Elle est morte ?, m'écriai-je.

– Non, fortement commotionnée.

– Et qu'avez-vous fait ?

– Appelé secours. Prévenu Capitaine. Gel des lieux…

– Mais non, je vous demande ce que vous avez fait de la victime ?

– Ambulance.

– Vers où ?

– Hôpital Emile Muller, Moenchberg, Mulhouse.

– Comment est-ce arrivé ? Connaissez-vous son agresseur ? Quelle sont les circonstances de l'agression ? La victime a-t-elle parlé ?

– Négatif. Attendons Brigade de Recherches Départementale.

Il n'aura plus longtemps à attendre. Au loin, une sirène annonçait les renforts.

Nous restâmes sur place le temps pour l'adjudant-chef Sennendiger de faire le point avec ses camarades qui venaient d'arriver. Puis demi-tour. Retour à Mulhouse. Nous n'attendions rien des investigations menées par les techniciens.

Ils ne trouveront rien, comme les fois précédentes.

– Ce tueur fou a toujours une longueur d'avance sur nous.

– Fou, d'accord. Ce type est ravagé du ciboulot. Il faut être cinglé pour narguer la police comme il le fait, remarqua Meister. Mais est-ce un tueur ? Depuis 'Tartine', la collection de cadavres ne s'enrichit guère, vous avez noté ? Le professeur Spritz ne crame pas dans sa voiture. Le gardien de la paix est assommé et on lui pique son calibre. Le ravisseur s'en sert pour menacer le Dr Frankenspalter et lui asséner un coup sur le crâne. Pas pour le tuer. Idem pour l'ex-femme de Claude qu'il n'a pas exécutée…

– Tu sembles le regretter, l'accusai-je sous l'effet de la colère, à moins que ce ne soit sous l'effet du remords qui de plus en plus me taraudait. Si je n'avais pas pris toutes ces menaces à la légère, tout cela aurait pu, sans doute, être évité ?

– T'es con, se contenta de répliquer Victor. Tu oublies que je tiens absolument à faire sa connaissance. Et pas à la morgue.

Il avait raison, Victor. Doublement raison : Primo, j'avais été stupide de dire qu'il semblait regretter que Lisa soit encore en vie. Secundo, sa remarque sur le « tueur » qui ne tuait plus depuis qu'il était armé méritait qu'on s'y attardât.

Pour l'instant, ce n'était qu'une bizarrerie de plus dans le comportement de cet individu dont nous ignorions toujours les mobiles. Plus je pensais à la chose et plus je me disais que les agissements de cet homme rusé, calculateur, qui menait la police en bateau depuis cinq jours, ne correspondaient pas au profil d'un Azedine Lovacki. 'Eddy', d'après ce que nous en savions, n'était qu'un petit voyou de banlieue. A moins que son séjour en prison de lui ait donné de l'envergure ?

Mais à quoi rimait cette mise en scène ? Pourquoi s'acharner sur Lisa ? Le savait-elle, elle-même ?

En roulant vers l'hôpital du Moenchberg, j'espérais qu'elle serait bientôt en état de répondre à nos questions.

L'interne qui nous reçut aux urgences refusa net. Il n'était pas question de rendre visite à Mme Canrade et encore moins de procéder à son interrogatoire. Elle avait subi un choc traumatique et psychologique grave. Son état nécessitait des examens approfondis, et si ses jours ne semblaient pas en danger, elle avait besoin avant tout de repos. Lisa n'avait pas perdu connaissance, mais depuis son admission, elle était très agitée et prononçait des mots incohérents. On lui avait administré des sédatifs.

– Quels mots incohérents ? demanda Sennendinger.

– Dans son délire, nous avons cru comprendre qu'elle parlait d'un certain Igor. A plusieurs reprises, il nous a semblé qu'elle disait : « Protégez Igor. Protégez Igor. » C'est tout ce que je peux vous dire pour l'instant. Revenez plus tard.

Chapitre 22

La journée avait commencé, tôt le matin, par un drame : l'agression de Lisa dans le parc de Wesserling. Elle fut heureusement plus calme par la suite. Pour moi. Pas forcément pour les autres protagonistes de l'histoire.

Le lieutenant Flick et l'adjudant-chef Sennendinger passèrent une grande partie de la matinée à la sous-préfecture. Lors d'une réunion au sommet avec le Sous-Préfet et le Procureur de la République venu de Colmar, on prit les dispositions nécessaires pour assurer la sécurité des Mulhousiens et des nombreux touristes qui ne manqueraient pas d'affluer pour le 7e Festival Automobile qui démarrait le soir-même.

Grâce aux renforts arrivés de Strasbourg, de Nancy et de Belfort, on quadrilla la ville pour surveiller parcs, jardins et centre piétonnier où s'exposeraient, défileraient et paraderaient durant trois jours les plus belles, les plus exceptionnelles voitures de collection de toute l'Europe. Le Sous-Préfet exigea la plus grande discrétion « indispensable pour ne pas affoler les citoyens. »

Les musées de la ville et ceux des environs bénéficièrent d'une surveillance policière renforcée. De la Petite Camargue Alsacienne de Saint-Louis, au sud, jusqu'au Musée de la Diligence à Riquewihr, au nord, on déploya des forces de l'ordre dans les vingt-cinq musées haut-rhinois répertoriés. On n'oublia pas d'alerter les cent-vingt-cinq autres musées du Bas-Rhin, du Pays de Bade et du Canton de Bâle qui constituent l'Association des Musées du Rhin Supérieur « Le plus Grand Musée du Monde. »

On arrêta le dispositif à mettre en place à l'Aéroport International de Bâle-Mulhouse où devait atterrir l'avion transportant Igor Abrovamitch.

L'adjudant-chef Marcel Sennendinger annula la petite cérémonie qui devait marquer son prochain départ à la retraire. Il y avait mieux à faire à la St Ulrich que de se voir remettre une canne à pêche.

Le sergent Dominique Grimbert eut pour mission d'assurer la protection de Lisa Canrade. Les examens radiologiques ne décelèrent pas chez cette dernière de fracture mais une légère commotion cérébrale et des troubles oculaires graves. Lisa souffrait de photophobie consécutive à un choc et ne supportait aucun éclairage. Elle fut admise, sous sédatif, dans l'une des deux chambres sécurisées de l'hôpital du Moenchberg.

N'ayant momentanément rien d'autre à faire, qu'à attendre, nous étions restés au Moenchberg. Le manque de sommeil, l'accumulation d'émotions ajoutés à l'inaction forcée mettaient nos nerfs à rude épreuve. Réduits à une attente qui devenait de plus en plus insupportable, je faisais les cent pas dans les couloirs tandis que Victor, en clopinant, avait jeté l'ancre à la cafétéria.

Je passai les heures suivantes à ordonner mes réflexions et mes souvenirs avec un soin maniaque. Je guettai le moindre indice qui pourrait me mettre sur une piste et me donner la clé des événements qui m'avaient conduit dans ce couloir d'hôpital. Ma mémoire s'agitait, se tordait, se contractait et se rétractait au rythme de mes boyaux en feu. J'entendais Lisa, au téléphone, quand elle me disait : « Claude, je t'en prie, il faut que tu viennes… » J'entendais Lisa murmurer : C'est grave… J'ai peur… » Quand je fermais les yeux, je ne voyais que Lisa, son visage terrorisé qui se tournait vers moi pour crier quelque chose…

Quand j'ouvrais mes yeux à nouveau, je me forçai à ne plus penser à Lisa… et c'est le souvenir de Lisa, jeune, qui prenait sa place… et à chaque fois me laissait dans le crâne les traces nauséeuses de blessures mal cicatrisées… Je m'en voulais de ces rancunes blettes, de ces vétustes manifestations d'amour-propre. Une seule chose était vraie : j'avais tergiversé pour venir à son secours et je m'en voudrai toujours. Une seule chose comptait à l'avenir : que Lisa se remette très vite.

Vers seize heures, le sergent Grimbert nous apporta une première nouvelle rassurante. Lisa avait repris conscience. Elle en avait informé Flick et Sennendinger qui ne devraient pas tarder à venir.

Ils arrivèrent vingt minutes plus tard en compagnie du juge d'instruction.

Le médecin accorda cinq minutes, pas plus, pour auditionner Mme Canrade.

Le juge d'instruction refusa que Victor et moi y assistions.

– Comment est-elle ? Est-ce qu'elle ne souffre pas trop ? Gardera-t-elle des séquelles ?

Dès leur retour, je submergeai Flick et Sennendinger de questions sur la santé de Lisa. Le reste, (l'enquête en cours, son agresseur, les cadavres des musées), passait au second plan. Meister s'en chargea :

– Comment est-elle ? A-t-elle pu décrire son agresseur ? A-t-elle une idée de ses mobiles ?

Lisa leur avait paru très faible, à en juger par le son de sa voix. Sa chambre était plongée dans l'obscurité pour ménager ses yeux. Ils n'avaient donc pas pu la voir ni juger de la gravité de ses blessures. Elle avait répondu à leurs questions d'une voix à peine audible et de manière parfois incohérente. Elle avait des trous de mémoire et n'avait pas encore recouvré tous ses esprits. Le pronostic du médecin-chef était cependant très rassurant. Elle ne garderait sans doute aucune séquelle de son agression.

Que leur avait-elle appris ? Rien ou presque. Elle se souvenait à peine de son agresseur (elle n'avait retenu que la cagoule), encore moins de la manière dont elle était arrivée à Wesserling (son agresseur lui avait fait avaler une poudre après l'avoir menottée dans la voiture et elle s'était réveillée dans l'estafette de la gendarmerie.)

Ensuite, d'une voix de plus en plus faible et pathétique, elle avait répété plusieurs fois : « Sauvez Igor… sauvez Igor… ». Marcel Sennendinger lui avait alors appris que j'étais dans le couloir et que je me faisais du souci pour elle.

– Je crois qu'elle a compris ce que je lui disais. Elle a attrapé ma main, l'a serrée très fort et sa respiration est devenue plus régulière. Après ça, le médecin-chef nous a mis à la porte. De toutes manières, je ne crois pas que ton ex-femme aurait pu nous en apprendre davantage.

– Résultat, on fait du sur place, conclut Meister dont les yeux rougis papillotaient de fatigue malgré les cafés ingurgités. Rien pour 'Eddy' ?

– Rien. 'Eddy' court toujours.

– Le seul truc nouveau, si j'ose dire, c'est le rapport du Service Technique de Recherches judiciaires et de Documentation de Rosny-sur-Bois. Le dénommé Dimitri Chatrochvili, le chasseur de l'Hôtel du Parc, n'est pas fiché au fichier central. Par ailleurs, aucune des empreintes relevées sur les documents qu'il vous a remis ne correspond à des empreintes répertoriées.

Chou blanc sur toute la ligne. Le moral n'était pas au beau fixe. Demain, le Festival automobile battrait son plein avec le Rallye touristique et le Trophée International des Musées. Il faudra ouvrir l'œil.

– Avec ce qui nous attend demain, je crois que nous ferions bien d'aller nous coucher de bonne heure, suggéra l'adjudant-chef Sennendinger.

Nous étions arrivés sur le parking de l'hôpital et chacun se dirigea vers sa voiture. Flick prit place dans une voiture banalisée, Sennendinger s'installa dans la 305 de la gendarmerie, Grimbert dans sa « Clio ». Je pris le volant du 4X4 et Victor, en grimaçant, se hissa à mes côtés.

Comme nous allions démarrer, la Clio s'arrêta à notre hauteur (si on peut dire). La gendarmette se pencha pour passer la tête par la vitre ouverte :

– A propos, capitaine Meister, comment va votre cheville ?

– Booof, ça va, grommela le mastard tout surpris par tant de sollicitude.

– Parce que j'ai vérifié dans ma boîte à pharmacie. J'ai un pot d'arnica et une fiole de mercurochrome à peines entamés. Chez moi, ça vous dirait ?

Pour certains remèdes, il suffit d'en parler pour qu'ils agissent. Ce fut le cas. Victor retrouva illico son tonus. Il ne boitait plus en passant du 4X4 à la Clio.

Je rentrai donc seul à Aspach. Quand je racontai la scène à Marcel, sa moustache frémit d'aise.

Chapitre 23

La densité de flics au mètre carré dans le hall de l'Aéroport International de Bâle-Mulhouse était impressionnante. Songerait-on à un Musée Vivant des Forces de l'Ordre à Mulhouse ? Police nationale, police municipale, police en tenue, police en civil, police de l'air et des frontières, D.S.T., gendarmerie nationale, gendarmerie mobile, C.R.S., sergents de ville, gardiens de la paix, inspecteurs, commissaires, brigadiers et sergents, lieutenants et commandants, détectives et fins limiers, poulets et argousins, sbires et roussins, cognes et pandores, keufs et képis, ils étaient tous là. Sauf Meister et Grimbert.

Ils étaient tous là, tendus, nerveux, aux aguets, prêts à bondir en cas d'alerte, à coffrer tout quidam au faciès incongru, à dégainer au moindre geste suspect. Le tableau d'affichage électronique et la voix éthérée d'une hôtesse annoncèrent en même temps que le vol ZLM 4327 en provenance de Saint-Pétersbourg venait d'atterrir.

Il y eut comme une rumeur et un frisson parcourut tout le hall.

Les moins inquiets n'étaient pas les quelques membres de l'A.A.A.A.A., venus accueillir Igor Abrovamitch. Parmi eux, le Dr Frankenspalter. Il nous salua d'un signe de tête. Pour dissimuler le sparadrap qu'il avait sur le crâne, il portait une casquette aux couleurs d'« Alinghi », le récent vainqueur suisse de la Coupe de l'America* et j'eus la fâcheuse impression qu'il nous menait en bateau.

Je n'eus pas le temps d'analyser. Tout alla très vite ensuite.

On fit descendre tous les passagers de l'avion, à l'exception d'Igor.

Ils récupérèrent leurs bagages et passèrent au contrôle de la douane derrière une haie de policiers aux abois.

C'est seulement quand le hall de l'aéroport fut entièrement vidé de ses touristes anonymes qu'on fit descendre Igor Abrovamitch. Je l'aperçus à peine, grand gaillard aux cheveux ras, serrant sur sa poitrine son bagage à mains, une valisette noire, comme on le ferait d'un bouclier, entouré, protégé, ballotté, par une mêlée de gardes du corps.

En moins de temps qu'il n'en faut pour l'écrire, il fut poussé dans une voiture aux vitres fumées. Le Dr Frankenspalter et deux gardes du corps prirent également place dans le véhicule qui démarra aussi-

---

* La plus prestigieuse course de régates au monde, remportée en 2003 par le bateau suisse d'Ernesto Bertarelli.

tôt, précédé et suivi par des motards de la Gendarmerie.

– Où vont-ils ?, demandai-je.

– On s'en fout, répondit Sennendinger en s'épongeant le front. Ce n'est plus notre affaire. Il a quitté l'aéroport sain et sauf, sans se faire flinguer, c'est déjà ça.

– OK, fis-je, mais la journée n'est pas terminée, ni le Festival de l'Automobile. Les occasions pour descendre Igor ne manqueront pas.

– Sauf, dit le lieutenant Flick, sauf si on cache Igor jusqu'à la fin du Festival.

Dans ce cas, pourquoi l'avoir fait venir ? Il n'y avait qu'à le prévenir pour qu'il reste en Russie.

Il était en déplacement et les responsables de l'A.A.A.A.A. n'ont pas réussi à le joindre avant hier soir. Quand il a su ce qui était arrivé à Mme Canrade, il a insisté pour venir à Mulhouse au chevet de son amie. D'autre part, si nous voulons résoudre l'énigme des cadavres des musées, son audition pourra peut-être nous éclairer.

– Pourquoi est-ce le Dr Frankenspalter qui l'accompagne ?

– Je te rappelle que c'est lui qui a invité Igor à Mulhouse. Il considère qu'il est son hôte. Il a trouvé en Suisse une planque sûre et confortable pour le Russe.

– Pourquoi la Suisse ? Pourquoi ne pas le garder en France ?

– Et de quel droit ? Nous n'avons rien à reprocher à ce citoyen russe. Ni d'ailleurs au franco-suisse Dr Frankenspalter. Mais rassure-toi, nous avons prévenu nos collègues helvétiques. Ils assureront sa surveillance et ne perdront pas de vue le Dr Frankenspalter qui, il n'y a pas si longtemps, figurait encore sur notre liste de suspects.

– Surtout sur celle du capitaine Meister, fis-je. Il n'est pas là, ce matin ?, demandai-je perfidement avec un clin d'œil complice à Marcel.

A ma grande surprise, ce fut le lieutenant Flick qui me répondit que le capitaine Meister était en compagnie du sergent Grimbert. Les nouvelles vont décidément très vite, me dis-je. Je crus à une plaisanterie quand il ajouta qu'ils étaient en train de s'habiller.

En fait, ce qu'il voulait dire c'est que Victor et Dominique faisaient des essayages de costumes d'époque pour remplacer au pied levé Igor et Lisa, lors du concours d'élégance, au volant de la Rolls de Lénine.

Le Cow-Boy participant à un concours d'élégance ! On aura tout vu !

Des milliers de spectateurs massés sur le parcours purent en effet l'applaudir, coiffé d'une casquette d'ouvrier, affublé d'une moustache et d'une barbichette. Aux dires de certains, il tirait une tronche à faire peur aux bourgeois et aux enfants. A ses côtés, une Dominique Grimbert rayonnante, haut chignon et décolleté plongeant, saluait la foule avec beaucoup d'élégance.

Quand le jour tomba sur la Nuit de l'Automobile, les orchestres musette et les groupes de rock, disséminés dans le centre historique de la ville, prirent le relais. On dansa jusqu'à l'aube, à la lumière des phares des véhicules de collection. Et quand le dernier accordéon rendit son dernier soupir, chacun poussa un grand « Ouf » de soulagement.

Aucun crime, aucun attentat, aucun incident dramatique n'avait terni le jour de la Saint-Ulrich.

On resta vigilant, le lendemain, durant la course en ville. On ne relâcha pas la garde pour la Grande Parade. Le Festival put s'achever en apothéose. Mulhouse mérita une nouvelle fois son titre de capitale européenne de la voiture ancienne. La collection de cadavres ne s'enrichit d'aucune nouvelle pièce. Nous nous perdions en conjectures.

Flick et Sennendinger étaient satisfaits d'avoir évité le pire. Malgré tout, Sennendinger était amer : encore une affaire non élucidée à son palmarès.

La cheville de Meister le faisait moins souffrir. Il fut muet sur les soins que lui prodigua le sergent Grimbert. Les nuits suivantes, il les passa à Aspach sans autre commentaire. Dès que nous faisions mine d'évoquer la belle gendarmette, il se renfrognait. Une fois, une seule fois, après un énième verre de Riesling il lâcha cette curieuse remarque : « Cette nana, elle a le chignon plus serré que les cuisses. »

Lisa se remettait lentement à l'hôpital du Moenchberg. Elle avait recouvré ses esprits et l'usage de ses membres. Seuls ses yeux la faisaient encore souffrir. Elle ne supportait aucune lumière vive. Des examens ophtalmologiques étaient en cours. Le juge d'instruction l'entendit à plusieurs reprises, sans résultat.

Igor Abromavitch reçut l'autorisation de lui rendre visite. Il repartait le lendemain pour Saint-Pétersbourg où l'appelaient ses affaires. Une nuée de policiers en civil accompagna chacun de ses déplacements, tant à l'hôpital qu'à l'aéroport. Moi-même, par curiosité, j'assistai de loin à son embarquement. Qu'est-ce qu'il avait de plus que moi, ce moujik ? Quelques centimètres et un compte en banque bien garni ? Et après ?

Sur le chemin du retour, par téléphone, Flick nous apprit que la BM appartenant à Mehmet Bouatzicki avait été localisée sur le parking du Parc Zoologique et Botanique. On avait aussitôt installé une planque.

A cette nouvelle, Marcel Sennendinger retrouva toute son énergie. Il lui restait quarante-huit heures avant son départ officiel à la retraite. Sait-on jamais ? Avec un peu de chance, cette chance qui l'avait toujours fui, il achèvera peut-être sa carrière sur un succès ? Il appuya sur l'accélérateur comme s'il voulait presser le temps.

La nouvelle laissa Victor indifférent et sa langueur apathique m'inquiétait de plus en plus.

Chapitre 24

La planque autour de la BM, ne donna rien. Eddy Lovacki ne se manifesta pas. On confia la voiture aux des techniciens dans l'espoir d'y trouver des indices exploitables. On ne savait pas trop ce qu'on cherchait, mais on ne voulait négliger aucune possibilité. Une chose était d'ores et déjà acquise : l'arme de poing dérobée au gardien de la paix n'était pas dans la boîte à gants.

Le 13 juillet, vers quatorze heures, alors que je me prélassais au soleil d'Aspach, je reçus enfin le coup de fil que j'attendais sans vraiment l'espérer. C'était Flick. Il m'annonça que Lisa souhaitait me voir en tête à tête. Le médecin-chef avait autorisé ma visite. « Dites-lui que je l'attends vers quinze heures et que j'ai hâte de le voir. Je vous remercie d'insister » avait-elle dit au lieutenant Flick.

En l'occurrence, c'était inutile. Je m'étais tellement inquiété pour elle que son invitation me comblait de bonheur.

A quinze heures moins cinq, une infirmière m'accompagna jusqu'à la porte de sa chambre. « Je vous laisse », chuchota-t-elle avec un sourire complice au coin des lèvres en regardant le bouquet de roses que je tenais maladroitement à la main.

A travers un double sas, je pénétrai dans la chambre obscure et silencieuse comme on pénètre dans un sanctuaire. Les volets clos entretenaient des ténèbres sur lesquelles tranchait la blancheur des draps.

– C'est toi, Claude ? Approche, mon chéri. Viens, embrasse-moi…

Je me laissai guider par le son de sa voix. En tâtonnant, je trouvai son visage que j'effleurai timidement du bout des doigts. Elle m'agrippa par le cou et m'attira vers elle. Je respirais son parfum de citronnelle, souvenir de l'époque où il lui servait de pyjama. Ses joues étaient ruisselantes de larmes que je buvais avec ivresse. Par mégarde, je touchai sa pommette. Elle sursauta.

– Je t'ai fait mal ?, m'inquiétai-je. Je te demande pardon, mais dans cette obscurité…

– Heureusement que tu ne peux pas me voir, souffla-t-elle. Je dois être affreuse avec toutes ces plaies, tous ces bleus… Assieds-toi, près de moi. Il doit y avoir une chaise par là…

Je m'assis. Elle ne me lâcha pas la main.

J'étais tellement ému que je ne retins qu'une chose du flot de paroles qu'elle murmurait à mon oreille : elle n'avait jamais cessé de m'aimer.

– Et Igor ?, questionnai-je bêtement.

– Oui, bien sûr, Igor, je l'aime. Mais toi, ce n'est pas pareil. Tu fus le premier et ça, ça compte plus que tout.

Fallait-il que je sois faible, bien faible et certainement très fat pour me laisser aller et me persuader de renouer avec elle la complicité qui avait donné tout son sel à nos premières rencontres. Mais comment faire autrement quand la musique de sa voix me ravissait jusqu'à en perdre la notion du temps ?

A un moment une minuterie se déclencha dans le cabinet de toilette attenant à la chambre.

– C'est l'heure de ma potion, dit-elle. Il est quatre heures et demie.

– Quoi ? Déjà ? Je n'ai pas vu le temps passer.

– Tant mieux. Sois gentil, tu veux bien me chercher mon médicament dans le petit frigo ? C'est le verre bleu. A côté, dans le verre blanc, c'est pour toi. On pourra trinquer. Je n'aime pas boire seule.

– C'est quoi ?

– Jus d'orange et vodka. Tu aimais ça, autrefois !

– J'aime toujours.

Nous avions trinqué. Je bus ma vodka-orange. Elle avala le remède.

Peu à peu mes yeux s'habituaient à l'obscurité. Je distinguais l'éclair de ses yeux, l'éclat de ses dents. Et je vis qu'elle était nue. Quand elle prit ma main pour la poser sur son sein, je me laissai faire comme tout homme pétri de scrupules et qui n'en éprouve guère quand passe la tentation.

Dans la pénombre je caressai ce sein invisible, ferme et soyeux. Mes doigts palpaient son relief, effleurant le téton délicat qui frémit à ce contact. Puis je posai ma bouche sur son ventre et j'explorai ce corps de femme épanouie, sa chair drue. Plus je l'embrassais et plus je reconnaissais ces rondeurs que j'avais si souvent caressées. Lorsque je passai ma main entre ses cuisses fuselées, je sentis qu'elle m'attendait.

Le bruit d'un verre qui se renversa sur la table de chevet, me fit reprendre conscience. Lisa n'était plus dans son lit. Sa silhouette se découpait en ombre chinoise sur le rectangle plus clair de la porte du cabinet de toilette. Elle avait revêtu un pyjama et cambrait ses reins pour délasser son dos.

– J'ai dormi ?

Son rire sonore me transperça :

– Eh ! oui, mon chou. Tu t'endors toujours après l'amour.

– Ai-je dormi longtemps, balbutiai-je, penaud.

– Longtemps ? Non. Regarde le minuteur…

– Il est dix-sept heures cinq.

– Dix-sept heures cinq ? L'infirmière ne va pas tarder.

Je bondis du lit pour sauter dans mon pantalon ce qui fit encore rire Lisa. En chaussettes, je pataugeai dans une flaque poisseuse : le verre que j'avais renversé. A quatre pattes, je partis à la recherche de mon tee-shirt. La chambre aux volets clos sentait la sueur, les roses, le jus d'orange et cette odeur émolliente des chambres d'hôpital.

Et maintenant ? J'étais comme paralysé sous l'action conjointe de la honte et du remord, de mes insuffisances et de ma faiblesse extrême face à cette femme qui n'avait peut-être plus son corps de vingt ans mais dont l'ardeur et l'imagination dans les choses de l'amour avaient décuplé.

On toqua à la porte. Petits coups discrets. L'infirmière une seringue à la main, le sourire aux lèvres : « Puis-je vous demander de nous laisser seules, une minute ? Vous pouvez attendre dans le couloir ou dans le cabinet de toilette, si vous préférez. »

Je préférai. J'avais besoin de me passer la tête sous le robinet. Vous vous imaginez, si l'infirmière était arrivée cinq minutes plus tôt ? Ou si j'avais dormi plus qu'un quart d'heure ? A en juger par son sourire, ce genre de situation ne les aurait pas choquées, ni elle, ni Lisa. Mais moi, j'ai toujours eu des pudeurs et des principes.

C'est au moment où je me redressai, le visage et les cheveux dégoulinants d'eau, que je vis la valise noire, posée au-dessus de l'armoire. La petite sœur, sans aucun doute, de la valise que Igor serrait sur sa poitrine, le jour de son arrivée à l'aéroport de Bâle-Mulhouse. ET QU'IL N'AVAIT PLUS EN REPARTANT !

Question fondamentale ? Pourquoi ? Qu'était-elle devenue ? Mes jambes flottaient, j'avais le ventre vide et un drôle de goût métallique dans la bouche.

La partie de jambes en l'air n'était pas seule en cause, un doute affreux me submergeait et c'est presque en courant que je regagnai la chambre plongée dans la pénombre et que l'infirmière avait déjà quittée.

– Tu me fais mal !, gémit Lisa quand je l'empoignai par les épaules.

– C'est ça, hein ? C'est la valise ? Avoue... Avoue...

J'avais du mal à trouver les mots et je la secouais, ivre de colère et de dégoût, conscient du ridicule de mes questions, de l'inanité de mes accusations que nulle preuve ne pouvait étayer. Elle se dégagea d'un brusque mouvement du torse et alors que je m'attendais à ce qu'elle proteste, à ce qu'elle appelle au secours ou m'ordonne de quitter les lieux, elle éclata d'un rire sardonique qui me cloua sur place :

– T'en as mis du temps ! Je te connais trop bien, mon chou et je savais bien que tu finirais par comprendre. Mais ce n'est pas une raison pour te mettre dans cet état. Le jeu est terminé, les flics ont perdu, quelle affaire ? Tu nous as bien aidés et tu viens d'avoir ta récompense, non ?

De ma vie, je n'avais subi une telle humiliation. Je me laissai tomber sur la chaise, les jambes coupées au niveau des genoux. Ma conscience avait quitté mon cerveau pour refluer tout entière dans mes tripes en ébullition. Chacun de ses aveux me transperçait comme un coup de poignard, chacun de ses rires me perforait comme une flèche vénéneuse. Plus tard, beaucoup plus tard, je remis de l'ordre dans l'incroyable stratagème que cette femme machiavélique avait échafaudé.

Igor Abromavitch appartenait à la Mafia russe. Gérant d'une société financière écran, basée aux Bahamas, son activité consistait à recycler dans l'économie européenne et notamment en Suisse les énormes profits réalisés par les parrains du crime organisé. Le commerce d'objets d'art ou de voitures anciennes est un des moyens pour blanchir l'argent sale illégalement acquis en vendant des matières nucléaires provenant des arsenaux de l'ex-URSS.

L'exportation illégale et la vente privée en Occident, au Moyen-Orient et en Asie de ces matériaux sont une source astronomique de profits à condition qu'ils soient certifiés par des laboratoires spécialisés. La Confédération Helvétique abrite plusieurs de ces laboratoires. Une fois estampillé, le matériau nucléaire peut être négocié en toute légalité sur les marchés internationaux.* La Ziegennader & Co International Bank s'occupe de ce genre de transactions.

L'opportunité se présente à Igor de réaliser pour son propre compte une transaction portant sur dix kilogrammes d'osmium. La difficulté est d'introduire le matériau en Suisse au nez et à la barbe des douaniers et de l'Agence Internationale pour l'Energie Atomique. C'est là qu'intervient Lisa.

L'opération est trop importante pour prendre le risque d'un contrôle à la frontière. A l'occasion d'une

---

* « Les Seigneurs du crime » de J. Ziegler aux éditions du Seuil.

conversation anodine, le Dr Frankenspalter lui raconte comment il a été amené, par hasard, à autopsier un vieux cheminot, mort d'une crise cardiaque à proximité du Musée du Chemin de Fer. Le lendemain, dans la presse locale, Lisa prend connaissance du fait divers qui relate le suicide de Linda Da Carvallo à Electropolis. Ces deux événements banaux et la lecture de la brochure de l'Office du Tourisme, lui donnent l'idée d'un scénario rocambolesque dont le seul but est d'affoler les autorités locales, de protéger Igor qui quittera l'aéroport, encadré par des flics, échappant ainsi à tout contrôle douanier.

– Et pourquoi, moi ?

– J'avais lu votre polar sur cette histoire de pédophiles à Strasbourg*. Je savais donc que tu fréquentais les poulets et les journalistes. Ta présence donnait du crédit à mon histoire.

– Mais c'est horrible ! Commettre tous ces crimes…

– Quels crimes ? Un arrêt cardiaque, un suicide, une euthanasie, une voiture qui flambe, un flic assommé ? Un peu d'automutilation ? C'est comme dans les jeux de rôle, mon chou. T'as jamais aimé, moi, si.

– L'euthanasie, comme tu dis, de 'Tartine' est un crime !

---

* « Les Anges du Jugement » aux éditions du Bastberg.

– C'est elle-même, la pauvre fille, qui a réclamé sa dose et qui s'est fait l'injection mortelle. Il ne lui restait que quelques jours à vivre. C'était lui permettre de partir en douceur. Si pour une raison ou une autre, mon plan avait échoué, la justice n'aurait pas eu grand-chose à me reprocher.

J'étais abasourdi par tant de cynisme et je le lui dis. Alors elle s'esclaffa à gorge déployée, ironique et blessante.

– Tu te rends compte, mon chou, dix kilos d'osmium à près de six millions de dollars le kilo ? Tu fais le calcul ? Non, t'es pas capable. Avec ta petite conscience de petit fonctionnaire minable tu ne peux même pas t'imaginer tout ce qu'on peut s'offrir avec autant de pognon…

– Tu es monstrueuse ! Tu ne l'emporteras pas au paradis.

Ses mots coupaient comme des lames :

– Le paradis, je m'en fous. Quant aux flics, tu pourras toujours leur raconter notre petite histoire. Même s'ils te croient, ils n'ont aucune preuve. Aucune. Ils te prendront pour un fou. Dans huit jours, je sors d'ici et ciao ! A nous les Bahamas.

Elle m'aida à me relever. Je me sentais moralement anesthésié et me laissai mener jusqu'à la porte. Sur le seuil, je lui hurlai à la figure :

– Va en enfer, Lisa. Mais ne te réjouis pas trop vite. On finira bien par retrouver votre complice avant que tu n'aies quitté Mulhouse. 'Eddy' parlera. Il dira que c'est toi, ou Frankenspalter qui avez fourni la drogue à 'Tartine', que c'est vous qui lui avez donné l'ordre de transporter le corps à Rixheim, puis d'assommer le gardien, de lui voler son arme, de simuler ton enlèvement…

– Bonne chance, rigola-t-elle, ça m'a fait plaisir de te revoir…

Elle me claqua la porte au nez.

La clarté du jour me fit légèrement tourner la tête. Je parcourus le long couloir de l'hôpital du pas hésitant d'un ivrogne. L'infirmière que je croisai, me regarda bizarrement. J'étais tellement tourneboulé que je faillis emboutir le 4X4 de Victor en mettant le contact. J'avais complètement oublié que j'avais enclenché une vitesse, moi qui n'en mets jamais, d'habitude. Mais bon, depuis ce matin, rien ne se passait comme d'habitude.

Et ce n'était pas la soirée à venir qui allait me remettre d'aplomb.

Chapitre 25

Je ne sais par quel miracle je parvins jusqu'à Aspach sans provoquer d'accident. Je conduisais comme un zombie. Je n'avais connu une telle douleur dans mon estomac que quatre ou cinq fois dans mon existence. Jamais, depuis les tyrannies de cour de récréation de mon enfance, je n'avais ressenti une telle humiliation et un tel sentiment d'impuissance.

En quittant l'hôpital, j'étais tellement écœuré et broyé que je ne me sentais pas la force d'affronter le regard des autres. Je savais que nous étions attendus, ce soir, chez le Dr Frankenspalter mais, après Lisa, je n'avais pas le courage d'affronter l'ironie et la suffisance de son complice.

J'étais une nature trop candide, trop loyale, trop scrupuleuse. Avec son instinct de femme, Lisa s'était toujours jouée de ma naïveté. Aujourd'hui elle piétinait les tristes détritus de mes rares illusions. J'avais appris de mes parents le mépris de l'argent et du profit. L'honnêteté, le respect des autres, la notion du devoir, ce sont des choses qui s'impriment dans la tête d'un enfant.

J'avalai la moitié d'un flacon de Maalox. Je passai vingt minutes sous la douche. Je changeai de chaussettes et de tee-shirt et je me sentis un autre homme. Je ne permettrai pas à cette femme avide, cynique et malfaisante d'arriver à ses fins. Je ne savais pas encore comment mais si la révolte est une tâche sans espoir, la résignation serait bien pire.

Lorsque j'arrivai à la villa du Rebberg, toutes les fenêtres du rez-de-chaussée étaient éclairées. Dans le parc, huit voitures immatriculées en France en Suisse ou en Allemagne étaient garées sous les arbres. Je trouvai une place entre la Mercedes du Dr Frankenspalter et la Clio du sergent Grimbert. Je reconnus également la voiture de Flick et celle de Sennendinger.

– Fous zêtes en redard !, me fit remarquer sans aménité la tante Ursula, plus chétive et décharnée que jamais, flottant dans son éternelle robe noire.

– Ah ! Enfin, me salua le neveu en regardant ostensiblement la Rollex qu'il portait au poignet.

Mais qu'est-ce qu'ils avaient tous à m'attendre comme si j'étais le Messie ? Déjà que, par principe, j'ai horreur d'arriver en retard à un rendez-vous, voilà que je tombais sur des Suisses, maniaques de la ponctualité. Leur attitude me mit mal à l'aise comme un potache qui vient faire signer un billet de retard.

Affalé dans un fauteuil, l'œil morose et la lippe pendante Meister tétait une flûte de champagne. A l'opposé Dominique Grimbert grignotait un petit four, digne comme une déesse nordique avec dans les yeux l'éclat rieur d'une aurore boréale. Un peu à l'écart, Flick et Sennendinger bavardaient avec un petit monsieur en complet veston et cravate que le Dr Frankenspalter me présenta comme étant Herr Kauff le Président de l'A.A.A.A.A., l'Association Alémanique d'Amateurs d'Automobiles Anciennes, venu spécialement de Fribourg avec Frau Kauff, une Walkyrie blondasse et fade.

En tout, nous étions treize. Un esprit superstitieux se serait inquiété. Sauf à considérer que la vieille Ursula ne faisait pas vraiment partie des convives puisqu'elle assurait le service faisant la navette entre le salon où nous nous trouvions et l'office, pour renouveler boissons et amuse-gueules. En dehors des personnes citées il y avait encore Maître Recht et Madame (lui était l'avocat de Frankenspalter, elle la secrétaire de l'A.A.A.A.A.) et deux Helvètes dont j'ai oublié le nom, quinquagénaires, jumeaux et vieux garçons (ces trois qualités étant visibles au premier coup d'œil).

Les présentations faites, le Dr Frankenspalter fit tinter une coupe de champagne à l'aide d'une petite cuiller pour réclamer le silence.

– Mesdames et Messieurs, il est vingt heures dix-huit et puisque nous sommes maintenant au complet, je voudrais donner la parole à mon ami Herr Kauff, Président de l'A.A.A.A.A. afin qu'il puisse en notre nom à tous remercier le sergent Grimbert, galanterie oblige, nous vous saluons en premier, fit-il en s'inclinant, le Capitaine Meister, le lieutenant Flick, l'adjudant-chef Sennendinger et monsieur Lemmy, ici présents pour leur précieuse collaboration à l'occasion…

J'avais l'impression qu'en disant cela, il me fixait droit dans les yeux et qu'il se payait ma tête. Mais que faire ? Ce n'était pas le moment de provoquer un scandale alors que je n'avais aucune preuve matérielle. Il lui serait facile, comme à Lisa, de tout nier en bloc et de se présenter comme des victimes innocentes d'un dangereux malfaiteur et de l'acharnement policier.

Après le Dr Frankenspalter, Herr Kauff se racla plusieurs fois la gorge avant de se lancer dans un discours si élogieux pour les forces de l'ordre que les poulets présents auraient dû rougir de confusion. Ce ne fut pas le cas parce que son français était tellement approximatif et rocailleux que nous n'en saisîmes qu'une infime partie. Comme tous ses compatriotes, il aimait les discours. Quand il avait la parole, il ne la cédait pas volontiers. Ursula eut le temps de faire deux fois le tour pour remplir les coupes.

Puis ce fut au tour de Mme Recht, secrétaire de l'A.A.A.A.A. Elle voulut à tout prix nous présenter les photos numériques qu'elle avait réalisées pendant le Festival. Le Dr Frankenspalter alluma le téléviseur, brancha la caméra et à l'aide de la télécommande fit défiler les prises de vue. Je ne leur accordai qu'une attention distraite car les idées noires par dizaines se bousculaient sous mon crâne. Toutes ces mondanités me paraissaient si dérisoires alors que les rires hystériques de Lisa résonnaient encore à mes oreilles…

A moins que ce ne soit la sonnerie d'un portable ?

Le lieutenant Flick fouilla dans la poche de son pantalon : « Veuillez m'excuser » souffla-t-il, gêné, en portant l'appareil à son oreille.

Il écouta longuement. L'ennui qui noyait son regard se dissipa en une fraction de seconde pour faire place à une farouche détermination. Tous les yeux étaient fixés sur lui. Chacun sentait que l'instant était grave.

– Mesdames et Messieurs, je réclame votre attention.

A la suite d'un appel anonyme, une patrouille de police s'était rendue dans une villa non loin du Belvédère qui domine le Rebberg. On leur avait signalé des éclats de voix et des bruits bizarres provenant d'une dépendance située dans le jardin. A leur arrivée sur les lieux, à vingt heures vingt-trois, ils avaient fait les constats suivants :

• Les propriétaires, un couple de commerçants retraités étaient absents. Comme chaque année, ils passaient les beaux jours, de mai à septembre, dans leur résidence d'Antibes.

• Une pièce aménagée dans une dépendance avait été récemment occupée : lit défait, vaisselle sale sur l'évier, nourriture dans le frigo.

• Une violente altercation avait eu lieu dans cette pièce : meubles renversés, objets brisés et traces de sang toutes fraîches.

• Enfin, ils avaient trouvé sur place un revolver Manurhin F1, identique à celui qui avait été dérobé à leur collègue et une casquette de base-ball jaune et rouge identique à celle de l'individu activement recherché. Voilà pourquoi la patrouille avait immédiatement prévenu le lieutenant Flick.

J'eus comme une intuition. Un frisson électrique parcourut mon échine. Je tirai Flick et Sennendinger à part et leur soufflai à l'oreille :

– Il faut arrêter immédiatement mon ex-femme. Vérifier son emploi du temps de la soirée...

– Mais pourquoi ? Elle est hospitalisée...

– Je vous expliquerai. Frankenspalter est dans le coup, lui aussi, j'en suis sûr... je n'ai aucune preuve mais il faut me croire...

Mon ton devait être suffisamment convaincant. Les deux flics prirent aussitôt les mesures qui s'imposaient. Le sergent Grimbert et le capitaine Meister iraient immédiatement à l'hôpital du Moenchberg qui se situait à moins d'un kilomètre d'ici. Flick, Sennendinger et moi irions rejoindre la patrouille. Le Belvédère se trouvait à mi-chemin.

– Veuillez nous suivre, Dr Frankenspalter.

– A quel titre ?

– Au titre de témoin, simple témoin. Nous pensons que cette découverte n'est pas sans rapport avec l'individu qui vous a assommé et qui a enlevé et brutalisé Mme Canrade.

– Dans ce cas, je demande que Maître Recht puisse m'accompagner.

– Accordé. Je prierai les autres personnes présentes de rentrer chez elles, la soirée est, hélas, terminée.

Elle l'était effectivement pour la plupart des membres de l'A.A.A.A.A. Elle réserva son lot de surprises aux autres.

Victor voulut prendre le 4X4, plus spacieux, pour se rendre au Moenchberg. La roue avant gauche était à plat. Il me lança un noir regard comme si j'étais responsable du clou bien visible sur le pneu. Il plia sa carcasse dans la Clio. Je montai avec Flick. Sennendinger proposa la 305 à Frankenspalter et à son avocat.

Sur les lieux, la scène était telle que les policiers l'avaient décrite. Derrière un haut mur de pierre, enfouie sous une végétation livrée aux caprices de la nature, la dépendance n'était pas visible de la rue. A l'intérieur une violente bagarre avait dû opposer deux individus au moins. Deux tasses de café restaient sur la table. Les chaises gisaient au sol. L'une d'elles avait un pied cassé. Un réveil avait dû tomber d'un guéridon renversé, le verre protecteur était fendu et les aiguilles arrêtées sur 20 h 06. Un peu plus loin, sur le plancher vermoulu le revolver et des taches sombres au milieu desquelles brillaient de minuscules éclats de verre.

Dix minutes plus tard, l'endroit grouillait de monde et les techniciens en blouse blanche vaquèrent à leurs tâches minutieuses en silence. Des flashs crépitaient de temps à autre. Ils ramassèrent, prélevèrent, rangèrent dans des sachets en plastique, étiquetèrent en vue d'analyses ultérieures.

– A quelle heure, l'appel anonyme ?, se renseigna Flick auprès du standard de la police.

– Vingt-heures et deux minutes.

– OK, ça peut coller. Résumons. 20 h, des passants passent dans la rue. Ils entendent les bruits d'une altercation venant de l'autre côté du mur. 20 h 02, ils préviennent la police et s'en vont car ils ne veulent pas d'histoires. 20 h 06, dans la bagarre, le guéridon est renversé et le réveil s'arrête. 20 h 23 la patrouille arrive sur les lieux. Il n'y a plus personne. Les traces de sang témoignent que l'un des protagonistes, au moins, est blessé. S'agit-il d'Eddy Lovacki ou de son adversaire ?

– Tu es sûr que Eddy s'est planqué ici ?

– Presque. Les empreintes nous le confirmeront, mais la présence de la casquette et surtout celle du revolver laissent peu de doutes. Il s'agit bien du Manurhin F1 dérobé au gardien de la paix. Nous avons vérifié le numéro.

– Je crains fort, dis-je que quelqu'un ait été plus rapide que nous pour retrouver Eddy et éliminer un témoin gênant.

En émettant cette hypothèse, je fixai ostensiblement le Dr Frankenspalter.

Un sourire narquois aux lèvres, il soutint mon regard.

J'avais envie de l'étrangler. A tort, puisqu'il ne pouvait être soupçonné. Entre 19 h 30 et 20 h 30, il n'avait pas bougé de sa villa. Dix personnes pouvaient en témoigner, dont quatre flics. Moi-même j'étais présent à partir de 20 h 15. Mais je ne mettrais pas ma main au feu en ce qui concerne mon ex. Son état de santé, elle me l'avait prouvé, était bien meilleur qu'elle ne voulait l'avouer. La gravité de ses troubles de la vision reposait sur ses seules déclarations. Pourvu qu'elle ne se soit pas enfuie après avoir supprimé Eddy…

Je me secouai comme un chien qui s'ébroue. L'humiliation qu'elle m'avait fait subir, la haine qu'elle m'inspirait, me faisaient divaguer. J'avais heureusement gardé ces soupçons stupides pour moi. Un appel du sergent Grimbert confirma que Mme Canrade n'avait pas bougé de sa chambre. Peu après mon départ, elle avait fait une crise de nerfs. On l'avait intubée sous un sédatif puissant. Depuis, elle dormait une infirmière à son chevet. Peut-on imaginer meilleur alibi ?

Et puis, si elle ou quelqu'un d'autre avait supprimé Eddy, pourquoi auraient-ils emporté le corps ? Et si Eddy était toujours en vie, pourquoi n'avait-il pas emporté le revolver ?

– La présence de mon client se justifie-t-elle encore ? questionna Maître Recht. Il est presque 22 heures.

– Nous vous ramenons chez vous, répondit Flick chez qui je sentais poindre une certaine lassitude. En attendant les résultats des analyses, il n'y a plus rien d'autre à faire, ce soir.

Comme il se trompait !

Chapitre 26

J'ignorais qu'on pût trépasser, les yeux ouverts. Et pourtant, il nous fixait bel et bien. Les phares de la voiture l'avaient accroché dès que eûmes franchi le portail ouvert pour nous engager dans l'allée de gravier. Flick avait pilé sec. Sennendinger qui nous suivait faillit l'emboutir. Depuis, nous restions là, paralysés d'horreur, les yeux écarquillés devant la vision macabre qui s'offrait à nous.

Le pendu se balançait mollement à une branche du chêne. Ses jambes pendouillaient de façon pathétique à cinquante centimètres au-dessus du toit du 4X4 de Meister. Les bras désarticulés comme ceux d'un pantin pendaient le long du corps. La corde qui le soutenait passait sous les bras du cadavre puis sur une branche maîtresse du chêne avant de se fixer par un crochet métallique au pare-choc du 4X4.

Le moment de répulsion et de terreur passé, nous quittâmes nos véhicules. Je vis les cheveux bruns et crépus, les yeux sombres exorbités au milieu d'un visage dont le nez fracassé et le front enfoncé n'étaient qu'une masse sanguinolente. On avait du mal à lui trouver figure humaine mais je le reconnus cependant. Un filet de mucus séché pendait au coin de la bouche dont la moue donnait à cette face défigurée un air d'enfant boudeur.

'Eddy' Lovacki ne racontera plus à personne ce qu'il savait du Musée des Cadavres.

– Mon Dieu ! Tatie !

C'était le Dr Frankenspalter qui s'exclamait ainsi. Comme mû par une soudaine angoisse, il courut vers la villa plongée dans l'obscurité. Sennedinger lui emboîta aussitôt le pas. Qu'était-il advenu de la vieille Ursula ? Le tueur avait-il encore frappé ?

Ils gravirent l'escalier quatre à quatre. Au premier, Frankenspalter se précipita vers une chambre du fond, on entendait des cris, des coups de feu étouffés, Frankenspalter ouvrit brutalement la porte…

La vieille tourna la tête et un sourire déchira son visage émacié :

– Endlich bist du zurück, mein Kleiner* !

Le Dr Frankenspalter la serra dans ses bras jusqu'à l'étouffer et la berça tendrement : « Tout va bien, Tatie. Tout va bien… » Puis il tendit la main pour couper la télé. Le générique de fin de « Tatort** » venait de commencer.

---

* Tu es enfin de retour, mon petit !

** Série policière qui passe sur une chaîne de télévision allemande.

Inutile de vous dire que la vieille n'avait rien vu ni rien entendu de ce qui s'était passé dans le parc. Sa chambre donnait vers l'arrière et à quatre-vingt-sept ans, elle était un peu dure d'oreilles.

Entre temps Grimbert et Meister nous avaient rejoints. Bientôt suivis par des techniciens et un médecin légiste. On décrocha le cadavre. On vit alors que ses deux poignets étaient fracturés comme s'il avait voulu parer le coup qui l'avait assommé. Le bracelet montre brisé indiquait 20 h 05. Le légiste s'accroupit à ses côtés et enveloppa les mains d''Eddy' de film plastique. Il se pencha sur le cadavre, regarda les bras, scruta la plaie ouverte sur le front, tâta le cou, préleva un peu de salive et je l'entendais qui murmurait dans un dictaphone. Lorsqu'il prit un petit scalpel pour inciser l'œil toujours ouvert, la nausée me submergea. Deux violents haut-le-cœur surgis du profond de mes entrailles. Je détournai la tête et vomis sur les rosiers de tante Ursula.

Chapitre 27

Trois heures après la découverte de ce drame horrible, deux hommes, ou devrais-je dire deux loques humaines, étaient assis autour de la table dans la « Stube » à Aspach. Il ne nous était même pas venu à l'esprit de déboucher une bouteille. Ni Victor ni moi n'avions le cœur à boire.

L'adjudant-chef Sennendinger était resté à Mulhouse avec le lieutenant Flick. Ils attendaient les résultats des analyses. Certaines nécessiteraient des heures, voire des jours de travail. D'autres demandaient moins de temps. Au fur et à mesure des conclusions, ils nous tenaient informés par téléphone.

Sans grand risque de se tromper mais sous réserve d'analyses plus approfondies le légiste pouvait d'ores et déjà avancer trois certitudes :

1) La mort d'Azedine Lovacki se situait entre 20 h 30 et 21 h 30.

2) A. Lovacki était vivant quand il a été assommé.

3) A. Lovacki avait été empoisonné. Piqûre de cyanure dans l'avant-bras gauche.

Le regard dans le vide, nous ressassions pour la dixième, pour la centième fois les événements de la soirée. Le mystérieux tueur, car cette fois il n'y avait nul doute, Eddy avait bien été assassiné, le mystérieux tueur fou continuait de nous narguer. Sinon pourquoi cette mise en scène ? Il lui suffisait de tuer Eddy et de laisser son corps dans la dépendance du Belvédère. Au lieu de cela, il transporte Eddy inanimé jusqu'à la villa du Dr Frankenspalter, lui fait une injection mortelle et accroche le cadavre à la branche d'un chêne, comme le conservateur d'un musée qui mettrait en valeur la plus belle pièce de sa collection.

Pourquoi ce scénario ? Qui était ce détraqué ? Qui avait intérêt à éliminer Azedine Lovacki ? Le Dr Frankenspalter et Lisa avaient un mobile : supprimer celui qui fut un acteur secondaire dans la rocambolesque mise en scène des cadavres des musées et que la police avait identifié. Son arrestation les aurait compromis et mis un terme définitif à leur lucratif trafic nucléaire. Mais le Dr Frankenspalter, tout comme Lisa avaient des alibis en béton pour l'heure où le crime fut commis.

Un nouveau coup de téléphone de Marcel nous apprit qu'un sédatif avait été retrouvé dans l'une des deux tasses retrouvées dans la dépendance du Belvédère. Ce qui laisserait supposer que Eddy avait été drogué avant d'être assommé puis enfin empoisonné.

– Jamais deux sans trois », marmonna Victor comme s'il réfléchissait à haute voix.

Je crus qu'il parlait des trois modes opératoires successifs pour éliminer Eddy. En fait, il songeait à Ursula Ziegennader qui était elle aussi, à travers sa banque, impliquée dans ce trafic illégal.

– Tu la vois, à quatre-vingt-sept piges assommer un gars de vingt ans ?

– Et pourquoi pas, si elle l'a drogué avant ?

– Tu oublies qu'en dehors d'aller chercher des boissons à l'office, elle ne nous a pas quittés.

– Ouais. N'empêche que pendant qu'on était au Belvédère, la vieille était toute seule à la villa. Le portail était fermé. Tu vois quelqu'un franchir la grille qui fait plus de trois mètres de haut avec un gars assommé sur l'épaule ?

– Non. Mais tu vois, toi, l'octogénaire cacochyme hisser un cadavre de soixante-quinze kilos à la branche du chêne ?

Nous avions beau tourner et retourner le problème dans tous les sens, élaborer les hypothèses les plus folles, aucun des trois suspects ne pouvait avoir drogué, assommé, transporté, piqué puis pendu Eddy entre 20 h et 22 h. Il y avait donc forcément quelqu'un d'autre. Mais qui ?

L'idée d'un quatrième homme, jusque-là inconnu, ne satisfaisait pas l'amateur de romans policiers que je suis. Une intrigue bien ficelée veut que le lecteur connaisse tous les protagonistes du drame et soit en possession de tous les éléments pour trouver le coupable. Il ne lui manque que la clé de l'énigme. Seul un auteur minable oserait, dix pages avant le dénouement, sortir de sa manche un nouveau personnage, surgi de nulle part.

Mais nous n'étions pas dans un roman policier. Tout était donc possible.

Y compris une géniale intuition du capitaine Meister.

Il venait de se lever, sans doute pour se dégourdir les jambes, quand je le vis grimacer puis s'immobiliser comme s'il venait d'être frappé par la foudre.

– T'as encore mal à ta cheville ?

– Ma cheville, ouais, ma cheville, ouaiaiaiaiais. Amène-toi, on retourne chez Frankenspalter.

– Maintenant ? En pleine nuit ?

– Tout juste.

– On prévient Flick et Marcel ?

– Pas la peine. C'est juste pour vérifier un truc. Si je me trompe, j'aurai l'air fin. J'ai assez donné dans le ridicule.

Sur le trajet Victor me confia son idée. La douleur à la cheville lui avait rappelé l'obstacle qu'il avait heurté, l'autre nuit. Simple tondeuse ou minitracteur suffisamment puissant pour hisser un cadavre en haut d'un arbre ? Il voulait en avoir le cœur net avant de soumettre son hypothèse aux deux autres flics. Aux trois. Car quand il parlait de « ridicule » j'avais comme l'impression qu'il avait des choses à prouver au sergent Grimbert.

Je coupai le moteur de la 305 à une centaine de mètres de la villa, ces engins font trop de bruit. A pied, nous longeâmes le mur d'enceinte. A un endroit, la branche d'un saule permettait de se hisser au sommet. Nous nous laissâmes glisser de l'autre côté. Le croissant de lune éclairait faiblement et à pas de Sioux, nous nous dirigeâmes vers un petit hangar. Le tracteur était bien là. Marque japonaise. Moteur ultra-puissant. Siège ultra-surbaissé. Il venait d'être nettoyé tellement il rutilait. « Avec cet engin, me chuchota Victor, même la petite vieille pourrait me hisser en haut de l'arbre. On lui demandera une démonstration demain. Reste à savoir comment Eddy est arrivé dans la propriété. »

Nous étions sur le point de rebrousser chemin lorsqu'un faible ronronnement attira notre attention. Comme si quelqu'un faisait tourner un ventilateur. Nous contournâmes la villa. Le spectacle qui s'offrit à nos regards nous médusa. Le 4X4 de Victor n'avait pas bougé de place. Il était toujours garé sous le chêne qui servit de gibet. Le coffre arrière était ouvert et le Dr Frankenspalter, en salopette, passait consciencieusement l'aspirateur.

Il ne nous entendit pas approcher.

– C'est gentil de nettoyer ma voiture !, claironna Meister et sa remarque figea le cardiologue sur place comme s'il était frappé d'apoplexie.

– Ainsi, cher docteur, on veut faire disparaître des indices qui pourraient confondre un assassin ? Si je comprends bien c'est dans ma voiture qu'on a transporté ce pauvre Eddy ? Et comme ces petits voyous ne sont pas très soigneux, il y aura laissé par mégarde quelques cheveux, quelques gouttes de sang, que sais-je ? Mais vous n'aimez pas le désordre, cher docteur. Alors vous nettoyez ma voiture en pleine nuit. Bravo. Savez-vous qu'on appelle ça de la complicité active dans une affaire de meurtre ? Et que cela peut vous amener en prison pour quelques paires d'années ?

– Hände hoch* !

L'ordre avait déchiré la nuit. Inutile de parler allemand pour obtempérer. Ursula braquait sur nous ses yeux de chouette et un fusil de chasse plus grand qu'elle.

Frankenspalter s'en saisit pour nous mettre en joue. Un moment, je crus qu'il allait faire feu.

– Ne faites pas ça, docteur. La peine pour complicité de meurtre est plus légère que celle encourue pour meurtre avec préméditation.

– Et vous savez ce que ça vaut de flinguer un poulet, ajouta Meister.

– Pourquoi commettre l'irréparable ? Un homme comme vous, éminent médecin, héritier d'une banque suisse ? Pourquoi prendre ce risque ? Pour quelques millions de dollars ?

---

* Haut les mains !

– Les vieilles bagnoles, ça peut vous ruiner un homme, mais la plus belle Rolls ne vaut pas la perpétuité.

Il n'était pas idiot. Il se rangea à nos arguments. Momentanément.

– Avancez. Ne faites pas les marioles. Je vous boucle pour la nuit. Quelques heures d'avance me suffiront.

Il nous fit pénétrer dans la villa. Au fond du couloir, un escalier menait à la cave. Il nous fit descendre.

– Réfléchissez, lui dis-je. Vous ne pourrez pas toujours échapper à la justice. Tôt ou tard, vous vous ferez pincer.

– Vous ne pouvez pas comprendre, fit-il.

– Essayez toujours, suggéra Victor.

– Avez-vous déjà aimé ? Avez-vous déjà eu peur de perdre une femme ?

Un bruit de verrou que l'on ferme, de clé que l'on tourne. Nous étions enfermés dans la cave pour le restant de la nuit.

Dire que nous étions partis pour visiter les caves de Savigny-lès-Beaune !

Que faire dans une cave quand il n'y a ni bon vin, ni orchestre de jazz ? Que faire sinon cogiter ? Comme chacun sait l'obscurité est favorable à la réflexion. Reprenons donc toute l'histoire à l'envers.

• 2 h du matin. Frankenspalter nettoie le coffre du 4X4 dans lequel on a dissimulé Eddy drogué (et assommé) avant de le tuer et de le pendre. Pourquoi fait-il cela ? Pour couvrir quelqu'un. Qui ? Soit X (le mystérieux inconnu), soit sa tante Ursula.

• 22 h 05 Eddy se balance au bout de sa corde. Qui a pu le hisser là haut ? Soit X soit Ursula à l'aide de son tracteur. Combien de temps leur a-t-il fallu pour ça ? Au minimum un quart d'heure.

• Qui a fait la piqûre mortelle entre 20 h 30 et 22 h ? Soit X, soit Ursula.

• Comment Eddy est-il entré dans la propriété entre 20h 30 et 21 h 45 ? Dans le coffre du 4X4.

– Impossible puisque le 4X4 avait déjà une roue crevée à ce moment-là

– Exact.

– Qui l'a mis dans le coffre à ce moment-là ?

– X

– Mais pourquoi mettre Eddy dans le coffre, à ce moment-là, et l'en ressortir immédiatement après pour le pendre ? Si le 4X4 n'a pas servi au transport d'Eddy, pourquoi l'aurait-on enfermé dans le coffre ?

– Je te répète que le 4X4 avait une roue à plat.

– A 20 h 30, oui. Mais avant ?

– Avant, c'est moi qui conduisais le 4X4. Je te rappelle que je suis même arrivé en retard.

– Oui, mais encore avant ?

– Encore avant, j'étais à Aspach. Et encore, encore avant, j'étais à l'hôpital avec cette garce de Lisa.

– Et qu'est-ce que tu faisais à l'hôpital avec cette garce de Lisa ?

Il faisait nuit noire dans la cave. Il ne pouvait donc pas me voir rougir.

– Je te demande ce que tu faisais avec le sergent Grimbert ?, répliquai-je vertement.

– Quelqu'un, disons X, aurait pu utiliser le 4X4 pendant que tu batifolais ?

Je n'avais rien à objecter à cela. D'autant que me revint en mémoire l'épisode de la vitesse qui était enclenchée quand j'avais repris le véhicule après… après avoir…

– Il est quelle heure ? demandai-je à Victor ?

– Comment veux-tu que je te dise l'heure, on n'y voit goutte là-dedans.

– Au pif, à ton avis, ça fait combien de temps qu'on est dans cette cave ?

– Difficile à apprécier. Dans l'obscurité on perd facilement la notion du temps, me répondit-il.

C'est la réponse que j'attendais. Car soudain, dans l'obscurité de cette cave, tout devint lumineux pour moi. Il suffisait d'y penser. A mesure que je revoyais la scène, mes souvenirs se faisaient de plus en plus précis. Au début j'entendais la voix de Lisa qui disait « C'est l'heure de ma potion. Il est seize heures trente » et je m'étais étonné « Déjà ? Comme le temps passe ! » Plus tard, après… Après avoir…

« J'ai dormi longtemps ? » « Non. regarde le minuteur, il est cinq heures cinq » D'autres éléments vinrent s'ajouter, la vodka-orange et ce goût métallique dans la bouche en me réveillant.

Dans l'obscurité on perd la notion du temps. Comme on la perd en faisant l'amour. Comme on la perd en avalant un sédatif. Je n'avais pas dormi un quart d'heure comme Lisa le prétendait, mais beaucoup plus, entre quarante et quarante-cinq minutes. Laps de temps suffisant pour subtiliser mes clés, prendre le 4X4, foncer au Belvédère à 500 m de là, mettre un sédatif dans le café de Eddy, le ligoter, le bâillonner, l'assommer, le mettre dans le coffre…

– Et comment savait-elle où se trouvait Eddy ?

– C'est elle, ou Frankenspalter qui lui avait indiqué la planque.

– OK, mais je te rappelle que Eddy a été assommé à 20 h 05 et pas vers 16 h 30.

– Nous n'en savons rien, Victor. Nous avons simplement retrouvé un réveil arrêté et un bracelet montre fracassé sur 20 h 05 ou 20 h 06. A ce moment-là, Eddy était depuis cinq longues heures enfermé dans le coffre de ta voiture. Tu te demandais qui l'avait amené dans la propriété de Frankenspalter. Ne demande plus, c'est moi. Tu te rappelles comme ils étaient inquiets parce que je n'arrivais pas ? Moi qui suis toujours à l'heure !

« Tu nous a bien aidés, mon chou. Et tu as eu ta récompense… »

Après, il a suffi d'un clou dans le pneu pour immobiliser le 4X4. Deux minutes suffisent, le temps pour Ursula de chercher une bouteille de champagne à l'office. Un appel téléphonique anonyme à la police pour nous éloigner de la propriété et Ursula a tout le temps de faire la piqûre à Eddy, de lui enlever garrots et bâillon, de le hisser dans le chêne à l'aide du tracteur et d'attendre notre retour devant la télé. Le temps lui manque pour effacer les traces dans le coffre. Qu'importe, ils auront le temps cette nuit, puisque le 4X4 est immobilisé.

Oui, je sais, le scénario est complexe. Comme le fut celui des cadavres dans les musées qui permit à Igor de passer la douane sans encombre avec dix kilos de matière nucléaire. Mais la mise en scène était orchestrée par une femme machiavélique qui me connaissait bien, trop bien. La réussite de son plan dépendait du caractère prévisible de mes actes.

« Je te connais trop bien, mon chou… Je savais que tu viendrais à mon secours… Tu aimes toujours la vodka-orange… Tu t'endors toujours, après l'amour… Tu es toujours ponctuel aux rendez-vous… »

*

*   *

Flick et ses hommes nous retrouvèrent le lendemain matin dans la cave. On était le quatorze juillet et l'adjudant-chef Sennendinger, pour la toute dernière fois, défilait pour déposer une gerbe au monument aux morts de Lutterbach.

Il vint nous rejoindre à Aspach à midi. Pour une fois, il avait fait une entorse à sa fidélité pour le vin d'Alsace. Il rapportait un blanc, premier cru de Savigny-lès-Beaune. « Pour comparer ! »

Contrairement à ce nous pensions, Lisa n'avait pas quitté l'hôpital du Moenchberg. Le gardien de nuit avait vu une Mercedes noire, immatriculée en Suisse, s'arrêter devant l'établissement et un homme en salopette se précipiter à l'intérieur. Il était ressorti seul, l'œil hagard, dix minutes plus tard. L'infirmière de garde confirma que le même homme avait rendu visite à Mme Canrade et que celle-ci avait actionné la sonnette d'alarme et appelé au secours en disant que l'homme voulait l'enlever.

– Quelle comédienne ! Elle sait que Frankenspalter est grillé. Alors elle refuse de le suivre et se prétend victime d'un enlèvement. Cette garce risque encore de s'en tirer. Nous n'avons aucun élément concret contre elle. Contrairement à Frankenspalter.

– Le pauvre !, soupira Meister.

– Comment ça ? Tu le plains ?

– Et comment ! Etre amoureux de ton ex, ce doit être pire que le bagne !

– Et se faire jeter comme une vieille chaussette par la femme qu'on aime…

– Comment t'as dit, Victor ? Répète ce que tu viens de dire…

– Ben, j'ai dit que se faire jeter comme une vieille chaussette ce…

– Si tu n'étais pas aussi mal rasé, je t'embrasserais. Je vous ai dit que mon ex m'avait fait boire une vodka-orange à laquelle elle avait vraisemblablement ajouté un sédatif pour que je reste endormi assez longtemps ?

– Oui, et alors ? Devant la justice, il ne suffi pas de l'affirmer, il faut le prouver.

– Je ne vous ai pas dit qu'en me réveillant, j'avais renversé le reste du verre par terre.

– Tu parles ! Maligne comme elle est, elle aura largement eu le temps de nettoyer le sol et de faire disparaître toute trace.

– Oui, mais ce qu'elle ne sait pas, c'est que j'ai marché dans la flaque et que j'ai changé de chaussettes après, parce qu'elles étaient poisseuses.

– Et où sont-elles ces vieilles chaussettes ?

– Là-haut, dans mon sac de linge sale. Tu crois que ça pourra suffire pour confondre cette garce ?

– Et comment ! Surtout si on trouve le même sédatif dans le café qu'a bu Eddy.

Je m'affalai sur ma chaise, épuisé, soulagé et je fermai les yeux. Je revoyais le jour, il y plus de huit ans de cela, où Lisa me quitta. Je la revoyais l'œil noir, les lèvres serrées me jeter ces mots cinglants : « Tu ne t'imagines pas que je vais rester toute ma vie avec un petit fonctionnaire minable à lui laver ses chaussettes sales ! »

On ne peut pas penser à tout, Lisa.

Epilogue

Trois mois ont passé depuis les tragiques événements de Mulhouse. La rentrée scolaire s'est faite sans trop de difficultés. L'élève Steevy Kruger redouble sa terminale. Présent la première quinzaine, il manque depuis trois jours sans excuse.

Mme Canrade Lisa est incarcérée à Ensisheim dans le quartier des femmes. Elle attend son jugement. Elle risque cinq ans de détention pour complicité de meurtre.

Mme Ursula Ziegennader s'est réfugiée en Suisse. La demande d'extradition risque d'être très longue. Elle est citoyenne suisse et banquière. Et comme elle a octante-sept ans, elle échappera sans doute à la justice des hommes. Mais de toutes façons, elle s'en moque. Sa vie n'a plus aucun sens depuis que son « kleiner » s'est donné la mort.

Dimitri a repris son service à l'Hôtel du Parc. Lisa lui avait payé quinze jours à la montagne pour disparaître. Elle lui avait fait croire que le Directeur de l'hôtel était d'accord.

Suna Ekmek fut la seule à accompagner Eddy Lovacki jusqu'à sa dernière demeure.

Josette est enceinte. Son mari vient de réussir le concours de brigadier. Il a promis d'emmener Josette à Soultz pour voir la Nef des Jouets.

Dominique Grimbert a passé un week-end torride avec Alex. Elle a depuis longtemps oublié Victor. Victor ne l'a pas oubliée. Mais surtout ne lui en parlez pas. Une nana qui vous choisit comme un objet de luxe ou un godemiché puis qui vous jette comme un kleenex, c'est le monde à l'envers. Il a du mal à s'y faire. Marcel Sennedinger lui a dit, un jour : « Tu sais, de nos jours, une femme quand elle est belle, il faut bien qu'elle soit dure. Sinon comment ferait-elle pour se défendre ? » Le reste du temps, Marcel repeint sa maison et cultive son jardin. Parfois, il téléphone à ses camarades pour savoir où en est l'enquête sur les nouveaux-nés…

Madame Schoen a repris son service à la cafeteria du Musée du Textile, Mlle Schnecker à celui de l'Impression sur Etoffes où elle croise parfois M. Spritz qui achève sa thèse. M. Boll aime toujours son musée de Rixheim. L'Amicale des Amis du Rail s'apprête à inaugurer le nouveau Musée du Chemin de Fer. Tous, employés ou bénévoles poursuivent leur fantastique travail. Sans eux, les Musées de Mulhouse ne seraient pas ce qu'ils sont et Mulhouse ne serait pas la capitale européenne des Musées Techniques.

Mehmet Bouatzicki dit « Mehmet Beau Zizi » a vendu son café aux « Trois Gigognes » à un Péruvien qui en avait assez, tous les soirs, de souffler dans sa flûte des Andes aux terrasses des cafés autour de la place de la Réunion. A l'aide d'un pinceau, le Péruvien a remplacé le G par un V. C'est devenu le café « Aux Trois Vigognes* ». A la place des poupées russes, il a mis trois petits lamas laineux. Il a aussi accroché un poster au mur qui représente le Machu Picchu. Il a également l'intention de…

Non. Je ne vous en dirai pas plus de ce Péruvien. Il n'y a que les auteurs médiocres qui, au dernier moment, sortent de leur manche un personnage jusque-là inconnu.

Fin

* Si vous avez très soif, ne cherchez pas ce café à Mulhouse. Vous risqueriez de chercher longtemps.

Achevé d'imprimer sur les presses
de l'Imprimerie Moderne de Bayeux

Dépôt légal n° 14704 - Septembre 2004

ISBN 2-84823-030-4

www.bastberg.com